Und es wurde finster

ALEXANDER LORENZ GOLLING

Und es wurde finster
Ein Donau-Krimi

Bibliografische Information der Deutschen Nationalbibliothek
Die Deutsche Nationalbibliothek verzeichnet diese Publikation in
der Deutschen Nationalbibliografie; detaillierte bibliografische Daten
sind im Internet über http://dnb.dnb.de abrufbar.

© 2021 Alexander Lorenz Golling

Coverdesign, Satz, Herstellung und Verlag:
BoD – Books on Demand, Norderstedt
ISBN 978-3-7407-6904-8

Prolog

Er tastete sich durch sein dunkles Zimmer. Ihm war kalt. Es war eine frostige Januarnacht, und er war nur mit seiner Unterhose bekleidet.

Der *Andere* war gekommen. Und er hatte es geschehen lassen, wie vor nicht allzu langer Zeit schon einmal. *Er* war jetzt in seinem Körper, in seinem Hirn. Es mussten wieder ein paar Namen auf der Liste ausgestrichen werden.

Weil sie bösartig waren.

Weil sie das Leben, das sie lebten, nicht nutzten, um Gutes zu tun.

Sondern ausschließlich Schlechtes.

Es musste getan werden. An ihrer Stelle würden dann wieder neue Leben geboren werden, die es vielleicht besser machen würden.

Er hatte das Brotmesser aus der Küche dabei. Keine professionelle Waffe, gewiss – aber für seine Zwecke würde sie voll und ganz ausreichen.

Langsam und bedächtig schlich er von Stufe zu Stufe an dem hölzernen Geländer entlang, das den gewundenen Treppenabstieg ins Erdgeschoss markierte.

Plötzlich hörte er ein lautes Knacken von unten.

Er hielt inne. Unbeweglich, wie zur Salzsäule erstarrt, wartete er auf weitere Geräusche. Angstschweiß brach ihm aus allen Poren. Er umklammerte das Messer fest in seiner rechten Hand.

Es hätte katastrophale Folgen, würde er entdeckt werden. Nicht nur für ihn. Für alle Beteiligten. Denn er handelte in höherem Auftrag. Die verfluchten Seelen mussten gehen, damit neue geboren werden konnten. Notfalls musste er jetzt schon kämpfen. Er ging in die Hocke. Spannte seinen sehnigen Arm an. Stoßbereit.

Komm schon.

Doch es kam nichts.

Nach einer Weile wurde ihm die unnatürliche Haltung zu anstrengend. Er setzte sich vorsichtig auf die Treppe, immer noch sprungbereit, das Messer direkt vor seinem Gesicht haltend. Als er minutenlang nichts mehr hörte, entspannte er sich etwas.

Kein Knacken mehr. Vielleicht war es ja nur ein Tier gewesen.

Eine Katze. Oder Ratte.

Also setzte er sich wieder in Bewegung, jedes Geräusch vermeidend, so gut es eben ging.

Dann war er unten angekommen. Und schlich, wieder zunehmend nervös, den schmutzigen gefliesten Flur entlang. Die Tür zum Wohnzimmer zu seiner Linken war halb offen; es war dunkel. Kaltes, zwielichtiges Mondlicht fiel durch den Türspalt auf den Gang.

Die gegenüberliegende Tür zur Küche war geschlossen. Doch durch die Ritzen drang eindeutig Licht …

Kein Ton war zu hören.

Aber er wusste, dass sie da waren. Sie konnten nirgendwo

anders sein. Anna war erst vor einer Stunde zu ihnen gegangen. Er hatte sie gehört.

Er murmelte, kaum hörbar, uralte Beschwörungsformeln. Spucke lief an seinem Mundwinkel herunter. Zitternd legte er seine Hand auf die Türklinke.

Er hielt die Luft an.

Mehrere Sekunden lang, bis ihm kleine Blitze vor den Augen zu tanzen begannen.

Ich bin nur dein williges Werkzeug, Meister.

Dann riss er mit einem tiefen, urweltlichen Schrei die Tür auf und stürzte in den Raum, das Messer zum ersten Stoß erhoben.

1

Montagmorgen. Wie grausam.

Die kalte Wintersonne warf goldene Muster durch das heruntergelassene Rouleau ins Büro. Ungehalten schob Kriminalhauptkommissar Brauner seinen Kaffee weg von sich.

Er schmeckte widerlich, was zum einen an der schon seit langem ungespülten Kaffeekanne, zum anderen aber auch an Brauners mieser Stimmung liegen konnte, die er schon beim Aufstehen verspürte. Dabei war er sich anfangs noch gar nicht bewusst gewesen, warum eigentlich. Erst während des Zähneputzens und Anziehens kam ihm so langsam der Grund für seinen Frust:

Tochter Emily war heute zum ersten Mal über Nacht weggeblieben. Zwar mit seiner Erlaubnis, denn eine Party mit Klassenkameraden zu feiern war ja mit 17 Jahren auch nichts ungewöhnliches, aber dennoch nagte ein dunkles Gefühl, zusammengesetzt aus Sorge und uneingestandener Eifersucht, an ihm.

Und dieses Gefühl war auch auf dem Weg zur Arbeit nicht verschwunden.

Im Gegenteil.

Danke, Dad! Ich komme spätestens morgen Mittag wieder!

Natürlich. Dann, wenn er schon bei der Arbeit war. Schüler würde er wieder sein wollen und Weihnachtsferien haben, so wie sie jetzt. Man lernt diese Phase erst zu schätzen, wenn sie schon vorüber ist. Leider. Mit vielen Dingen verhielt es sich so oder so ähnlich.

Schon die ganze Zeit über hatte er der Versuchung widerstanden, sie auf ihrem Handy anzurufen. Wahrscheinlich schlief sie noch.

Hoffentlich *alleine.*

Hendrik Brauner versuchte, einen eiskalten Knoten im Magen herunterzuschlucken. Ohne Erfolg. Dazu gesellte sich nun auch noch Sodbrennen. Letzteres, vermutete er, wurde eindeutig von dem billigen Kaffee in diesem Büro verursacht.

Nein, er würde sie jetzt nicht versuchen zu erreichen. Wie würde das auch aussehen vor ihren Freunden?

Bullenpapa muss Tochter kontrollieren.

Wie peinlich ...

Auf dem Schreibtisch vor ihm lag ein Haufen Akten, die noch der Bearbeitung bedurften, manche dringend, andere weniger dringend. Fast durchgehend handelte es sich um ungeklärte Altfälle bis hinunter in die achtziger Jahre. Cold Cases. Brauner hasste diesen Ausdruck. In diversen US-Serien wurden diese Fälle von findigen Detecives herausgezogen und plötzlich ziemlich schnell und mit reichlich Action gelöst. Das war sicher spannend für die Zuschauer, hatte aber ziemlich wenig mit der drögen Realität langwieriger Ermittlungsarbeit zu tun.

Auch wenn die neuen Akten schon auf EDV-Basis angelegt wurden, so gab es immer noch genügend alte Karteien im Keller des Polizeipräsidiums Oberbayern Nord, eines alten Backsteinbaus, der ursprünglich vor über hundert Jahren als Kaserne errichtet worden war und heute sowohl die regionale Schutz- als auch Kriminalpolizei beherbergte.

Die Tür ging auf.

Herein kamen die Kollegen Dominik Pfahls und Max Ingram; die beiden Kriminalkommissare waren, neben einem Anwärter, KHK Brauner unterstellt. Sie bildeten zusammen eines von mehreren Kommissariaten der Kripo Ingolstadt.

»Was schaust so griesgrämig? Ist dir heute Morgen eine Laus über die Leber gelaufen?«

»Nein, alles bestens«, log Brauner mit gekünsteltem Lächeln. *Schwachsinn, so ein Verhalten. Man sieht auf hundert Meter Entfernung, dass es nicht der Wahrheit entspricht.*

»Naja, mir geht es nicht besonders gut, und dieser minderwertige Kaffee schmeckt auch beschissen. Könntet ihr nicht mal eine bessere Marke einkaufen? Da dreht sich einem ja der Magen um!«

Schon besser. Immer ehrlich bleiben und Vorbild sein für die Kollegen. Die bösen Buben sind da draußen, nicht hier drinnen.

»Jetzt erzähl mal. Hat dich deine Alte wieder geärgert, Hendrik?«

Dieser Tonfall war unter ihnen normal. Die drei kannten sich seit Jahren, bildeten den festen Kern des Teams, und auch der Austausch von privaten Einzelheiten war nicht gering gewesen. Sie bezeichneten sich selbst untereinander als »platonisch verheiratetes Ermittlerteam«, waren eine relativ konstante Einheit ohne große Personalfluktuation, wie das so schön im Neudeutsch hieß.

Wer was taugte und von seiner Chemie her in das Team

passte, blieb. Wer nicht – nun, der wurde eben von Brauner in eine andere Abteilung »weiterempfohlen«.

»Nein, meine Ex-Frau hat diesmal ausnahmsweise nichts mit meiner schlechten Laune zu tun. Aber egal. Was gibt's Neues?«

Es war ein plumper Ablenkungsversuch, aber er funktionierte.

»Nicht allzu viel«, entgegnete Ingram. Damit war die montägliche Blitzrunde, ein Informationsaustausch, eingeläutet.

»Das Wochenende ist ruhig verlaufen. Wir mussten nur am Samstag zu einem Wohnungseinbruch mit Körperverletzung ausrücken, aber das hast du ja wahrscheinlich schon gelesen.«

»Hm ... ja.«

Hatte Brauner nicht. Aber er würde es gleich nachholen.

Max Ingram setzte sich ihm gegenüber auf seine Seite des Bürotischs.

»Mal wieder die berüchtigten Altakten, was?«

»Ja. Diese Fälle müssen bearbeitet werden, auch wenn nicht allzu viel dabei heraus kommen wird. Weißt du ja.«

»Nicht ›viel‹ ist gut. Eigentlich gar nichts wäre ehrlicher.«

»Wer weiß, vielleicht ergibt sich ja doch durch neue kriminalistische Ermittlungsmethoden plötzlich eine Spur, und wir können ein jahrelang verschüttetes, ungelöstes Verbrechen aufklären. Auch ein später Erfolg ist ein Erfolg.«

Ingram hüstelte.

»Erfolg für wen? Unsere Egos?«

»Nein. Obwohl, vielleicht auch das, ja. Aber in erster Linie geht es doch um die Opfer oder, im Falle eines Mordes, auch um die Hinterbliebenen. Die letztendliche Gewissheit, die es ihnen ermöglicht, endlich mit dem Verlust eines wichtigen Menschen abschließen zu können, nach Jahren des Haderns mit dem Schicksal. Dafür wälze ich auch gerne mal einen Berg alter staubiger Akten.«

»Meine Begeisterung dafür hält sich in Grenzen«, erwiderte Ingram.

Er war grundsätzlich der Ansicht, dass man sich mit voller Kraft und Elan aktuellen Fällen zuwenden und nicht ständig seine wertvolle Zeit damit verbringen sollte, in der Vergangenheit herum zu stöbern. Irgendwann war ein Fall nun mal Geschichte.

»Jetzt mal ehrlich: Wer will heute denn wirklich noch wissen, wer Jack the Ripper war? Einige Historiker vielleicht, ja. Aber das war's dann auch schon.«

»Das halte ich für ziemlich überspitzt, Max.«

Der Kriminalhauptkommissar nahm Ingram seine Ansichten nicht für übel. Er war ein fröhlicher Mensch, der mehr in der Gegenwart als in der Vergangenheit lebte und sich auch über die Zukunft keinen allzu großen Kopf machte.

Anders als Hendrik Brauner.

»Könntet ihr mir vielleicht …«

Dominik Pfahls konnte seine Frage nicht zu Ende stellen. Denn in der Tür stand Inspektionsleiter Hartmann. Brauner erkannte sofort, dass etwas nicht stimmte. Wenn ihr Vorgesetzter seine Stirn in Falten gelegt und die Mundwinkel nach unten gezogen hatte, dabei aber erst mal auffallend ruhig blieb, bedeutete das selten etwas Gutes.

Einfordern der Aufmerksamkeit durch Stillschweigen.

Wenn jemand dieses Spielchen aus dem FF beherrschte, dann war es der Erste Kriminalhauptkommissar Hartmann. Er war schon seit dreieinhalb Jahren der zuständige Inspektionsleiter.

Er schloss die Tür hinter sich und räusperte sich kurz.

»Wir haben einen neuen Fall. Ziemlich entsetzlich.«

Gespanntes Schweigen.

»Nördlich von Burgheim wurden heute Morgen vier Tote gefunden. Und zwar in einem abgelegenen Dorf namens Moosbach., in einem Anwesen namens Finsterholz. Der Anruf kam gerade eben erst rein. Sie müssen ausrücken. Herr Brauner, würden Sie bitte den Fall übernehmen und hinfahren? Die Spurensicherung ist bereits unterwegs.«

Ein gut als Frage versteckter Befehl.

»Ja, natürlich. Dominik, du kommst mit, Max, du bleibst bitte hier und hältst die Stellung.«

Pfahls und Brauner zogen sich schweigend an, nahmen ihre Dienstpistolen an sich und fuhren nach einer kurzen, genaueren Einweisung zur Örtlichkeit des Verbrechens los.

Das Schweigen zog sich auch über den größten Teil der Fahrt hin weiter. Pfahls war nicht sehr gesprächig; ein eher ruhiger und introvertierter Typ, kein Sympathieträger wie Max Ingram, aber zuverlässig. Brauner schätzte ihn sehr für seine Arbeit.

»Was hast du eigentlich vorhin noch sagen wollen?«

»Was meinst du?«

»Na, vorhin, als der Hartmann reinkam, hast du uns doch eine Frage stellen wollen, oder?«

»Ach so – ja. Wollte eigentlich nur wissen, ob ich ein paar Brötchen holen sollte. Da ja gerade sowieso tote Hose war …«

Brötchen.

Brauner schauderte bei diesen Ausdrücken zusammen.

Dominik Pfahls kam aus Brandenburg an der Havel, und gerade im tiefsten Bayern merkte man ihm seine Herkunft mit fast jedem Wort an.

»Dominik. Es heißt hierzulande Semmel und nicht Brötchen.«

Brötchen. Diese Weicheier da oben, grausig.

Brauner bog von der B16 links nach Süden ab. Eine hügelige Landschaft, weiß gepudert mit Schnee. Sie passierten die kleine Ortschaft Strassdorf und bogen dann nach Rechts auf eine kleine Straße ab. Nach einer Überleitung über die B16 befanden sie sich auf einer Birkenallee, die geradewegs nach Moosbach führte. Verschneites Flachland, eine ehemalige trockengelegte Moorlandschaft, durchzogen von Entwässerungskanälen, umfing sie schon bald auf beiden Seiten.

Wenn die Unterhaltung der beiden Polizisten bis jetzt schon ziemlich einsilbig gewesen war, so verebbte nun endgültig jedes Wort. Man konnte spüren, dass es mit diesem Ort eine besondere Bewandtnis hatte.

Und zwar keine Gute.

Brauner bemerkte ein Ziehen in seiner Magengegend. Sie würden bald ihr Ziel erreicht haben.

Finsterholz. Was für eine unheimliche Bezeichnung.

Die Birkenallee mündete schließlich in die Ortschaft Moosbach. Es war ein locker gegliedertes Straßendorf; gleich nach dem Ortschaftsschild erblickten sie zur linken Seite ein altes, allein stehendes Gehöft, das einen reichlich verfallenen Eindruck machte.

Wahrlich ein Einödhof.

»Wir halten hier an und laufen den Rest. Ist ja nicht weit.

Außerdem können wir uns dann gleich mal ein wenig umsehen und uns einen besseren Eindruck von der Umgebung machen.«

Brauner fuhr rechts an den Feldweg, der zu dem Anwesen führte, heran und parkte. Es war noch genug Platz, um an ihnen vorbeizukommen.

Für andere Polizeifahrzeuge …und die Leichenwagen.

Der Schnee knirschte unter ihren Sohlen, als sich die beiden auf den Weg zu dem nahen Anwesen machten.

Sie betraten den Hof. Ein VW-Bus und zwei Streifenwagen waren dort geparkt. Insgesamt war das Anwesen recht einfach aufgebaut: Das Wohnhaus, an dem sie sich gerade entlang bewegten, war das kleinere Gebäude von insgesamt Zweien. Es war in verblasstem Gelb angestrichen, der Putz bröckelte aber schon überall ab, so dass an vielen Stellen das Ziegelwerk darunter sichtbar wurde.

Linker Hand, im rechten Winkel dazu war eine umfangreiche Scheune angebaut, die sich ebenfalls in einem desolaten Zustand befand. Brauner und Pfahls gingen auf das Wohnhaus zu und suchten den Eingang.

Aus dem Stall, der im hinteren Teil des Wohnhauses eingefügt war, kamen die typischen Geräusche von Kühen. Ein Mann trat aus dem geöffneten, hölzernen Flügeltor.

»Wer sind Sie? Wollen Sie zur Polizei?«

»Wir sind die Polizei. Ich bin Kriminalhauptkommissar Brauner, das ist mein Kollege, Herr Pfahls. Wissen Sie, wo die anderen Beamten sind?« Brauner zückte seinen Dienstausweis. Sein Kollege tat es ihm gleich.

»Oh, entschuldigen Sie, ich habe Sie nicht erkannt – Sie tragen ja keine Uniform. Die anderen sind im Wohnhaus, gleich dort.«

Er wies auf eine kleine Tür mit einem vergitterten Guckfenster. Ursprünglich war sie anscheinend mal grau gestrichen gewesen, doch nun blätterte die Farbe in großen Stücken von ihr ab. Unmittelbar daneben, nahe der Wand, wuchs ein Baum, der die Tür und ein daneben liegendes Fenster halb verdeckte.

Sie betraten über zwei Stufen einen engen Flur mit einem alten, uneben gefliesten Boden in schmutzigem Gelb.

Aus der ersten Tür gleich links drangen Gesprächsfetzen zu ihnen. Sie öffneten die Tür und standen in der dunklen Küche des Hauses. Auch die Glühbirne an der Decke verschaffte nicht ausreichend Licht.

Einige Polizisten und mehrere Personen in Schutzanzügen, offenbar von der Spurensicherung, hielten sich hier auf. Ein Streifenpolizist drehte sich nah ihnen um.

Sein Gesicht war bleich und sehr ernst.

»Guten Tag, Kriminalpolizei. Ich bin Hendrik Brauner, dies ist mein Kollege Dominik Pfahls. Wie …«

Er sah sich um und verstummte.

Die geräumige Bauernküche sah aus wie ein Schlachthaus.

Verdammter Mist. Ich habe ja schon viel gesehen. Aber so was noch nie. Keine Frage, das hier ist Mord. Kein Unfall, kein Totschlag.

Ein blutiger Haufen Kleidung lag auf dem Boden, zwischen zwei Leichen. Brauner ging einen Schritt darauf zu. Als er näher kam, erkannte er, dass es sich keineswegs um Kleidung handelte, sondern um einen Haufen Gedärme und anderer innerer Organe, herausgerissen aus dem vollständig bis zur Unkenntlichkeit zerstörten Leichnam daneben.

Brauner hielt sich schnell die Hand vor den Mund und stürmte auf den Hof, wo er seinen spärlichen Mageninhalt von sich gab. Erschöpft richtete er sich wieder auf.

Das war widerlich. Abstoßend. *Krank.*

Brauner wischte sich seinen Mund mit einer Handvoll Schnee ab. Er verweilte noch ein wenig und vertrat sich auf dem harschen, fest vereisten Boden die Beine.

Durchatmen. Wieder zu sich selbst kommen.

Er ging ein Stück vom Wohnhaus weg zu einigen am Rande stehenden Bäumen und betrachtete das Anwesen aus der Totale. Das schneebedeckte Dach des Hauses war teilweise eingesunken und löchrig. Nur die aus grauen Feldsteinen erbaute äußere Giebelwand der Scheune machte einen stabilen Eindruck. Die fensterlose Mauer wirkte abweisend. Nur eine kleine, schießschartenähnliche Öffnung ganz oben unter dem Dachspitz war vorhanden.

Fast wie bei einer Burg, dachte er. Der Hof musste schon ziemlich alt sein.

Aber es war Zeit, ins Haus zurück zu gehen. Er war nicht zum Sightseeing oder zum Kotzen hergekommen, sondern um Ermittlungen aufzunehmen.

»Ist dir schlecht geworden?«, fragte Pfahls.

Brauner nickte.

»Verstehe ich. Zugegeben, so etwas ist mir noch nie untergekommen, und den jungen Kollegen hier auch nicht. Darf ich vorstellen – KHK Brauner.«

»Bannert mein Name. Wir sind von der Polizeiinspektion Neuburg …«

Er nickte wieder und ließ seinen Blick in die Runde schweifen.

Die Küchenzeile, daneben ein altmodischer Gasherd, auf

dessen Herdplatte ein alter, emaillierter Topf mit Essensresten stand. Darüber war ein kleines Fenster, das nur spärlich das Tageslicht einließ. Die Anrichte ging über die Ecke nach rechts weg; sie schloss kurz vor einer Tür, die vermutlich zur Speisekammer führte, ab. Zu seiner Rechten ein robuster Esstisch, auf dem das Spusi-Team seine Habseligkeiten deponiert hatte. Die Stühle um ihn herum waren grau bemalt und mit stilisierten Blumen verziert.

Klassische Bauernmalerei. Allerdings waren die Stühle nun besudelt mit unterschiedlich großen Blutspritzern.

Insgesamt vier Leichen lagen in unterschiedlichen Positionen auf dem Küchenboden, teilweise grausam verstümmelt. Gestocktes Blut hatte sich in großen Lachen vor allem um die Köpfe der Opfer gesammelt. Auf dem gefliesten Küchenboden war es noch nicht vollständig eingetrocknet.

Brauner wandte sich ab und sprach den Streifenpolizisten direkt an.

»Wann und von wem wurden sie gefunden?«

»Bei uns in Neuburg ging um kurz nach sieben Uhr ein Anruf ein. Er kam von diesem Anwesen. Der Anrufer, ein gewisser Herr Garchinger, meldete, dass er und ein Freund von ihm auf die Leichen gestoßen wären, als sie auf dem Hof nach dem Rechten sehen wollten.«

»Warum vermuteten denn die beiden, dass etwas nicht in Ordnung sollte?«

Bannert räusperte sich.

»Nun – eine Bewohnerin des hiesigen Hofs stand plötzlich um sechs vor der Tür des Betreffenden drei Häuser weiter. Ihr war es offenbar gelungen, dem Gemetzel zu entkommen – wie sie die eisige Nacht verbracht hat, ist mir allerdings ein Rätsel. Sie hatte nur ein einfaches Nachthemd an.«

»Also hat jemand vom Hof überlebt? Können wir die Frau denn zu den Vorkommnissen befragen? Wo befindet sie sich im Augenblick?«

»Ja – also – das ist jetzt ein wenig schwierig. Das heißt: Sie befindet sich gerade auf dem Anwesen vom Herrn Garchinger. Aber das mit dem Befragen ist so eine Sache ...«

»Warum?«

»Nun, das betreffende Mädchen – sie heißt Amelie Steiner – ist nach Aussage von Herrn Garchinger die Tochter von Sarah Steiner und hat eine geistige Behinderung. Sie kann nicht sprechen.«

Brauner merkte auf.

»Aha. Und wo befinden sich dieser Herr Garchinger und sein Freund?«

»Der eine, ein Herr Breitenbauer, ist schon wieder weg, aber der Garchinger ist noch hier. Wir haben beide übrigens schon kurz vernommen, mit dem spärlichen Ergebnis, das ich Ihnen gerade mitgeteilt habe. Er ist im Stall und füttert die Kühe. Die Arbeit muss ja auch irgendeiner machen.«

Das war also der Mann vor der Stalltür gewesen.

»Haben Sie auch schon das Anwesen durchsucht? Ich meine, es kann ja sein, dass sich der Mörder noch irgendwo hier versteckt hält ...?«

»Ja, durchaus. In den Zimmern oben befindet sich keine Menschenseele mehr, und in der Scheune auch nicht. Wir haben sogar auf dem Scheunenboden nachgesehen, und auch der eigentliche Dachboden ist vollkommen leer.«

Herr Wengerer von der Spurensicherung stand plötzlich vor Brauner.

»Ach, Sie? Leiten Sie die Ermittlungen hier?«

»Erst einmal mache ich mir ein Bild. Haben Sie schon erste Erkenntnisse?«

»Noch nicht allzu viel. Insgesamt haben wir vier Tote hier im Haus, alle in der Küche. Drei Frauen, ein Mann. Die Magd sowie der Mann gehörten laut Herrn Garchinger, der uns bei der Identifizierung der Toten half, nicht zur Familie. Anhand der Leichenstarre und dem Gerinnungsgrad des Blutes können wir, beziehungsweise der Leiter des Forensikteams, Dr. Heinrichs, nur sagen, dass der Tod dieser Menschen ungefähr vor neun bis zehn Stunden erfolgt ist. Und dass es offenbar kein normaler Mord war. Genaueres in den nächsten Tagen.«

Brauner stutzte.

»Kein *normaler* Mord? Hören Sie mal, was ist denn an einem solchen Verbrechen überhaupt normal?«

»Entschuldigen Sie bitte, aber ich habe die Aufgabe, den Tatort zu sichern und wichtige Spuren zu ermitteln. Mit Rhetorik kenne ich mich nicht aus.«

»Schon gut. Was meinens denn jetzt genau damit, hm?«

»Wer Menschen so ermordet und entstellt, ist ganz offenbar ein Psychopath. Mit *normal* habe ich einen relativ gewöhnlichen Raubmord gemeint, in dem die Täter darauf aus sind, möglichst viel Beute zu machen und dafür Opfer in Kauf nehmen. Aber ich kann mir nicht vorstellen, dass dies hier der Fall war.«

»Können Sie sich nicht vorstellen? Ehrlich?«

Typisch Spusi-Techniker. Glauben, alles mit ihren Pinseln, Fotos und Genproben lösen zu können.

»Dominik, könntest du bitte mal damit anfangen, nach Hinweisen zu suchen, die eventuell auf verschwundene

Wertsachen hindeuten könnten? Wo sind eigentlich die Schlafräume der Familie? Im Obergeschoss?«

Brauner hatte beim Betreten der Diele an deren Ende einen engen gewundenen Treppenaufgang nach oben gesehen.

»Ja, dort sind die Schlafzimmer«, antwortete Bannert. Dominik Pfahls machte sich auf den Weg. Wengerer wandte sich wieder an Brauner.

»Sie sehen ja, wie die Leichen aussehen. Vor allem die beiden Frauen wurden übel zugerichtet. Hier, sehen Sie« – damit kniete er sich vor die Leiche einer älteren Frau – »dies ist Christine Steiner, 54 Jahre. Sie war sozusagen das Familienoberhaupt, nachdem ihr Mann vor etwa einem halben Jahr verschwunden ist. Der Mörder hat ihr die Kehle durchgeschnitten, und zwar so tief, dass der Schnitt bis auf die Wirbelsäule durchgeht. Dann hat er ihren Bauch aufgeschlitzt und sämtliche Gedärme herausgerissen. Mehr kann ich dazu auch nicht sagen, aber die Gerichtsmedizin wird sich der Sache später ja annehmen.«

Brauner zwang sich hinzusehen. All die Jahre bei der Kriminalpolizei hatten ihn nicht abstumpfen können. Was eigentlich sehr gut war und für seinen Charakter sprach. In diesem Fall jedoch wäre eine gewisse Abhärtung nicht von Nachteil gewesen. Er spürte, wie ihm wieder schlecht wurde und zwang sich zu konzentrieren.

»Und was ist mit ihr?«

Er deutete auf eine zweite, kaum mehr erkennbare Frau.

»Das ist die Tochter des Hauses, Sarah Steiner. Fünfunddreißig. Sie wurde am schlimmsten von allen verunstaltet, das sehen Sie ja.«

Abermals verspürte Brauner einen Brechreiz in sich aufsteigen. Er schluckte ihn hinunter.

Sie war vollkommen zerfetzt. Nicht mehr, nicht weniger.. Auf den ersten Blick konnte er gar nicht erkennen, ob dies hier überhaupt mal ein Mensch gewesen war. Es machte alles einen formlosen, wenngleich auch schrecklichen Eindruck auf ihn. Er konnte nicht mehr hinsehen. Sarah Steiner. Sie schien zu grinsen. Aber es war ihr an etlichen Stellen freigelegter Schädel, der diesen Effekt hervorrief.

Brauner wandte sich ab und pustete die angehaltene Luft hörbar aus.

»Und sie?«

Diesmal war es Bannert, der die Antwort gab.

»Anna Rankenbichler, die landwirtschaftliche Helferin des Hauses. Sie hat in einer kleinen Kammer hier im Haus gewohnt. Man hat sie mit etlichen Messerstichen getötet und ihre Augen ausgestochen.«

Landwirtschaftliche Helferin. Also die Magd, auf gut deutsch.

Brauner beugte sich vorsichtig über die Tote. Sie lag auf der Seite. Eine glibberige weißliche Masse, das, was einmal ihre Augen gewesen waren, hing ihr aus den Höhlen, über das Gesicht bis in die Blutlache, die sich unter ihrem Kopf gebildet hatte.

Diese arme Frau. Diese arme, arme Frau. Welcher Mensch macht so etwas. Welches Arschloch …?

»Was ist mit dem Mann? Er gehört nicht dazu?«

»Nein. Josef Anwander gehörte nicht zur Familie. Genauer gesagt: Er hat *noch* nicht dazu gehört.«

»Wie darf ich das verstehen?«

»Na, er war der Verlobte von Sarah Steiner. Laut der Aussage vom Garchinger hätten die beiden in ein paar Wochen geheiratet«, sagte Bannert.

»Interessant.«

Brauner betrachtete den in der hintersten Ecke liegenden Leichnam des Mannes. Auch er hatte eine durchschnittene Kehle.

Bezeichnend war hier allerdings, dass die Hose heruntergezogen und sein Penis abgeschnitten worden war.

Im Gehirn des Kriminalhauptkommissars begann es zu arbeiten. Die durch den entsetzlichen Anblick der Opfer ausgelöste Langsamkeit des Denkens fiel wieder von ihm ab.

»Das könnte ein wichtiges Indiz sein.«

»Äh – wie bitte?«

Bannert war erstaunt über Brauners wie aus dem Zusammenhang gerissenen Kommentar.

»Der abgeschnittene Penis. Er könnte ein Indiz sein. Haben Sie eigentlich die Personalausweise der Opfer gefunden?«

»Ein paar, ja. Sie lagen fast alle in einem Einmachglas mit allerlei Krimskrams auf dem Fensterbrett, und der Herr Anwander hatte seinen im Geldbeutel dabei.«

Hendrik Brauner prüfte die Ausweise. Sie waren unauffällig. Nur der Blick von Sarah Steiner auf ihrem Passbild prägte sich ihm ein.

Vom Flur her ertönten Schritte und holten ihn zurück aus seinen Gedanken.

Dominik Pfahls war zurückgekommen.

»Alles picobello. Keine durchwühlten Schubladen und Schränke. Auf den ersten Blick also nichts, was auf einen Raubmord hindeuten könnte.«

»Das glaube ich gerne. Gibt es eigentlich Verwandte, die informiert werden sollten?«

»Was die Steiners betrifft, nein. So zumindest laut Herrn Garchinger. Der Familie Anwander in Burgheim muss aber leider der Tod ihres Sohnes mitgeteilt werden. Genauso auch den Verwandten von Anna Rankenbichler«, sagte Bannert.

»Gut. Danke. Wir werden das dann übernehmen. Wissen Sie, wo die Betreffenden wohnen?«

»Bis jetzt haben wir dazu nur vage Angaben von Herrn Garchinger bekommen. Die Mutter von Josef Anwander soll in Burgheim wohnen, und von Anna Rankenbichler weiß er, dass sie einen Bruder in Bergen bei Neuburg an der Donau haben soll.«

»Alles klar.«

Damit zückte Brauner sein Handy und rief Max Ingram im Präsidium an. Er gab ihm den Auftrag, die genauen Adressen der beiden betreffenden Verwandten heraus zu finden und sich dann wieder bei ihm zu melden.

»Dominik, wir werden gleich im Anschluss hinfahren und Frau Anwander den Tod ihres Sohnes mitteilen. Wir können ihr ja gleich ein paar Fragen stellen, sofern es die Umstände zulassen. Sie wird vermutlich ziemlich schockiert sein.«

Sie wechselten einen betretenen Blick. Beiden Männern war bewusst, dass diese Aufgabe zu den schwierigsten ihres Berufes gehörte.

Brauner kramte einen kleinen Notizblock aus seiner Manteltasche und ging auf die Diele. Er wollte die Spurensicherung nicht weiter stören. Stichpunktartig hielt er nun für seinen späteren Bericht die vorgefundene Situation fest;

auch ein altgedienter Kommissar hatte kein unendliches Gedächtnis. Pfahls folgte ihm.

»Den Garchinger müssen wir noch kurz interviewen. Ich denke, wir sollten ihn zu einer Vernehmung laden. Schließlich war er der erste am Tatort und kannte alle Opfer.«

Pfahls nickte.

Gerade als sie losgehen wollten, schaltete sich Bannert wieder ein.

»Eine nicht ganz unbedeutende Sache wäre da noch – es gab auf dem Hof noch einen anderen landwirtschaftlichen Helfer. Der konnte bis jetzt noch nicht gefunden werden. Entweder wurde seine Leiche gut versteckt – oder er ist vom Hof geflohen.«

»Das sagen Sie mir erst jetzt? So etwas ist enorm wichtig!«

Brauner spürte, wie Wut in ihm hoch kochte. »Wie heißt denn der Mann?«

»Der Herr Garchinger kannte ihn nur vom Sehen. Sein Nachname war ihm nicht bekannt.«

»Aha. Und sein Vorname?«

»Paul.«

Brauner schluckte seine Wut hinunter.

»Hat er auch auf dem Anwesen gewohnt, wie seine Kollegin?«

»Ja, schon, und …«

»Haben Sie noch nicht in seiner Stube nachgesehen, ob irgendetwas vorhanden ist, worauf sein Name vermerkt ist? Personalausweis? Oder einen Arbeitsvertrag? Wenn er hier gearbeitet hat, wird sich doch wohl einer finden lassen! Nein? Mann, so schwer kann das doch nicht sein-!«

»Das ist nicht meine Aufgabe, sondern Ihre, Herr Brauner.«

Brauner verstummte. Bannert hatte recht.

»Vielen Dank. Dominik? Wir durchsuchen seine Stube. Wo liegt sie?«

»Im oberen Stockwerk, glaube ich.«

»Danke.«

Mit schnellem Schritt marschierten Brauner und Pfahls die Diele entlang und nahmen die Wendeltreppe nach oben.

Als Brauner das erste Zimmer begutachten wollte, winkte sein Kollege sofort ab:

»Hier war ich vorhin schon. Es ist das Schlafzimmer eines Ehepaars, ziemlich klar an dem Doppelbett ersichtlich. Es gehörte also wahrscheinlich Christine Steiner. Es muss einer der anderen drei Räume hier oben sein.«

Das nächste Zimmer war offensichtlich nur von einer Person bewohnt worden, und diese war, wie man an diversen Hygieneartikeln und Fotos erkennen konnte, eindeutig eine Frau gewesen. Die Kleider im Schrank bestätigten diese Vermutung. In der kleinen Kommode neben dem Bett fand Brauner einen ledernen Geldbeutel mit hundertfünfzig Euro in Scheinen darin, inklusive des Ausweises von Anna Rankenbichler.

42 Jahre. Und dann einfach abgeschlachtet.

Erst der kleine Raum gleich daneben erregte die Aufmerksamkeit Brauners. Nicht, weil die Einrichtung auf einen Mann hingedeutet hätte, nein – es befand sich überhaupt nichts Persönliches hier. Nicht die kleinste Spur davon. Lediglich einige bräunlich schimmernde Tropfen auf dem lackierten Holzfußboden stachen ihm ins Gesicht. Die Bettwäsche war eindeutig gebraucht; sie roch nach Schweiß und war ungeordnet. Es hatte also auf jeden Fall jemand hier gelebt. Der Schrank war leer, ebenfalls die Kommode. An der Wand wiesen ein Umriss, der sich durch seine hellere Tönung vom dunkleren Rest der Wand abhob, und ein alter Nagel darauf hin, dass hier ein Kruzifix gehangen haben musste. An der Außenwand, gleich neben dem kleinen Fenster, hatte sich ein Wasserschaden breit gemacht; er war von dunklem Schimmel überzogen. Es roch nach Fäulnis.

Wer hier gehaust hatte, war auf und davon.

Das Zimmer schräg gegenüber erwies sich als das von Sarah Steiner, jenes an der Stirnseite des Hauses als das von Amelie. Überall Kleider und Fotos, welche die Familie in früheren Zeiten zeigten, glücklich, so schienen sie Brauner.

Die restlichen Zimmer waren verschlossen. Im Erdgeschoss fanden die beiden auch nur wenig; zwar gab es im Wohnzimmerschrank einige Unterlagen über die unterschiedlichsten Menschen, die hier schon gearbeitet hatten, aber nichts über einen Paul. Kein Arbeitsvertrag, keine Vereinbarung, keine Abrechnung.

Nur wenig später verabschiedeten sich Brauner und Pfahls von ihren Kollegen.

»Eine Sache noch: Durchforsten Sie doch bitte noch mal genau das Zimmer, das wir für das dieses ominösen Helfers halten. Das dritte auf der linken Seite des Mittelgangs. Eine eingetrocknete bräunliche Flüssigkeit befindet sich dort auf dem Boden. Sie wissen ja, was Sie zu tun haben, nicht wahr?«, sagte er augenzwinkernd zu einem Beamten der Spurensicherung. »Und würden Sie sich bitte um die Unterbringung der Amelie Steiner in ein Heim für Menschen mit Behinderung kümmern? Das auf dem Hof der Garchingers ist ja keine Dauerlösung. Teilen Sie mir dann bitte mit, wohin sie genau gebracht wurde.«

Danach gingen sie hinaus auf den Hof und wandten sich in Richtung Scheune.

»Herr Garchinger?«, rief Brauner, als er das offene Tor zum Stall (?) erreicht hatte. Vielfältiges Kauen und Schmatzen, von einigen Muhtönen unterbrochen, empfing ihn zusammen mit einem durchdringenden Stallgeruch.

»Ja, hier bin ich. Kann ich Ihnen helfen, meine Herren?«

»Puh – allerdings, das können Sie. Hätten Sie übermorgen Vormittag Zeit, sagen wir mal so gegen zehn Uhr?«

»Ja – durchaus. Um was geht es denn?«

»Wir wollen Sie vernehmen, Herr Garchinger. Sie und Ihren Freund, den Herrn Breitenbauer. Aber keine Angst, es ist reine Routine. Sie waren die ersten am Tatort, und wir brauchen eine genaue und detaillierte Beschreibung von Ihnen. Also, Mittwoch um Zehn auf dem Polizeipräsidium in Ingolstadt? Die Vorladung geht Ihnen noch schriftlich zu.«

Garchinger schien ein wenig überfahren, sagte aber dennoch sofort ja.

»Ich komme. Aber viel wird das nicht sein, was ich zu erzählen habe, das sage ich Ihnen gleich.«

»Macht nichts. Auch in kurzen Aussagen können große Erkenntnisse stecken, nicht wahr?«, erwiderte Dominik Pfahls.

»Sagen Sie noch dem Herrn Breitenbauer Bescheid wegen des Termins? Ach ja – wir bräuchten noch die Adressen von Ihnen beiden. Für das Vorladungsschreiben.«

Garchinger nickte.

»Ja.«

Pfahls notierte die Angaben des Zeugen in seinen kleinen Notizblock.

»Auf Wiedersehen dann. Bis morgen. Übrigens, ich habe den Neuburger Kollegen den Auftrag erteilt, sich um die Unterbringung von der Amelie zu kümmern. Das Jugendamt wird bald bei Ihnen vorstellig werden deswegen. Ist doch auch in ihrem Sinne, oder?«

Garchinger nickte abermals.

Dann klingelte Brauners Handy. Es war Ingram; er teilte ihm mit, wie die genauen Meldeadressen von Frau Anwander und dem Bruder von Anna lauteten.

»Im Auholz sieben«, flüsterte Brauner bestätigend, als er auf seinem Notizblock alles festhielt.

Dann wandten sich die Kriminalpolizisten zum Gehen. Schon bald würde es hier von Presseleuten nur so wimmeln; bei einem so wüsten Fall lag eine umgehende Benachrichtigung im öffentlichen Interesse.

Brauner spürte noch Garchingers Blick im Rücken, als er ins Auto stieg und den Motor anließ. Der Himmel begann sich zu zuzuziehen. Bald würde es schneien.

»Und, was meinst du?«, fragte Brauner seinen Kollegen, als sie die Birkenallee zurück nach Strassdorf und dann weiter in Richtung Burgheim fuhren.

Dominik Pfahls schwieg.

Er sah mit nachdenklichem Blick aus dem Seitenfenster. Zwei Leichenwagen kamen Ihnen entgegen.

Dann erwiderte er auf Brauners Frage ruhig und besonnen:

»Es ist klar ersichtlich, dass diese Menschen alle in der Küche umgebracht wurden. Nicht woanders, sondern genau hier. Dafür spricht das viele ausgetretene Blut auf dem Boden. Ist bei einem Kehlschnitt auch kein Wunder. Ich frage mich nur, wie der oder die Täter das angestellt haben sollen. Greifst du den einen an, wehren sich doch die anderen oder laufen davon.«

»Richtig. Reichlich mysteriös. Ich bin übrigens der Überzeugung, dass es nur ein Täter war. Die ganze Art des Verbrechens spricht dafür. Es scheint sich um eine Hass- oder Rachetat zu handeln, und die schiere Grausamkeit deutet eher auf einen psychopathischen Einzeltäter hin. Außerdem hat er noch eine gewisse Zeit mit den Toten verbracht. Die vielen Verstümmelungen wurden ganz gezielt durchgeführt, und zwar *nach* der Ermordung dieser Menschen. Der Penis von diesem Anwander zum Beispiel. Er wurde zur Demütigung des Opfers abgeschnitten«, antwortete Brauner.

»Ja, da hast du Recht. Und noch was: Wir sollten auch die behinderte Tochter von Sarah Steiner befragen. Sie ist die einzige, die wahrscheinlich direkt etwas mitbekommen hat und kann uns vielleicht helfen. Auch wenn es vielleicht schwierig werden wird, denke ich doch, dass wir es versuchen sollten. Mehr als schweigen kann sie nicht.«

»Ob das etwas bringt?«, sagte Brauner.

»Und wir müssen herausfinden, wer dieser Paul ist. Seine Abwesenheit macht ihn ganz schön verdächtig«, schloss Pfahls.

»Ja. Es ist fast so, also ob er gar nie auf dem Hof gewesen wäre. Nicht der kleinste Hinweis auf ihn. Vielleicht war er schwarz beschäftigt? Ich schlage vor, wir warten jetzt in der Arbeit erst mal die Berichte der Spurensicherung und der Forensik ab. Zum einen. Übermorgen vernehmen wir zuerst den Garchinger und den Breitenbauer, und anschließend fahren wir gleich mit denen zurück nach Moosbach und befragen die Amelie Steiner. Oder wir führen das in dem Heim für Behinderte durch, in das sie vielleicht zwischenzeitlich schon gebracht worden ist.«

Brauner versank wieder in seiner Gedankenwelt. Es hatte zu schneien begonnen. Dicke Flocken wirbelten den beiden Polizisten in ihrem Wagen entgegen.

Verwirrend, fast schon hypnotisierend.

Dann, einige Minuten später, waren sie vor dem Haus der Anwanders angekommen.

Es war, im Gegensatz zu Finsterholz, ein sauberes und gepflegtes Anwesen mit gepflasterter Zufahrt und weiß getünchtem Wohngebäude. Auch die Wirtschaftsbauten waren in einem sehr guten Zustand.

Brauner klingelte. Nach kurzer Zeit öffnete sich die Tür. Eine schwarz gekleidete, zierliche alte Dame stand vor ihnen. Um den Hals hatte sie verschiedene Ketten mit Kreuzen und Amuletten hängen.

»Frau Anwander?«

»Ja, das bin ich. Und Sie? Was wollen Sie von mir?«

»Wir sind von der Kriminalpolizei, mein Name ist Brauner. Wir müssen mit Ihnen reden, es ist sehr ernst. Hätten Sie Zeit für uns?«

Ihre dunklen Augen sahen ihn fragend an.

»Um was geht es denn? Ist etwas passiert?«

»Ja, Dürfen wir reinkommen?«

Sie bat Brauner und Pfahls herein und führte die beiden in ein geräumiges Wohnzimmer, das modern im rustikalen Landhausstil eingerichtet war. Lediglich die Heiligenbilder an der Wand wirkten ein wenig fehl am Platz.

»Setzen Sie sich doch, meine Herren. Was ist denn nun geschehen?«

Brauner holte tief Luft.

Wie ich solche Augenblicke hasse.

»Frau Anwander, wir müssen Ihnen eine traurige Mitteilung machen. Ihr Sohn Josef wurde heute Morgen tot in Moosbach aufgefunden.«

Sie blickte abwechselnd auf den Boden und in Brauners Augen. Ihr Gesichtsausdruck war ein einziges versteinertes Entsetzen. Dann, nach ein paar endlosen Sekunden gespannter Ruhe, brach es aus ihr heraus. Sie begann zu weinen und lauft zu schluchzen.

»Warum denn? Und wo?«

»Auf dem Anwesen Finsterholz. Er wurde dort zusammen mit der gesamten Familie Steiner gefunden, allesamt augenscheinlich ermordet. Kennen Sie das Haus und die Steiners? Ihr Sohn war ja mit Sarah Steiner verlobt, nicht wahr?«

»Ja, das stimmt. Sie hätten bald heiraten wollen. Mein Gott, ich kann es nicht fassen. Sie müssen verstehen – erst vor zwei Jahren hatte ich meinen Mann bei einem Autounfall verloren. Und jetzt der Josef ... ist das Gottes Gerechtigkeit? Warum wählt er mich aus, schon wieder mich? Was soll ich denn nun machen, so ganz alleine?«

Brauner und Pfahls sprachen einige tröstende Worte, wohl wissend, dass in solchen Fällen kaum ein Trost möglich war. Zumindest jetzt nicht. Dann wandte sich Pfahls an Frau Anwander.

»Auch, wenn es jetzt vielleicht fehl am Platz scheint, aber wir müssen in alle Richtungen ermitteln, Frau Anwander. Eine kleine Frage deshalb: Wo waren Sie gestern Nacht zwischen dreiundzwanzig Uhr und sechs Uhr morgens?«

»Glauben Sie allen Ernstes, ich hätte meinem Sohn etwas angetan?«

»Nein, es ist nur reine Routine, Frau Anwander. Wir müssen das fragen.«

»Gut – ich war hier und habe geschlafen. Wie jeder andere rechtschaffene Bürger um diese Uhrzeit auch. Ich bin achtundsechzig Jahre alt. Da macht man keine Nächte mehr durch. Ein Alibi habe ich also keines, wie Sie sehen.«

Sie brach abermals in Tränen aus. Es war Brauner peinlich, fortzufahren. Dennoch war es unerlässlich.

»Wie standen Sie zu dem Verhältnis Ihres Sohnes mit der Sarah Steiner?«

»Na, ich für meinen Teil habe diese Verbindung gutgeheißen. Mein Sohn war ein Einzelgänger, der es schwer hatte, Frauen kennen zu lernen. Ich hätte es gut gefunden, wenn er jetzt doch noch unter die Haube gekommen wäre.«

»Gab es Spannungen zwischen Ihnen und Ihrem Sohn, beziehungsweise zwischen Ihnen und der Familie Steiner?«

»Wo denken Sie hin, nein.«

Sie begann abermals zu weinen. Brauner brach die Befragung ab.

»Vielen Dank, Frau Anwander. Das war schon alles. Wenn Ihnen noch etwas einfallen sollte, melden Sie sich bitte bei uns – hier ist unsere Visitenkarte. Können wir Ihnen sonst irgendwie behilflich sein? Brauchen Sie seelischen Beistand?«

»Nein, Danke. Dafür sorge ich schon selbst. Ich stehe fest im katholischen Glauben, wissen Sie? Auch wenn mich Gott den schwersten Prüfungen unterzieht.«

Die beiden Polizisten verabschiedeten sich.

Auf dem Weg zurück nach Ingolstadt machten sie noch

einen Abstecher in das nördlich von Neuburg gelegene Bergen. Dort setzten sie den Bruder von Anna Rankenbichler über die schlimmen Begebenheiten in Kenntnis.

Der Rest der Fahrt verlief schweigend.

2

Ein Jahr zuvor.

Januar 2015

Alles weiß.
Eine Wüste aus glitzerndem Eis, Meilen lang und ohne Ende, nur unterbrochen durch einige Bäume und Gebüsch, das dem stetigen Wind, der den Schnee in dichten Schwaden vor sich hertrieb, widerstand.

Er wusste nicht, wie lange er schon über den verharschten Boden gestapft war. Der eiskalte Wind hatte seinen Bart gefrieren lassen, seine Wangen waren gerötet, und der Hunger nagte an ihm und verbreitete eine innere Kälte. Schon seit gestern früh hatte er nichts mehr gegessen. Und auch da hatte er nur bei einem Bauern an der Tür ein trockenes Stück Brot erbettelt.

Schon seit zwischen den Jahren war er unterwegs.

Und fertig mit dieser Welt.

Am Körper trug er nur Jeans, einen alten gelben Rollkragenpullover aus den Siebzigern, einen Parka und schon fast durchgetretene graue Turnschuhe. Eine ziemlich kindisch wirkende Bommelmütze saß auf seinem Kopf, und ein schnell wachsender Vollbart verdeckte sein Gesicht, in dem das Misstrauen der letzten Jahre eingekerbt war. Seine Mimik wirkte versteinert, sein früher schönes und befreiendes Lachen war verschwunden. Er wirkte erheblich älter, als er war.

Es wäre für ihn besser gelaufen, wenn das relativ warme Wetter um die Jahreswende herum gleich geblieben wäre. Doch diesen Gefallen tat ihm das Schicksal nicht. In den ersten Januartagen waren die Temperaturen weit unter Null gefallen, und zu allem Überfluss hatte es auch noch zu schneien begonnen.

Eine verzauberte Winterlandschaft mochte von einem warmen Wohnzimmer aus betrachtet schön sein, aber es war vollkommen anders, wenn man Tag und Nacht draußen verbrachte.

Und zwar ohne die passende Kleidung dazu.

Ohne ein richtiges Ziel vor Augen.

Getrieben und heimatlos.

In den ersten Tagen nach seinem Weggang hatte er im Wald übernachtet. Die Geräusche waren zwar gewöhnungsbedürftig, aber unter den Bäumen war er wenigstens halbwegs geschützt. Mit seinem kleinen, ständig schrumpfenden Bargeldvorrat konnte er sich wenigstens noch hin und wieder etwas zu Essen kaufen.

Doch der Wintereinbruch machte eine Nacht im Freien unmöglich. Er musste, spätestens abends, ein Quartier finden.

Anfangs hatte er Glück gehabt. In Faimingen kam er für zwei Nächte in einer relativ billigen Pension unter. Zum Glück hatte die Vermieterin nicht nach seinem Ausweis gefragt. Er war ihm nämlich – nun ja – *abhanden* gekommen.

Doch dann war sein Geld endgültig zu Ende gegangen.

Er musste sich etwas anderes überlegen. Wobei er genau

wusste, dass es da nichts großartig zu überlegen gab. Draußen schlafen ging nicht mehr, er würde einfach erfrieren.

Wäre das nicht vielleicht das Beste? Aus und weg. Aus und weg, aus und weg …

Monoton marschierte er über einen schneebedeckten Feldweg. Er kauerte sich, so gut es eben ging, in seinem Parka zusammen; es war höllisch kalt. Mindestens acht Grad minus.

Kaum auszuhalten.

In den letzten Nächten hatte er also in den Scheunen und Heustadeln von Bauern übernachtet. Im Stroh war es einigermaßen warm gewesen, er musste nur aufpassen, dass er rechtzeitig am Morgen, bevor die Arbeit auf dem Hof begann, wieder verschwand. Gelebt hatte er dann tagsüber von dem, was er sich in den unterschiedlichen Ortschaften, die seinen Weg kreuzten, erbettelt und geklaut hatte.

Es hatte geklappt. Er kam durch. Sein Weg führte ihn die Donau entlang immer weiter nach Osten.

Doch für was eigentlich? Wohin sollte ihn seine Flucht letztendlich führen? Seine Lage war beschissen. Aussichtslos. Und einen konkreten Plan hatte er keinen.

Zum Verrückt werden.

Er befand sich nun zwischen dem kleinen Marktort Burgheim, welcher, wie ein Schild anzeigte, etwa zwei Kilometer weiter südlich lag, und der Donau, die in gleicher Entfernung ein Stück weiter nördlich träge dahin floss.

Er sah aus dem Schneegestöber die Umrisse eines Gehöfts vor sich auftauchen.

Meine Rettung aus weißer Finsternis.

Für ein paar Stunden. Oder auch nur für einen weiteren Kanten Brot.

3

»Hast du eigentlich auf der Party jemanden kennen gelernt?«

»Ach Papa, musst du das wissen?«

»Müssen nicht. Aber es würde mich natürlich interessieren, so als der Ältere im Team.«

Emily Brauner zog eine beleidigte Schnute. Sie konnte es nämlich überhaupt nicht leiden, wenn ihr Vater versuchte, sie auf seine freundschaftliche Art auszuspionieren.

»Nein. Es waren sowieso fast nur Mädels aus unserer Klasse da. Die Jungs saßen eigentlich nur herum und haben sich über Fußball und so einen Mist unterhalten.«

Tja, so ist das Leben, Emily.

»Na ja, es hätte aber doch sein können, dass du mal einen netten Jungen kennen lernst, oder? Das ist in deinem Alter ja nichts Ungewöhnliches.«

»Papa, bitte. Es reicht jetzt. Ich gehe nachher noch zu Sabrina, gemeinsam abhängen.«

»Aber erst, wenn du dein Zimmer aufgeräumt hast, bitte.«

»Pf!«

Mit diesem die gesamte Weltordnung verachtenden Ausdruck schnappte sich Emily ihr Handy und ging nach oben auf ihr Zimmer.

»Außerdem, was geht dich das an, wie mein Zimmer aussieht? Ich kann es nicht leiden, wenn du da herumschnupperst! Ich bin keiner deiner Verbrecher!«

Mit einem Knall flog die Tür zu und Emily stampfte die Treppe nach oben.

Hendrik Brauner überlegte, ob er nach oben gehen und sein Tochterherz mal richtig Zusammenpfeifen sollte, ließ es aber dann doch sein. Eine Moralpredigt würde bei ihr nur auf taube Ohren stoßen.

Eigentlich war er ja trotz der kleinen Auseinandersetzung mit ihr, die nicht die erste war und auch nicht die letzte gewesen sein wird, ganz froh. Es war ihr nichts passiert, und er hatte sich wieder einmal ganz umsonst Sorgen gemacht.

Auch wenn er es nur ungern zugab, würde er die Sache anders sehen, wenn sie ein Junge wäre. Da hätte er seltsamer Weise kein Problem mit dem langen Wegbleiben abends, Partys und Herumknutschereien. Aber da Emily nun mal ein Mädchen war, und ein ziemlich hübsches obendrein, weckte dies bei ihm als Vater den Beschützerinstinkt. Und nicht nur das.

Sondern auch Verdrängungsängste.

Eifersucht.

Angst vor dem Flüggewerden des Menschen, um den man sich jahrelang so sehr gekümmert hatte. Angst vor dem Verlassen werden.

Angst vor dem Alleinsein.

Er wollte es nicht schon wieder durchmachen müssen. Einmal im Leben reicht schon. Auch wenn es diesmal etwas ganz normales war. Pubertärer Ablösungsprozess.

Vor sieben Jahren, als Emily gerade Acht war, wurden beide sozusagen über Nacht von seiner Frau verlassen. Zumindest sah es damals für ihn so aus. Er hätte die Zeichen einer sich auflösenden Ehe erkennen können, aber er bemerkte nichts. Im Beruf der alte Hund, der Bulle, der selten seine Spur verlor, immer skeptisch, immer alles in Frage stellend – privat hatte sein System versagt.

Wobei das vielleicht falsch ausgedrückt ist, denn er hatte in seinem Familienleben keines. Er hatte sich eigentlich immer nur nach Feierabend in das gemachte Nest fallen gelassen und war in seiner alltäglichen Routine stumpf und blind für die Bedürfnisse seiner Frau geworden.

Als es endlich soweit war, sie ihm ihre schon jahrelange Affäre gestanden hatte, brach die Routine in sich zusammen. Seine kleine Welt existierte nicht mehr.

Es tat furchtbar weh. Und als ob das nicht schon allein schlimm genug gewesen wäre, wurde der ganze Mist auch noch über Emily ausgeschüttet. Denn Sophia wollte nicht nur die Scheidung von ihm, sondern quasi auch von ihrer eigenen Tochter.

Er hätte ihr vieles verzeihen können. Jeden Betrug, jeden Dolch ins Herz. Aber das nicht.

»Versteh doch, ich bin nun mal kein Familienmensch. Es hat Jahre gebraucht, um mir selbst klarzumachen, dass das so ist. Ich will die Welt kennen lernen, Reisen, Feiern. Meinen Beitrag zum Fortbestand der Menschheit habe ich bereits geleistet«, das waren ihre Worte gewesen.

Er hätte so etwas von ihr nie geglaubt, nie erwartet. Nicht nach eben all diesen von ihr genannten *Jahren*.

Und auch nicht von ihr als Frau, als Mutter von Emily. Es passte nicht in sein Rollenverständnis, und dies eigentlich aus einer positiven Ecke betrachtet.

Waren denn nicht vor allem Männer die Mistkerle, die

ihre Familie verließen, wegwarfen wie ein altes, nicht mehr gebrauchtes Kleidungsstück?

Er dachte schon wieder zu viel nach, durchforstete in seinen Gedanken Gebiete, die er schon längst abgegrast hatte. Wälzte immer wieder Dinge und Gegebenheiten durch, die er nicht mehr ändern konnte. Ändern konnte er einzig und allein seine Haltung zum Geschehen. Und das wusste er.

Brauner stand auf und betrachtete sein älter werdendes Gesicht in einem Wandspiegel im Flur. Die Falten und Furchen wurden langsam zahlreicher. Auch kein Wunder für einen Mann von 48 Jahren, der sein Salär damit verdiente, grausame Verbrechen aufzuklären. Der sich seine Nächte mit Gedankenspielen und Verhören um die Ohren schlug, ungesund lebte, zu viel Kaffee und manchmal auch zu viel Alkohol trank.

Und der mit seiner Tochter und der ganzen Situation manchmal überlastet war.

Ist es nicht so, altes Haus?

Brauner grinste wieder. Sein Spiegelbild tat es ihm gleich.

Immerhin. Ein kleines Lächeln bekomme ich heute also doch noch von jemandem zurück.

Er ging ins Wohnzimmer und setzte sich auf das lange Ecksofa. Noch ein wenig Feierabendberieselung. Am besten zog er sich noch einen dieser absolut realitätsnahen Vorabendprogrammkrimis rein.

Wenigstens die brachten ihn in beruhigender Regelmäßigkeit zum Lachen.

Er döste langsam vor dem laufenden Fernseher ein. Kurz bevor er endgültig einschlief, kam ihm die grausame Szene von heute Morgen nochmals in den Sinn.

Eine ganze Familie. Ausgelöscht. Auf einem Bauernhof.

Sarah Steiner erhob sich langsam vom blutbeschmierten Küchenboden. Sie starrte ihn aus leeren Augenhöhlen an.

Und sie geiferte, zischte mit ihren klar sichtbaren, von blutigen Fleischfetzen umhangenen Kieferknochen eigenartige Laute zu ihm empor.

Soll ... ich dir ... helfen ... bei deiner Arbeit?

Mit einem Ruck fuhr Hendrik Brauner aus seinem Albtraum hoch.

Er wischte sich mit seinen Händen den Schlaf aus den Augen.

Immer diese Träume, wenn ich etwas Schlimmes gesehen habe. Und sie werden nicht weniger. Sondern immer mehr. War bei mir früher nicht so extrem. Bin vielleicht doch eine Fehlbesetzung in diesem Beruf, dachte er.

Was man zur Vordertür hinauswirft, kommt manchmal als Monster verkleidet zur Hintertür wieder herein.

Brauner ging nach oben in sein Bett. Dort konnte er endlich in einen kurzen, traumlosen Schlaf versinken.

»Meine Herren, folgendes: Ich ernenne Sie, KHK Brauner, zum Leiter der Sonderkommission Finsterholz. Sie bekommen noch weitere Mitarbeiter aus anderen Abteilungen von mir zugeschanzt. Viel Erfolg. Vor allem einen *baldigen*.«

Hartmann hatte eine Entscheidung getroffen und gesprochen. Kurz angebunden, sachlich, mit leichtem Druck.

Dann verschwand er wieder durch die Bürotür nach oben.

Brauner war nicht erbaut darüber, dass seine kleine Dienstgruppe aufgestockt werden sollte. Aber das war nun mal die gängige Vorgehensweise in einem Tötungsdelikt. Mehrere Mitarbeiter aus mehreren Abteilungen sollten involviert werden, um alle Ressourcen nutzen zu können.

Oder vielleicht, damit diese auch mal etwas anderes zu sehen bekommen. Vielleicht, weil auch blinde Hühner mal ein Korn finden.

Trotzdem wäre Brauner sein kleines Team lieber gewesen. Zu viele Köche verderben bekanntlich den Brei. Er ernannte seinerseits wiederum Pfahls zum Aktenführer.

»Wieso eigentlich »Sonderkommission Finsterholz?«, fragte Max Ingram, der bei der gestrigen Exkursion nicht dabei gewesen war.

»Weil das Anwesen diesen Namen trägt, warum auch immer«, entgegnete Brauner.

»Einen dunklen Wald habe ich dort jedenfalls nicht gesehen. Vielleicht stand dort früher mal einer. Aber finster ist es.«

»Warum machen eigentlich alle dieser Häuser in Moosbach so einen verfallenen Eindruck? Oder bilde ich mir das nur ein?«, fragte Pfahls, der gerade sein Augenscheinprotokoll über den Tatort anfertigte.

»Kann ich dir auch nicht sagen. Recht hast du allerdings. Der Mordhof ist ja eine richtige Bruchbude. Hast du die Wasserschäden gesehen? Ich könnte da nicht wohnen.«

»Nein, ganz sicher nicht … Bin schon gespannt auf die Ergebnisse der Spurensicherung und der Gerichtsmedizin.«

»Die werden noch auf sich warten lassen«, sagte Brauner, »zwei Tage lang, schätze ich, mindestens. Bei vier Toten dauert alles eben ein wenig länger.

Allerdings liegen mir bereits ein paar Einzelheiten vor. Ich habe vorhin Anrufe von Dr. Heinrichs aus der Forensik und von Wengerers Spusi bekommen. Es gibt erste Zwischenergebnisse.«

»Welche?«

Brauner lehnte sich in seinem Bürosessel zurück und lächelte.

»Nun, ich kann euch versichern, dass es zumindest die Amelie Steiner nicht war. Ihre Fingerabdrücke wurden nirgends gefunden, außer auf dem Tisch und einigen Stuhllehnen. Viele waren schon älteren Datums. Es handelt sich um alltägliche Gebrauchsspuren.«

»Aha«, bemerkte Pfahls. »Sonst noch was?«

»Ja. Es konnte keine eindeutige Tatwaffe ermittelt werden. Von den Messern in der Küche des Anwesens war es jedenfalls keines. Sie haben herausgefunden, dass es sich um ein Messer mit gezacktem Rand gehandelt haben muss, mit dem der Leichnam von Sarah Steiner bearbeitet wurde.«

»Ach, du liebe Zeit.«

Es herrschte kurz ein betretenes Schweigen.

»Und noch etwas: Der eigenartige Fleck, den wir in Pauls Zimmer gefunden haben, hat sich als Levomepromazin erwiesen. Habt ihr davon schon mal gehört?«

Ihn trafen fragende Blicke.

»Ich sehe schon – nein. Es handelt sich offenbar um ein Sedativum, welches vor allem zur Behandlung von psychischen Erkrankungen eingesetzt wird. Interessant, dass diese Substanz ausgerechnet in jenem Zimmer gefunden wurde, in dem einer der Verdächtigen, Paul, gehaust hat. Vielleicht war er in Behandlung? Ist aber alles noch zu vage. Es könnte auch jemand anderem im Haus gehört haben. Dennoch sollten wir auch dieser Spur nachgehen.«

»Was die Häuser betrifft, so kann ich euch eine Antwort geben, denke ich. Es handelt sich doch um die Ortschaft Moosbach bei Strassdorf, oder?« Max Ingram stellte diese Frage nebenher, fast als ob sie nichts mit dem Fall zu tun hätte.

Brauner war wieder hellwach.

»Ja, schon.«

»Nun, ich kann mich daran erinnern, dass dieses Dorf erst vor zwei Jahren in den Schlagzeilen war. Es sollte nämlich abgesiedelt werden.«

Brauner stutzte.

»Warum?«

»Es wird ziemlich häufig von der Donau überschwemmt. Meist im Frühjahr, zur Schneeschmelze. Und die Versicherungen sind nicht mehr bereit, die Schäden zu übernehmen. Wobei das mit der Absiedlung ziemlich schleppend läuft, weil viele der Bewohner sich beharrlich weigern, weg zu ziehen. Die bleiben lieber in ihren kaputten Häusern.«

»Aha. Ein ziemlich sturer Menschenschlag also«, erwiderte Brauner.

»Kann man so nicht sagen. Du musst wissen, dass das Dorf und alle Höfe schon sehr alt sind. Keiner löst sich gerne von seinen eigenen Wurzeln, vor allem nicht, wenn der Hof schon seit Generationen bewirtschaftet wird. Außerdem gibt es da noch einen Knackpunkt: Der Freistaat Bayern hat zwar den Betroffenen neuen Baugrund zur Verfügung gestellt, kommt aber selbst nicht dafür auf.« Ingram zuckte mit den Schultern.

»Was bedeutet, dass derjenige, der umzieht, die Kosten alleine zu tragen hat. Vor allem den Bau eines neuen Hauses, habe ich Recht?«

»Genau.«

»Na, wenn das so ist, wäre ich auch stur«, sagte Brauner.

Pfahls stand von seinem Sessel auf.

»Wir sollten versuchen, den Herrn Garchinger zu erreichen. Er soll das Mädchen – die Amelie – doch gleich morgen mitbringen. Sie ist die wichtigste Zeugin.«

»Das würde ich nicht tun«, erwiderte Brauner.

»Ich habe gestern bewusst entschieden, dass wir sie morgen einzeln vernehmen werden, nach den beiden Zeugen vom Tatort, und zwar in einer Umgebung, die sie gewohnt ist. Hier, in diesem Büro, wird sie uns vielleicht nichts mitteilen können oder wollen. Vergiss nicht, dass sie eine geistige Behinderung hat. Besser wäre es, sie also entweder direkt bei den Garchingers vorsichtig zu befragen oder eben in dem Heim, in das sie vielleicht mittlerweile schon gebracht worden ist. Ich warte übrigens immer noch auf eine Nachricht diesbezüglich.«

Brauner wandte sich wieder seinem ungeliebten Berichtsformular zu. Er wusste, dass die Ermittlungsarbeit ohne einen gewissen Aufwand an Bürokratie nicht auskam. Dennoch konnte er sie nicht leiden.

»Schon seltsam«, sagte Pfahls. »Mir gefällt die Tatsache nicht, dass dieser ominöse Paul verschwunden ist. Und das ohne einen einzigen Anhaltspunkt. Kein Ausweis, kein Nachname, nichts. Als ob er ein Gespenst wäre.«

»Vielleicht kommen wir morgen bei der Vernehmung der Sache näher. Zumindest können wir ein Phantombild erstellen lassen und ihn zur Fahndung ausschreiben, wenn gar keine Spur erfassbar ist. Oder?«

Die Tür öffnete sich.

»Die Tatortfotos sind da. Schöne Grüße von der Spurensicherung«, sagte Dustin, der Anwärter, als er den braunen, großen Umschlag auf den Tisch des Kriminalhauptkommissars legte.

»Na, immerhin. Mal sehen. Danke.«

Er öffnete den Umschlag und breitete die Fotos auf seinem Schreibtisch aus. Festgehaltenes Grauen, die Toten jener Nacht gebannt auf Zelluloid für die Ewigkeit.

»Kommt, helft mir.«

Gemeinsam hefteten sie die Tatortfotos an die dafür vorgesehene Magnetwand.

Die Namen der Toten standen dort bereits aufgereiht untereinander. Daneben, in kleinerer Schrift, schrieb er nun diejenigen der beiden Bauern aus Moosbach, mit denen sie bereits gesprochen hatten. Separat davon setzte er den Namen »Amelie« und »Paul.«

»So sehe ich das, meine lieben Kollegen. Hier haben wir die ermordete Familie Steiner zum einen …« Er malte einen Kreis um die Namen Christine und Sarah Steiner. » … und zum anderen die gleichfalls ermordeten, zum engen Umfeld der Familie gehörenden Personen Anna Rankenbichler und Josef Anwander.«

Auch diese Namen wurden eingekreist.

»Und hier, separat, sehe ich die sechzehnjährige Amelie Steiner – sie hat die Tat überlebt – und den geheimnisvollen Landwirtschaftshelfer Paul. Er scheint mir bisher am verdächtigsten.«

»Warum lässt du die Amelie außen vor – sie gehört zur Familie der Ermordeten. Verstehe ich nicht so ganz«, warf Max Ingram ein.

»Ja, das tut sie gewiss. Aber sie ist die einzige, die das Gemetzel überlebt hat. Warum? Ich meine: Sie ist schließlich eine Geheimnisträgerin.«

Erneut öffnete sich die Bürotür. Die von Hartmann angekündigten neuen Mitarbeiter kamen hereinspaziert. Es waren nicht genug Stühle vorhanden; Brauner schickte einige daher gleich wieder hinaus, um sich welche zu beschaffen.

Ingram und Pfahls tauschten amüsierte Blicke aus. Sie wussten, dass ihr Chef genervt war.

Die mittlerweile bestuhlten Mitarbeiter kamen zurück und verteilten sich in dem räumlich eher knapp bemessenen Büro.

Brauner setzte sie kurz und knapp ins Bild über den Mordfall und den derzeitigen, noch sehr rudimentären Stand der Ermittlungen.

»Gestern Morgen wurde fast die gesamte Familie Steiner aus Moosbach von zwei Nachbarn des Anwesens tot aufgefunden. Es sind Christine Steiner, 54, die Hauseigentümerin, ihre Tochter Sarah Steiner, 35, deren Verlobter Josef Anwander, 38 und die Magd – entschuldigen Sie, landwirtschaftliche Helferin – Anna Rankenbichler, 42. Sie wurden, dem Anschein nach, von einem oder mehreren Tätern bestialisch ermordet, und zwar durch Kehlschnitte mit einem scharfen Gegenstand, vermutlich einem Messer. Die Tatwaffe wurde bis jetzt noch nicht gefunden. Danach wurden die Opfer noch auf verschiedene Art und Weise verstümmelt, vermutlich um sie zu demütigen. Die einzige Überlebende ist Amelie Steiner, die behinderte Tochter der ermordeten Sarah Steiner. Sie ist vorübergehend im Hof eines der Nachbarn und ersten Zeugen, Herrn Garchinger, untergebracht. Ein weiterer landwirtschaftlicher Helfer, ein gewisser Paul, dessen Nachnamen noch nicht ermittelt werden konnte, ist nicht auffindbar. Über ihn fehlen auch jegliche Unterlagen. Vermutlich ein Schwarzarbeiter. Soweit mal die Fakten.

Ich halte es für sinnvoll, wenn wir uns für die kommende Ermittlungsarbeit aufteilen.

Herr Pfahls, Herr Ingram und ich selbst werden uns um die Vernehmung der beiden Zeugen kümmern, als auch um die Vernehmung von Amelie Steiner in Moosbach. Dazu kommt noch die Suche nach jenem Paul, als auch nach Michael Steiner, Ehemann der Christine Steiner, dem seit einem halben Jahr vermissten Hofbesitzer. Möglicherweise gibt es da eine Verbindung zu unserem gegenwärtigen Fall.«

Brauner zögerte kurz. Dann wandte er sich an die beigestellten Polizisten.

»Und für Sie – äh – habe ich vorgesehen, dass Sie in Moosbach selbst die nähere und weitere Nachbarschaft befragen. Das Dorf ist nicht groß, und wie überall auf dem Land kennt dort jeder jeden. Ich halte es nicht für ausgeschlossen, dass da noch einige wichtige Infos auf uns warten. Fragen Sie ganz allgemein nach der Familie, im Besonderen nach Michael Steiner und Paul. Gab es irgendetwas Auffälliges in letzter Zeit? Wie haben die Steiners gelebt? Gehen Sie einfach von Tür zu Tür. Klingeln putzen. Okay? Das gleiche gilt auch für den Bruder von Anna Rankenbichler in Bergen. Auch er könnte vielleicht einiges wissen.«

Die Angesprochenen nickten. *Begeisterung sieht anderes aus,* dachte Brauner.

Doch auch diese zeitraubenden und anstrengenden Arbeiten waren wichtig und mussten verrichtet werden.

»Schön. Wie sieht es eigentlich mit den uns bekannten Mördern und Totschlägern aus, die nach Verbüßung ihrer Strafe wieder auf freiem Fuß sind und in der näheren Umgebung leben? Wir sollten sie auch überprüfen, denke ich«, sagte Max Ingram.

»Es sind nur eine Handvoll«, bemerkte Brauner. »Aber natürlich dürfen wir keine Lücken zulassen …«

»...was bedeutet, dass wir uns auch diese Damen und Herren anschauen müssen«, fiel ihm Pfahls ins Wort.

»Richtig. Dominik, würdest du dich auch noch darum kümmern? Und ruf doch mal bei allen psychiatrischen Einrichtungen und Ärzten in Ingolstadt, Neuburg und Umgebung an, ob es einen Patienten gibt, der mit Vornamen Paul heißt und schon mal in Behandlung war.«

Der Angesprochene nickte.

»In Ordnung, Leute. Ich würde sagen, wir treffen uns morgen wieder um 17 Uhr. Aber dann in Raum 243. Der ist größer. Bis dann.«

»Mir kommt das alles ziemlich bekannt vor. Habt ihr schon mal was von Hinterkaifeck gehört?«

Plötzlich herrschte Totenstille.

Dustin, der Azubi, hatte diesen Satz einfach so, ohne groß nachzudenken, in die Runde geworfen.

Jetzt wusste Brauner, was ihm seit gestern Vormittag ständig im Kopf herumging, aber nicht bis in sein Bewusstsein gedrungen war.

Hinterkaifeck. Sicher, das war's!

Die Ähnlichkeit mit diesem aktuellen Mehrfachmord war frappierend.

Das war kein gutes Omen.

4

Neun Leben.

Eine Katze hat neun Leben, dachte er, als er sich durch das Schneegestöber über den Hof in Richtung Haustür schleppte.

Und mindestens acht davon habe ich schon verbraucht.

Er suchte nach dem Klingelknopf, fand ihn aber nicht. Verdammter Mist!

Überhaupt sah das Anwesen ziemlich heruntergekommen aus. Er fragte sich, ob hier überhaupt noch Menschen wohnten. Die beste Methode, dies herauszufinden, wäre wohl, es mit dem altmodischen Türklopfer aus Gusseisen zu versuchen, der an der schäbigen Wohnungstür hing.

Der Klopfring hing in einem Löwenkopf, der sein Maul grimmig geöffnet hatte.

Er nahm ihn in die Hand und klopfte dreimal gemessen an die Tür.

Gar nichts.

Hatte er fast schon vermutet. Hier lebte niemand mehr, außer vielleicht ein paar Feldmäusen und Tauben unter dem löcherigen Dach.

Also weiter marschieren. Hoffnungslosigkeit stieg in ihm auf, lähmend, ermüdend. Die baufällige Scheune schräg gegenüber lockte. Aber wie groß wäre die Gefahr, in seinem geschwächten Zustand dort einzuschlafen und nie mehr aufzuwachen?

Zu groß.

Gerade als er sich umwandte, sah er aus dem Augenwinkel, wie sich der blau karierte Vorhang eines Fensters, das sich neben der Tür befand, aber von einem dicht an der Wand wachsenden Baum halb verdeckt wurde, bewegt hatte.

Und schon im nächsten Moment wurde leise knarrend die Tür geöffnet.

Neun Leben, Mann.

Ein besorgtes Gesicht erschien im halb geöffneten Türrahmen. Es war das Gesicht einer älteren Frau. Ihre grauen Haare waren zu einem Zopf zusammengebunden, und sie hatte ein eher zierliches Erscheinungsbild.

Ein wenig elfenhaft.

Der Flur hinter ihr war matt erleuchtet.

Er wandte seinen Blick von ihren fragenden Augen ab, als er zu seiner immer gleichen Bitte um ein wenig Essen ansetzte. Er schämte sich für seine Bettelei; nichts war für ihn entwürdigender als das.

»Entschuldigen Sie bitte die Störung. Ich bin ein einsamer Landstreicher, und ich möchte Sie fragen, ob Sie vielleicht ein wenig Brot oder etwas Ähnliches für mich übrig haben. Ich habe schon seit Tagen nichts mehr gegessen, und …«

Ein Lächeln umspielte ihre Lippen.

»Ja, natürlich, gerne. Kommen Sie doch herein, wir haben noch ein wenig Suppe von heute Mittag übrig«, sagte die Frau in einem freundlichen Ton.

Er war so überrascht, dass er zuerst stutzte und gar nichts

darauf erwiderte. Selten genug hatte er auf jene Bitte überhaupt etwas zu essen bekommen. Und noch seltener waren es freundliche, willkommen heißende Worte.

»Danke«, stieß er schließlich doch noch hervor.

Er betrat einen sauberen Flur, der nur dürftig mit einer einzelnen Glühbirne ausgeleuchtet wurde. Am gegenüberliegenden Ende führte er zu einer gewunden nach oben führenden Holztreppe. Der Boden war mit einem ausgetretenen, gelb gesprenkelten Linoleum bedeckt.

»Hier geht es weiter. Kommen Sie ruhig, setzen Sie sich.«

Sie wies ihm den Weg in eine rustikal eingerichtete, warme Küche. Er setzte sich auf die Eckbank, die an der Wand entlanglief. Er spürte jetzt, in relativer Geborgenheit, seine Erschöpfung in allen Knochen.

Die Wärme taute dennoch langsam seine eingefrorenen Lebensgeister wieder auf. Und da war auch noch etwas anderes.

Nämlich der Geruch von Essen.

Auf dem alten Gasherd stand ein Topf. Wahrscheinlich mit jener Suppe gefüllt, von der sie vorhin gesprochen hatte.

»Ich mache Ihnen gleich das Essen warm. Wie lange sind Sie denn schon unterwegs, bei einem solchen Wetter?«

Er zögerte kurz. Interesse an seiner Person war er nicht mehr gewohnt.

»Schon lange«, antwortete er.

»Viel zu lange.«

Sie sah ihn mit einem Blick an, in dem sowohl Mitleid als auch Wohlwollen zu stecken schienen.

»Wie sind Sie denn in eine solche Lage gekommen?«

Fragen.

Sie wurden ihm zum Glück selten genug gestellt. Die

meisten Menschen, die er anbettelte, waren froh, wenn er wieder verschwand. Einerseits fühlte er sich dadurch geschmeichelt, andererseits wollte er auch nicht zu viel über sich verraten.

»Das ist eine lange Geschichte. Ich glaube nicht, dass Sie sie hören wollen«, sagte er.

»Doch, sicherlich. Erzählen Sie ruhig. Ich will nicht zu neugierig sein, aber – es interessiert mich schon.«

War sie alleine hier in diesem Haus? Ein Gedanke flackerte unruhig durch seinen Kopf. Könnte er vielleicht etwas mitgehen lassen …? Mit einem schnellen, kundigen Blick erfasste er die Küchenzeile. Meistens war hier Geld gebunkert, in Tassen oder kleinen Vasen.

»Was ist?«

Er war abgedriftet. Die kurze Frage hatte ihn zurückgeholt.

»Nichts.«

Sie setzte sich ihm gegenüber an den Tisch. Sie wirkte auf ihn vertrauenswürdig. Warum, konnte er nicht sagen. Es war ein Bauchgefühl. Er würde ihr nichts stehlen.

Vielleicht nicht.

»Ich – ich war früher selbständig. Hatte in einem Dorf in der Nähe von Burgau einen kleinen Laden. Kennen Sie Jettingen-Scheppach? Liegt in den westlichen Wäldern .«

Sie lächelte und nickte verneinend mit dem Kopf. Das Kaff war ihr unbekannt?

Gut so.

»Mit was haben Sie denn gehandelt?«

»Mit Musikinstrumenten und allem, was so dazugehört. Wissen Sie, ich war früher selbst Musiker in einer Rockband, aber zum großen Durchbruch hat es wohl nicht gereicht. Also habe ich mich eben gefügt und ein Geschäft aufgemacht, um wenigstens auf diese Art und Weise mit der Musik verbunden zu bleiben. Und sogar davon leben zu können.«

»Sie haben früher Musik gemacht? Das ist ja toll! Schade, dass es nicht geklappt hat. Ist schwierig, so ein Leben, nicht?«

»Wie meinen Sie das?«

»Na, sie waren doch sicherlich mit einer Band unterwegs, haben in Kneipen oder auf Volksfesten gespielt – ich stelle mir das schwierig vor. Immer auf Achse, nirgendwo richtig daheim. Und wenn der Erfolg ausbleibt und man kein Geld in der Tasche hat, ist es glaube ich ziemlich übel.«

Wie wahr.

»Haben Sie auch schon mit dem Musikbusiness zu tun gehabt? Ich meine, sie scheinen ja schon ein wenig Ahnung zu haben …?«

»Mein Bruder war auch damit befasst. Allerdings in der Volksmusik. Aber auch er hat aufgehört. Sein Herz hat den Stress nicht vertragen, wissen Sie.«

»Das Herz? Ja, dann sollte man aufpassen. Ich hoffe, es geht ihm gut, oder?«

Sie schwieg. Dann sagte sie bedächtig:

»Ja – nein. Wie man es nimmt. Er ist schon vor Jahren gestorben. Herzinfarkt.«

»Oh, entschuldigen Sie, das habe ich nicht gewusst.«

»Keine Ursache, da können Sie ja nichts dafür. Was ist dann eigentlich mit Ihrem Laden geschehen? Ist das Geschäft nicht gelaufen?«

Könnte man so sagen. Wenn meine Story wahr wäre.

»Na ja, die Menschen dort sind anscheinend nicht sonderlich musikbegeistert. Ich war zu optimistisch, und bevor ich mich umsah, waren die Finanzen und damit das Geschäft schon den Bach runter gegangen. Musste alles auflösen, aber auch dann waren meine Kreditgeber – zwei Banken – noch nicht ausbezahlt. So kam eins zum anderen, und nun sitze ich hier ...«

Ihr Gesicht zeigte Betroffenheit.

»Das tut mir leid. Ihr Schicksal, meine ich. Übrigens, mein Name ist Christine. Christine Steiner. Und Ihrer?«

Er war sich nicht sicher, ob er überhaupt etwas sagen oder sie anlügen sollte. Und entschied sich für irgendwas dazwischen.

»Paul. Mein Name ist Paul ... Gnadenegger.«

Sein gesenkter Blick verriet Bände. Doch Christine schien nichts zu bemerken. Und wenn doch, so schrieb sie sein Verhalten vielleicht seiner Erschöpfung zu.

»Wollen Sie noch eine Suppe? Es ist genug da.«

»Ja, gerne. Haben Sie vielleicht auch noch etwas zu trinken da? Ein Bier oder so?«

»Natürlich.«

Durch die Wärme und die freundliche Bewirtung kam Pauls Kreislauf und seine Redefreudigkeit in Wallung.

»Ich bin jetzt schon seit Ende Dezember unterwegs. Das Wetter war ja noch gut, als ich meine – äh – Wanderung aufnahm. Aber in den letzten vier Tagen kam diese verdammte Kälte, so dass ich nicht mehr aus noch ein wusste. Ich übernachtete in Scheunen, einmal sogar in einer alten Hundehütte, und wäre bald erfroren. Als das Geld dann auch noch ausging, wurde mir klar, dass ich mich in großer Existenznot befand.«

Geld. Die erste verschämte Andeutung des Hauptproblems.

Wenn sie ihm nichts geben wollte, konnte er sie vielleicht durch eine gezielte Ablenkung aus der Küche locken. Und dann den Küchenschrank durchsuchen!?

Nein.

So einfach ging das nicht. Zu fadenscheinig. Und es würde auch zu viel Zeit in Anspruch nehmen – bei einer Entdeckung wäre das Geschrei riesengroß.

Sie kurz entschlossen niederschlagen und ausrauben?

Eher möglich.

Mann, wie tief bist du gesunken. Sie ist wirklich nett.

Wo war denn überhaupt der Rest der Familie? Oder Belegschaft? Kaum zu glauben, dass eine allein stehende Frau einen solchen Hof als Einzelkämpferin bewirtschaftete.

Die Antwort wurde ihm durch schwere Schritte abgenommen, die offensichtlich von oben herunter kamen.

Die Stiegen knarrten.

Dann wurde die Tür unsanft aufgestoßen.

Im Kücheneingang stand ein großer, vierschrötig aussehender Mann mit groben, vom Wetter gegerbten Gesichtszügen. Er trug eine alt wirkende Lodenjacke und einen breitkrempigen, speckigen Hut in seiner linken Hand.

»Wer sind Sie?«

Christine sah von ihrem Platz aus zu ihm hoch. Ihr Gesichtsausdruck war angsterfüllt.

Sie machte auf Paul den Eindruck eines in die Enge getriebenen Kaninchens.

»Das ist Paul, also: Der Herr Gnadenegger. Er stand vor der Tür, und …«

»Kann er mir das nicht selbst sagen?«, entgegnete der Mann barsch.

»Ich bin von eurem dummen Geschwätz aufgewacht. Mein Mittagsschlaf ist mir heilig.«

Dann, zu Paul gewandt:

»Also, wer sind Sie? Wollen Sie uns was verkaufen? Wenn ja, dort ist die Tür.«

Das bärbeißige Auftreten des Hofbesitzers – und nur um diesen konnte es sich hier handeln – hatte Paul eingeschüchtert. Leise antwortete er:

»Ich will Ihnen nichts verkaufen. Ganz im Gegenteil, ich wollte fragen, ob ich von Ihnen etwas zum Essen und vielleicht auch zum Trinken bekommen könnte – ich bin völlig mittellos, und …«

Der Bauer grinste bösartig.

»Ein Landstreicher! Penner! Unter meinem Dach! Bist du wahnsinnig, einen solchen Kerl hereinzulassen!? Zum Schluss raubt der uns noch aus. Schau ihn dir doch an, du dumme Gans – sitzt da, isst Suppe und hat dabei noch seine Mütze auf. Nicht mal Benehmen hat man diesem Auswurf gelehrt. Wissen Sie was? Essen Sie fertig, und dann verschwinden Sie von meinem Hof, sonst hole ich die Polizei, oder ich prügle Sie eigenhändig hinaus – haben wir uns verstanden?«

Eine Mischung aus Hass und Verachtung blitzte in seinen Augen. Paul wollte schon etwas entgegnen, wurde aber von Christine mit einer kurzen Geste zum Schweigen gebracht.

»Das ist ein aufrichtiger Mann, Michael. Er war früher selbständig und ist ohne Schuld in diese Lage gekommen. Nicht jeder, der so leben muss, ist gleich ein fauler Kerl. Komm, wir reden miteinander.«

Sie war aufgestanden, nahm den Bauern am Arm und schob ihn halb zur Tür hinaus. Offenbar hatte sie das Talent, ihn zumindest ein klein wenig zu steuern.

Das war knapp. Der hätte mich locker platt gemacht. Dieser Hass in seinen Augen.

Die Tür wurde zugemacht, und draußen begann nun eine Diskussion, von der Paul aber nur hin und wieder ein paar Wortfetzen verstand. Zwar war er jetzt allein, aber an ein Durchsuchen des Küchenschranks war nicht mehr zu denken. Es sei denn, er wollte sein Leben hier und jetzt, auf diesem Hof, beenden.

Das Gekeife zwischen den beiden ging weiter. Nach etwas mehr als fünf Minuten kam Christine zurück. Der Mann öffnete die Haustür und ging auf den Hof. Zumindest hörte es sich so an.

»Paul … Herr Gnadenegger …«

»Du kannst ruhig nur Paul zu mir sagen«, unterbrach er sie.

»Also – Paul, es ist jetzt so: Du darfst über Nacht auf unserem Hof bleiben und hier schlafen. Leider aber nicht im Haus, sondern drüben in der Scheune. Darauf hat der Michael bestanden. Du bekommst noch einen Schlafsack und ein paar Decken von mir mit, und auch das Stroh hält ein wenig die Kälte zurück. Ist das in Ordnung für dich?«

Paul staunte. Er hatte mit einem sofortigen Rauswurf gerechnet, und nun dies!

»Ja, natürlich, das ist mehr als nur in Ordnung. Es ist sogar viel mehr, als ich erwarten konnte – wie soll ich dir das danken?«

»Indem du heute zum Abendessen unser Gast bist. Dann lernst du auch den Rest der Familie kennen.«

»Ist der Hofbesitzer – dieser Michael – dein Mann?«

Sie lachte.

Es klang bitter. Und künstlich.

»Ja, das ist er. Ich konnte ihn dir vorher leider nicht vorstellen, wie du weißt. Er ist eigentlich gar nicht so unwirsch. Er …«

Sie brach ab.

»Passt schon, brauchst mir ja nicht alles erzählen. Bin ja nur vorübergehend hier. Und wie schon gesagt, ich finde es schön von dir, dass du ihn überzeugt hast, mich hier übernachten zu lassen.«

Er zögerte kurz und sah sie fragend an.

»Warum hast du es getan?«

Christine zeigte auf ein Kruzifix, das in der Ecke schräg über der Sitzbank hing.

»Liebe deinen Nächsten wie dich selbst«, sagte sie.

Paul nahm endlich seine Mütze ab. Er war froh, auf jemanden gestoßen zu sein, der das christliche Gebot der Nächstenliebe noch so genau nahm. Auch wenn er grundsätzlich anderer Auffassung war …

Halt. Es kommt wieder. Wegdrücken. Nicht jetzt.

Und er fühlte sich zutiefst beschämt wegen seiner vorherigen Gedankengänge. Diese Menschen waren besser als er. OK, zumindest diese Frau war es.

»Wenn du willst, kannst du gerne duschen oder ein Bad nehmen. Ist alles hier gleich um die Ecke.«

»Ja – gerne. Vielen Dank.«

Paul wusste immer noch nicht, wohin er den heutigen Tag stecken sollte. Er hatte zum letzten Mal vor drei Wochen ein Bad von innen gesehen. Das alles war mehr als nur Glück.

Es war Schicksalsfügung.

Daran glaubte *er*.

Es war eisig kalt. Mindestens acht Grad minus. Paul schlüpfte in den Schlafsack und legte dann die vier Decken, die ihm für die Übernachtung in der Scheune mitgegeben worden waren, darüber.

Sogar ein Kopfkissen und eine Wärmflasche konnte er vorübergehend sein eigen nennen, und die Strohballen, in denen er sein Lager aufgeschlagen hatte, spendeten immerhin ein bisschen Wärme.

Lange konnte er nicht einschlafen. Er dachte über seine Situation nach.

Der restliche Tag mit der Bauernfamilie war, kurz und gut, seltsam verlaufen. Sofern es überhaupt einen Ausdruck für jene eigenartige Stimmungslage gibt, die vor allem während des Abendessens vorherrschte.

Er hatte das Gefühl, dass auf diesem Anwesen ganz grundsätzlich etwas nicht in Ordnung war.

Es war zum einen das halbverfallene Gehöft, das aus seinen alten Mauern einen morbiden Geruch absonderte und eine Aura verbreitete, die zutiefst ungesund war.

Die Atmosphäre verunsicherte ihn.

Gut, dass er morgen wieder weiter zog.

Nachdem er sich geduscht hatte, half er Christine bei der Zubereitung des Abendessens, auch wenn diese anfangs dagegen protestiert hatte. Doch Paul ließ sich nicht beirren und begann eifrig damit, Gemüse zu schnippeln – es sollte Eintopf geben. Bei dieser Gelegenheit lernte er den Rest der Familie kennen. Während der Arbeit betrat eine schöne, hoch gewachsene Frau mit braunen Haaren die Küche. Christine stellte sie ihm als ihre Tochter Sarah vor; sie machte auf ihn einen leicht schüchternen, aber netten Eindruck. Er schätzte sie auf etwa Anfang dreißig. Und er fand sie auf Anhieb sympathisch. Begleitet wurde Sarah von ihrer Tochter Amelie. Diese war – und das konnte man sofort erkennen – ein Mensch mit Behinderung.

Trisomie 21, dachte Paul.

Früher auch allgemein als Mongolismus bekannt.

Sie hatte flachsblondes Haar und war etwas kleinwüchsig. Amelie reagierte auf den Fremden ausgesprochen neugierig und offen. Sie stellte sich neben ihn und beobachtete ihn bei seiner Arbeit, lächelte ihn auch ständig breit an, wenn er sie ansah. Da war etwas in ihren Augen, das ihm sehr gefiel. War es ihre positive Ausstrahlung? Ihre Wärme?

Doch als er mit ihr reden wollte, wurde er von Sarah darüber aufgeklärt, dass Amelie nicht sprechen konnte:

»Es ist schon seit ihrer Geburt so. Offenbar sind die Stimmbänder unterentwickelt. Auch wenn man es nicht glaubt, wenn sie einen ihrer Schreianfälle bekommt. Und sie hat, so sagen die Ärzte, autistische Züge. So wie ich es verstanden habe, sind solche Menschen in sich selbst gefangen wie in einem Käfig. Nur manchmal können sie aus sich herausgehen.«

»Ja – ich weiß.«

Sie sah ihn an.

»Woher wissen Sie das?«

»Nun, ich habe ein wenig Erfahrungen mit behinderten Menschen gesammelt. Im sozialen Bereich. War Zivildienstleistender, damals, vor über zehn Jahren.«

»Essen ist fertig!«, rief Christine laut auf den Flur. Kurze Zeit später kamen noch zwei weitere Leute in die Küche – eine landwirtschaftliche Helferin, die sich ihm als Anna vorstellte, und Michael Steiner.

Als dieser erschien, verstummte die bis dahin gesprächige Runde, und Paul glaubte zu spüren, wie sich die Temperatur im Raum um mehrere Grad absenkte.

»Komm Herr Jesus, sei unser Gast und segne, was du uns bescheret hast. Amen.«

Nach diesem kurzen Tischgebet, von Sarah gesprochen, wurde das Essen ausgeteilt. Und schweigend eingenommen. Die Stimmung war drückend.

Paul fühlte sich ausgesprochen unwohl. Am liebsten wäre er aufgestanden und gegangen. Doch seine gute Erziehung, und auch seine Dankbarkeit gegenüber Christine Steiner ließen ihn sitzen bleiben.

Dann wurde das Schweigen gebrochen.

»Du wirst heute Nacht in der Scheune schlafen. Ich gebe dir ein paar Decken, aber unter meinem Dach wirst du die Nacht nicht verbringen. Ich weiß nicht, wer du bist, und ich weiß nicht, was du vorhast. Verstanden?«

Paul nickte. Er hatte die Ansage Michael Steiners sehr wohl verstanden.

»Morgen bekommst du noch ein Frühstück hier. Aber danach machst du dich wieder vom Acker. Wir sind nicht die Wohlfahrt.«

Amelie, die ihm gegenüber saß, sah ihm direkt in die Augen. Ihr Blick bohrte sich in den seinigen. Er fühlte sich auf eine seltsame Art und Weise berührt und gleichzeitig enttarnt. Als ob das Mädchen im Bruchteil einer Sekunde in seinen Gedanken lesen könnte wie in einem offenen Buch. Und noch mehr. Da war so etwas wie ein stilles Einvernehmen, gegenseitiges Verstehen ohne Worte und Gesten. Ein direkter Draht zwischen den beiden.

Sie lächelte ihn freundlich an und aß weiter.

Wenig später saß er noch gemeinsam mit Christine und

Amelie im Wohnzimmer und sah ein wenig fern. Michael Steiner und Sarah waren bereits zu Bett gegangen.

Ein Krimi lief im Ersten. Der Fernseher war ein veraltetes Röhrenteil aus den Sechzigern. Sperrholz mit Maserungsimitat.

»Es tut mir leid, dass mein Mann so herablassend zu dir ist«, sagte die Bäuerin. »Er sieht halt in Leuten wie dir grundsätzlich nur Bettler und Schmarotzer. Dass es im Leben ohne eigene Schuld mal schief laufen kann, kommt ihm gar nicht in den Sinn. Er glaubt, dass man durch harte Arbeit jedes Problem lösen kann. Aber so einfach ist es nun mal nicht.«

»Nein, das ist es nicht. Leider«, entgegnete Paul. Er hatte sich die aktuelle Tageszeitung angesehen und nach irgendwelchen Artikeln gesucht, die für ihn interessant sein könnten. Aber keinen gefunden.

Gott sei Dank.

Es hat sich bis hierher anscheinend nicht herumgesprochen. Oder war nicht interessant genug für die Lokalpresse.

Dann, gegen Zehn, ging er hinüber in sein kaltes Refugium für diese Nacht. Amelie verabschiedete Paul mit einem traurigen Blick und umarmte ihn zum Schluss, während Christine nur ein kühles Lächeln zeigte.

Dann drückte sie ihm noch eine Wärmflasche in die Hand.

»Bis morgen.«

Nachdem er im Heu noch dieses und jenes seiner zahlreichen Probleme durch gegrübelt hatte, kam endlich der befreiende Schlaf.

5

»Wollen Sie einen Kaffee?«, fragte Hendrik Brauner.

»Nein, danke. Ich trinke grundsätzlich keinen, wissen Sie.«

So begann die Vernehmung von Hubert Garchinger, dem Nachbarn der Steiners. Mit am Tisch saß Max Ingram; ein Zimmer weiter wurde der andere Nachbar, Martin Breitenbauer befragt.

»Keine Ursache. Wann wurden Sie zum ersten Mal darauf aufmerksam, dass etwas nicht stimmen könnte, Herr Garchinger?«

»Na, um kurz vor Sechs läutete bei uns plötzlich die Klingel an der Haustür. Das ist sehr ungewöhnlich.«

»Kann ich mir vorstellen«, sagte Brauner, »ist ja gerade im Winter noch eine nachtschlafende Zeit, nicht wahr?«

»Nein, für mich eigentlich nicht. Als Milchbauer bin ich immer schon um fünf Uhr wach. Die Kühe müssen gefüttert werden, verstehen Sie? Trotzdem war es komisch.«

Brauner nickte.

»Ja, die Kühe. Schon klar. Wer stand dann vor der Haustür?«

»Es war Amelie Steiner. Sie hat furchtbar gefroren. War ja auch kein Wunder, sie hatte ja nur ein dünnes Nachtkleid an. Es war voller Blutflecken. Da habe ich schon gewusst, dass etwas passiert sein musste – ja, und barfuss war sie auch noch. Ihre Füße waren ganz blau angefroren. Schlimm, so was.«

Ingram strich sich übers Kinn.

»Was haben Sie dann getan?«, fragte er dann.

»Ich habe nach meiner Frau gerufen, damit sie sich um sie kümmert. Dann habe ich mit dem Martin telefoniert – dem Breitenbauer Martin, meinem Nachbarn – weil ich auf dem Hof vom Steiner nach dem Rechten sehen wollte, aber nicht alleine. Fragen konnte ich die Amelie ja nicht, sie ist ja so gut wie stumm.«

»Ja, das wissen wir. Wie ging es weiter?«

»Wir haben uns vor dem Hofeingang vom Steiner getroffen und sind zur Haustür. Die stand offen, und im Flur war Licht an. Wir sind natürlich hineingegangen und haben gerufen. Es hat sich aber keiner gemeldet. Also haben wir weiter gesucht. Im Wohnzimmer war niemand, und es war auch dunkel. Aber in der Küche brannte Licht. Ja, und dann sind wir eben da rein. Und dort lagen sie auch schon. Furchtbar, so etwas. Ich werde mein Leben lang diesen Anblick nicht vergessen.«

Nicht nur du, dachte Brauner.

»Der Martin hat gar nicht richtig hin gesehen. Ist sofort weg gerannt. Und ich natürlich hinterher. Wir wussten ja nicht, ob der Mörder noch da war.«

»Ja, das ist nachvollziehbar. Haben Sie danach unverzüglich die Polizei benachrichtigt?«

»Ja, die in Neuburg. Es hat auch nicht lange gedauert, bis die Beamten dann da waren. Wir haben denen noch alles gezeigt. Der Martin ist dann auf seinen Hof zurück, und ich bin noch geblieben, um die Kühe auf Finsterholz zu füttern. Das arme Vieh kann ja nichts dafür.«

Ingram schrieb das Protokoll. Das Kritzeln seines Kulis war gut zu hören. Brauner nahm einen Schluck aus seiner Kaffeetasse.

»Gut. Ist Ihnen bekannt, ob die Steiners irgendwelche Feinde hatten?«

»Nein – davon weiß ich nichts, Herr Brauner. Die Leute waren im Ort beliebt, jeder hat sie gemocht. Wir sind deshalb alle ganz erschüttert über diesen grausigen Mord. Ich kann mir beim besten Willen nicht vorstellen, wer das getan haben könnte. Oder – vielleicht doch.«

»Was meinen Sie damit?«

Garchinger zögerte.

»Ich für meinen Teil glaube, dass es der Paul war.«

»Und warum?«

»Na, er war ein seltsamer Mensch. Ziemlich verschlossen, gerade so, als ob er irgendetwas zu verbergen hätte. Der konnte einem nicht gerade in die Augen sehen. Plötzlich war der da, über Nacht, wie aus dem Boden geschossen. Ich weiß nicht, was sich der Michael dabei gedacht hat, so einen einzustellen … aber den könnens ja leider nicht mehr fragen.«

Max Ingram sah von seinem Protokoll auf.

»Sie meinen den verschwundenen Michael Steiner?«

»Ja. Aber dazu haben mich ja schon Ihre Kollegen vor über einem halben Jahr befragt. Dazu kann ich Ihnen nichts weiter sagen. Wir wünschten, er wäre noch unter uns. Er war immer da, wenn Not am Mann war. Ein sehr hilfsbereiter Mensch. Aber viel Geld hatten die nicht. Ist denn was gestohlen worden?«

»Die Art und Weise, wie die Tat durchgeführt wurde, lässt auf großen Hass schließen. Wir können mit Sicherheit davon ausgehen, dass es kein Raubmord war, denn es wurde augenscheinlich nichts durchwühlt oder entwendet. Ganz im Gegenteil, diverse Wertgegenstände waren noch an ihrem Platz«, erwiderte Brauner.

»Noch mal zurück zu diesem Paul«, fuhr Max Ingram fort.

»Sie haben gesagt, er habe seltsam und verschlossen auf Sie gewirkt. Das allein kann aber nicht der Grund sein, jemanden einer solch abstoßenden Tat zu verdächtigen. Ich meine: Gibt es konkretere Anhaltspunkte für Sie?«

Garchinger überlegte. Dann antwortete er langsam und bedächtig:

»Wenn Sie mich so fragen, ehrlich gesagt nein. Es ist mehr so aus dem Bauch raus. Ich hatte immer ein schlechtes Gefühl, wenn ich den gesehen habe. Manchmal ging er mit der Amelie spazieren, im Ort und der weiteren Umgebung. Händchenhaltend. Da ist mir immer speiübel geworden. Wer weiß, was der so alles angestellt hat, wenn er sich unbeobachtet fühlte?«

Brauner bewegte skeptisch seinen Kopf hin und her. *Klassische Abneigung gegen den unbekannten Fremden.*

»Ich sehe schon, Sie glauben mir nicht. Aber fragens ruhig auch den Breitenbauer oder jemand anderen aus Moosbach. Sie werden schon sehen, dass ich mit meiner Meinung über den Kerl nicht alleine dastehe.«

»Das glaube ich auch nicht«, antwortete Brauner.

Dann räusperte er sich.

»Verstehen Sie bitte die folgende Frage nicht falsch, aber wir müssen Sie Ihnen stellen. Nach unserer Schätzung fand die Tat ungefähr zwischen 23 Uhr am Sonntag, den 02.01.16, und ein Uhr morgens am Montag, den 03.01.16, statt. Wo waren Sie zu diesem Zeitpunkt?«

Garchinger ließ seinen Blick hin und her schweifen. Er wirkte auf einmal ziemlich unsicher.

»Verdächtigen Sie mich jetzt, oder was?«

»Nein. Aber wir müssen alle Möglichkeiten abklären. Also?«

»Na, ich war daheim im Bett und habe geschlafen. Sie können ja meine Frau fragen, die lag neben mir, wie immer.«

»Gut. Das war's schon. Nur noch eins: Sie erwähnten vorhin das mit Blut befleckte Nachthemd der Amelie Steiner. Dürften wir das in Beschlag nehmen? Es wäre wichtig für die Spurensicherung.«

»Das Kleid? Ja, das haben wir noch. Allerdings, glaube ich, hat meine Frau es in die Waschmaschine gesteckt.«

Brauner stöhnte auf, während Ingram einlenkte:

»Macht nichts, Herr Garchinger. Blutflecken lassen sich nicht so einfach wegwaschen. Für eine DNA-Analyse dürfte es noch reichen. Wir würden das Kleidungsstück gerne nachher abholen. Befindet sich die Amelie eigentlich noch bei Ihnen?«

»Nein.

Sie wurde gestern vom Jugendamt in die Stiftung St. Ulrich gebracht. Das ist ein großes Behindertenheim in der Nähe von Donauwörth, Sie haben vielleicht schon mal davon gehört. Ein wenig schade war das schon, denn wir kennen die Amelie seit ihrer Geburt. Andererseits haben wir auch keinerlei Erfahrungen bei diesem Thema. Verstehen Sie, ich und meine Frau wissen nicht, wie man mit so einem behinderten Menschen umgeht. Wir sind nur ganz normale Landwirte, keine Erzieher.«

»Doch, ich verstehe. Natürlich«, sagte Brauner.

Nachdem er noch einige Minuten lang dem Bauern auf dem PC diverse Bilder von einschlägig bekannten Kriminellen aus der näheren Umgebung vorgeführt hatte, ohne zu einem Ergebnis zu kommen, bat er Garchinger abschließend, ihm noch bei der Erstellung eines Phantombildes von Paul behilflich zu sein. Nach weiteren zwanzig Minuten Rekonstruktionsarbeit am PC war es fertig.

Das Bild zeigte einen Mann etwa um die dreißig, mit dunklen Haaren, einem unmodischen Schnauzbart und einer auffälligen Adlernase. Einen Schönheitswettbewerb gewinnt der nicht, dachte Brauner.

Nachdem die beiden Bauern noch ihre Fingerabdrücke abgegeben sowie die Protokolle gelesen und gegengezeichnet hatten, war die Vernehmung beendet. Sie fuhren wieder zurück nach Moosbach.

Brauner setzte sich mit Ingram und Pfahls zusammen, um die Ergebnisse der beiden Vernehmungen zu vergleichen. Sie erwiesen sich als erstaunlich stimmig in den Grundaussagen. Das galt auch für die Phantombilder – jenes von Breitenbauer zeigte nur geringfügige Abweichungen.

»Die werden sich vorher abgesprochen haben«, meinte Pfahls.

»Nicht unbedingt. So richtig viel zu erzählen hatten die beiden ja nicht, abgesehen mal von der Auffindung der Opfer. Und da gibt es keine großen Nuancen. Ich für meinen Teil glaube ihnen«, wandte Max Ingram ein.

Brauner kaute nervös auf einem Bleistift herum.

»Ja, grundsätzlich glaube ich den beiden auch. Ich finde es nur seltsam, dass es der Garchinger so eilig hatte, die Amelie Steiner in das nächstbeste Behindertenheim zu stecken. Ich meine, er kannte sie ja wohl schon seit ihrer Geburt, oder? Und gerade auf dem Land hat das Wort vom Zusammenhalt der Dorfgemeinschaft doch noch Gewicht..«

Die beiden anderen nickten zustimmend.

»Noch weitere Vorschläge? Nein?«

Keine Antwort.

»Gut. Wir fahren noch heute nach Moosbach und holen uns das Nachtkleid von Amelie. Die Zeit drängt, die Gerichtsmedizin dürfte bald mit ihren Auswertungen fertig sein«, sagte Hendrik Brauner.

»Dominik, Du fährst nach Moosbach und erledigst die Sache. Ich und Max fahren nach St. Ulrich und besuchen die Amelie Steiner. Natürlich müssen wir uns vorher noch in dieser Einrichtung anmelden.«

»Wie sieht es eigentlich mit unseren speziellen Freunden aus der kriminellen Szene aus? Hast du Ergebnisse erzielt?«

»Nein, wie zu erwarten. Die hatten alle ein Alibi. Einer von denen, der Spangerer Michael, sitzt sogar mittlerweile im Rollstuhl. Kannst du dich noch an diesen Fall erinnern? War auch ein übler Raubmord, damals.«

Brauner bejahte. »Gut. Dann warten wir weiter auf die Ergebnisse der Forensik und der Spurensicherung. Und auf diejenigen unseres Klingeltrupps. Die dürften ja gerade mitten in ihrem Geschäft sein, nicht?«

Pfahls lächelte vielsagend.

»Wie sieht's eigentlich aus mit dem vermissten Michael Steiner? Hast du da etwas erreicht?«, fragte Brauner weiter.

»Leider nein. Der Stand ist laut INPOL der gleiche wie vor einem halben Jahr, das heißt, der Mann wird seit dem 21.Juni 2015 vermisst. Es gibt nicht die geringste Spur von ihm.«

»Ich weiß nicht – Leute, mein Bauchgefühl sagt mir, dass diese Vermisstensache irgendwie mit dem Mehrfachmord zusammenhängt. Das kann kein Zufall sein..«

Das Telefon auf seinem Schreibtisch klingelte. Er hob ab.
»Brauner?«

»Hier ist Kleinert, Staatsanwaltschaft Ingolstadt. Ich wollte mich über den Fortlauf Ihrer Ermittlungen erkundigen. Wie sieht es aus, haben Sie schon eine Spur?«

Brauner holte tief Atem und sah aus dem Fenster. Der Tag war grau; einzelne Schneeflocken taumelten ziellos in Richtung Boden.

»Nein, Herr Kleinert. Wir haben noch keine Fährte. Wir müssen noch die Ergebnisse der Spurensicherung und der Forensik abwarten, die jedoch bald auf meinen Tisch kommen werden. Ansonsten sind wir mit den Vernehmungen der näheren und weiteren Bekannten der Mordopfer beschäftigt. Wir haben bereits die »üblichen Verdächtigen«, also kürzlich freigelassene Häftlinge, aus der näheren Umgebung überprüft, doch die hatten alle ein wasserdichtes Alibi. Dieser außergewöhnliche Mord passt in kein Raster. Meiner Ansicht nach handelt es sich um eine Beziehungstat. Es …«

»Haben Sie heute schon einen Blick in die Zeitung geworfen? Dort ist ein sehr interessanter Artikel über die »geheimnisvolle Bestie vom Finsterholz« zu finden. Was ja an sich in Ordnung wäre, würden da nur keine Vergleiche zu einer anderen Mordsache von vor über neunzig

Jahren gezogen werden. Ich nehme an, Sie kennen Hinterkaifeck?«

»Ich habe heute noch nicht in die Zeitung gesehen. Daher weiß ich nicht, was dort steht.«

»Nun, jetzt wissen Sie's. Insgesamt ziemlich gut aufgemacht.

Es war aber auch von ›Insiderinformationen‹ die Rede. Diese können nur aus Ihrem Umfeld stammen. Sie selbst wurden noch nicht interviewt, oder?«

»Nein. Das ist sehr ärgerlich. Anscheinend hat da jemand eine blühende Fantasie, denn es gibt ja bis jetzt noch gar keine handfesten Ergebnisse. Nur Mutmaßungen. So was ärgert mich.«

»Das glaube ich Ihnen gerne. Und der Vergleich zu Hinterkaifeck ist auch ziemlich unglücklich. Schließlich wurde dieser Mordfall nie gelöst, wie Sie wissen.«

»Ja, ich weiß.«

»Sobald Sie Fortschritte gemacht haben, melden Sie sich bitte wieder bei mir. Ich wünsche Ihnen noch viel Erfolg bei Ihren Ermittlungen.«

»Danke.«

Ein Klacken. Der Staatsanwalt hatte aufgelegt. Brauner wurde von einer dumpfen Wut gepackt.

»Hat einer von euch den Pressefritzen ein Interview gegeben?«

Pfahls und Ingram sahen sich irritiert an und zuckten mit den Achseln.

»Nein, natürlich nicht. Was glaubst du denn von uns?«

»Es stand heute in der Zeitung ein Artikel über unseren Fall. An sich in Ordnung, aber es wurden da offenbar Dinge erwähnt, die nur wir wissen können und die zum gegenwärtigen Zeitpunkt nicht an die Öffentlichkeit kommen sollten. Anscheinend hat da einer viel Unsinn außer Haus getragen, was natürlich die Gerüchteküche anheizt. Bitte so was nicht mehr, Leute! Wenn wir greifbare Ergebnisse haben, wird es so oder so eine Pressekonferenz geben. Das könnt ihr denen auch sagen, wenn sie euch anquatschen sollten.«

»Schon klar. Aber wir haben nichts weiter erzählt«, sagte Pfahls.

»War auch nur eine klare Ansage für die Zukunft.«

Brauner wusste, dass es keiner von den beiden gewesen sein konnte. Er hatte den Polizeianwärter Dustin im Visier, aber der war gerade nicht anwesend, und er musste dennoch seinen Dampf ablassen.

Er atmete durch und sagte dann zu Ingram:

»Könntest du bitte in diesem Heim für Behinderte anrufen und unseren Besuch ankündigen? Wir sollten das gleich erledigen.«

Brauner verschränkte seine Arme hinter dem Nacken und versuchte sich zu entspannen. Während Pfahls die beiden Vernehmungsprotokolle in den PC eingab, rief Ingram bei der Stiftung St. Ulrich an.

Das Gespräch war kurz. Nachdem er aufgelegt hatte, gab er bekannt, dass Amelie seit gestern wohlbehalten in der Klinik lebte und es ihr den Umständen entsprechend ganz gut ginge. Er hatte für heute Abend einen Gesprächstermin mit ihr vereinbart. Eine Pflegerin würde dabei sein. Dann fügte er noch hinzu:

»Allerdings darf unser Gespräch mit ihr nicht allzu lange dauern, da die gegenwärtige Situation ihre Spuren hinterlassen habe und das Wohl der Bewohner an erster Stelle steht.«

»Gut. Dann fahren wir hin, Max. Jetzt sofort.«

Wenig später befanden sich die beiden Polizisten auf ihrem Weg. Es hatte wieder heftig zu schneien begonnen, das Grau des Tages und der dreckige Schneematsch auf der B16 dämpften Brauners Stimmung, und er verspürte Lust auf ein Bier. Oder einen Schnaps ... war vielleicht eine Erkältung im Anmarsch?

Besser, ich wäre im Bett geblieben und hätte mich krank gemeldet.

Sie fuhren weiter Richtung Westen. Ungefähr zwischen Burgheim und Rain am Lech bogen sie auf eine Landstraße nach Norden, zur Donau, ab. Sie überquerten diese etwa fünf Minuten später und fuhren die ersten hügeligen Ausläufer der Frankenalb auf und ab. In dem kleinen Dorf Engelsheim folgten sie dem Hinweisschild nach St. Ulrich und standen schließlich vor einem alten imposanten Kloster, welches um mehrere neuere, ziemlich hässliche Bauten aus Beton – ganz im Stil der sechziger und siebziger Jahre – erweitert worden war.

Sie stiegen aus und gingen eine dunkle Steintreppe zum Eingang hinauf. Brauner rutschte auf dem allgegenwärtigen Schneematsch aus und konnte sich gerade noch am Geländer festhalten.

Im Inneren wurden die beiden empfangen von der ganzen Schwere eines Sakralbaues – hohe, weiß getünchte Wände, einige alte Heiligenfiguren in gemauerten Nischen, polierter Kalksandstein mit Versteinerungseinschlüssen unter ihren Füssen. Links vom Eingang befand sich ein kleines Büro zur Anmeldung.

»Kriminalpolizei Ingolstadt, Brauner. Wir haben vorhin hier angerufen und um einen Termin mit Ihnen gebeten. Es geht um Amelie Steiner.«

»Ja – warten Sie nur kurz einen Moment. Ich gebe Bescheid, dass Sie da sind.« Der Mann am Empfangstresen, ein verhutzelter kleiner Kerl mit Nickelbrille und braunem Pullunder, griff zum Telefon und führte ein kurzes Gespräch.

»Frau Weinlacher wird gleich kommen. Nur ein paar Minuten.«

Wenige Augenblicke später erschien eine hoch gewachsene Frau mit grauen Haaren, die sorgsam nach hinten gekämmt und zu einem Zopf gebunden waren. Sie wirkte gar nicht wie eine Kirchenfrau, sondern eher wie eine in Amt und Würden ergrauter Intellektuelle. Typ Sozialpädagogin, dachte Brauner.

»Ah, die Herren von der Kriminalpolizei aus Ingolstadt, nehme ich an? Guten Tag, mein Name ist Weinlacher. Ich bin der Leiter der hiesigen Einrichtung für Menschen mit einer Behinderung. Was kann ich für Sie tun?«

»Ich bin Kriminalhauptkommissar Hendrik Brauner. Das ist mein Kollege, Herr Ingram. Wir kommen wegen Amelie Steiner, die schon seit gestern bei Ihnen wohnt, und würden sie gern kennen lernen. Auch wenn sie nicht reden kann, wie wir inzwischen wissen. Ich nehme an, Sie haben gehört, was vorgestern in Moosbach geschehen ist, nicht wahr?«

Frau Weinlacher blickte besorgt.

»Ja, das haben wir mitbekommen. Eine unglaublich schreckliche Tat. Ich frage mich, zu was die Menschen fähig sind. Meiner Meinung nach eine direkte Folge des allgemeinen Glaubensverfalls.«

Ingram räusperte sich.

»Wie geht es denn der Amelie? Hat sie ihr neues Heim gut angenommen?«

»Nun ja, eigentlich schon, Gott sei Dank. Wir kannten die Amelie von unserer Förderschule, und so war sie keine total Fremde. Als gestern die Anfrage vom Jugendamt einging, hielt ich es für unsere Christenpflicht, ihr sofort eine Unterkunft bei uns zu verschaffen. Das weitere werden wir noch in den nächsten Tagen klären. Vielleicht kann sie bei uns wohnen bleiben. Schön wäre es auf jeden Fall.«

»Sie unterhalten hier auch eine Förderschule? Und wer wird dort unterrichtet?«, fragte Brauner.

»Sowohl Bewohner dieser Einrichtung, als auch Menschen, die von extern herangefahren werden. Wir haben einen eigenen Fuhrpark, der das erledigt. Amelie ist eine von den Externen.«

»Wo ist denn nun die Amelie Steiner?«

»Folgen Sie mir einfach. Aber eines im Voraus: Nach all dem Schrecklichen, dass dieses Mädchen hat durchmachen müssen, sollten Sie nicht zu sehr auf sie eindringen. Sie braucht viel Ruhe, verstehen Sie?«

»Kein Problem. Wir wollen uns nur ein allgemeines Bild dieser Familie machen. Und wer weiß – vielleicht kann Sie uns auf die eine oder andere Art und Weise doch noch einen Hinweis geben?«

Die Heimleiterin lächelte verschmitzt, während Brauner Ingram einen skeptischen Blick zuwarf.

Sie gingen durch eine gläserne Schwungtür auf der anderen Seite des Klostergebäudes hinaus und betraten einen weitläufigen Garten, auf dessen gegenüberliegender Seite die hässlichen Betongebäude standen, die Brauner vorher schon bemerkt hatte. Weinlacher steuerte auf eines dieser Häuser zu.

Wie in einem Bunker, dachte Brauner, als er das Haus betrat.

»Wir sind nun in Haus Antonius. Es gibt insgesamt vier Wohnhäuser in unserer Einrichtung, die baugleich sind und in den siebziger Jahren errichtet wurden. Sie sind sehr zweckmäßig, wie Sie sehen.«

Weinlacher erklärte noch dies und jenes, während sie die Treppen hinaufstiegen und schließlich vor der Tür einer Wohngruppe namens »Edelweiß« ankamen.

Er klingelte.

Eine Mitarbeiterin erschien und öffnete die verschlossene Tür und ließ die kleine Gruppe herein.

»Das ist Frau Kravcik, die für hier zuständige Wohngruppenleitung. Sie wird Ihnen ab jetzt Rede und Antwort stehen. Ich verabschiede mich nun von Ihnen, meine Herren. Einen schönen Tag noch!«

Nach einer kurzen Vorstellung führte Frau Kravcik die Polizisten vor das Zimmer von Amelie Steiner.

»Wie stark ist ihre geistige Behinderung – ich meine, versteht sie uns und weiß sie, über was wir reden?«, fragte Max Ingram.

»Oh ja, sehr wohl«, antwortete Frau Kravcik. »Trisomie 21 muss nicht unbedingt bedeuten, dass eine umfassende geistige Behinderung vorliegt. Zwar ist dies bei sehr vielen Menschen mit diesem Gendefekt der Fall, bei Amelie ist sie aber nur sehr schwach ausgeprägt. Sehr viel mehr kommt zum Tragen, dass sie autistische Züge hat und nicht sprechen kann. Aber kommen Sie mal mit, ich zeige Ihnen etwas.«

Sie klopfte kurz und öffnete dann die Tür.

An einem Tisch vor einem Fenster saß ein kleines Mädchen, das anscheinend ganz ins Malen vertieft war.

»Amelie, du hast Besuch! Schau, zwei nette Herren von der Polizei sind da!«

Als sie sich daraufhin umdrehte, erkannte Brauner die typischen Merkmale eines Trisomie-21-Gendefekts. Da waren die beiden leicht nach oben gezogenen Augen. Eine gewisse Kleinwüchsigkeit angesichts der Tatsache, dass Amelie schon vierzehn Jahre alt war. Und das insgesamt etwas pummelige Erscheinungsbild. Er lächelte sie an.

Amelie lächelte zurück.

Auch mit ihren blaugrauen Augen. Dann stand sie auf, strich sich ihre flachsblonden Haare aus der Stirn und gab dem überraschten Brauner die Hand.

Sie ging auf den Tisch zu. Die beiden Polizisten folgten ihr. Frau Kravcik wies auf das Blatt Papier, auf dem Amelie etwas gemalt hatte, als sie eintraten.

Brauner betrachtete die Zeichnung.

Ihm stockte der Atem. Vor ihm lag tatsächlich ein wunderschön gezeichnetes Bild der Landschaft vor dem Fenster: Das Klostergebäude, einige kahle Bäume davor, der alte romanische Kirchturm.

»Das ist ja erstaunlich! Wie hat sie das gelernt? Ich meine, die Bauernfamilie, aus der sie kommt, kann es ihr ja wohl nicht beigebracht haben, oder?«, sagte Brauner.

»Von dort hat sie dieses Talent auch nicht. Menschen mit autistischen Zügen weisen bisweilen ganz besondere Inselbegabungen auf, das heißt, sie können eine bestimmte Sache besonders gut, während andere Fähigkeiten, leider auch einige wichtige, die zur Bewältigung des Alltags nötig sind, unterentwickelt ausfallen. Bei Amelie ist es ihr hervorragendes photographisches Gedächtnis und ihr fast schon ans Unheimliche grenzende Talent zum Malen und Zeichnen.«

Ingram wandte sich an Amelie.

»Das ist ja ganz toll, wie du zeichnen kannst! Ich wünschte, ich wäre so gut wie du!«

Amelie wurde rot und versteckte sich ein wenig hinter Brauner. Dann umfasste sie ihn ganz und schmiegte sich liebevoll an ihn.

»Das ist außergewöhnlich«, sagte Frau Kravcik. »Normalerweise hält Amelie eher eine mehr oder weniger große Distanz zu ihren Mitmenschen und vermeidet Berührungen.«

»Du, Amelie, komm doch mal her«, sagte Ingram auf eine jugendlich-kumpelhafte Art. Sie löste sich wieder von Brauner und kam langsam auf ihn zu. Er ging in die Hocke, um auf gleicher Augenhöhe mit ihr zu sein.

»Jetzt pass mal auf: Der Hendrik und ich sind von der Polizei. Und wir wollen herausfinden, wer deiner Mama und die anderen Leute auf eurem Bauernhof so wehgetan hat. Kannst du dich vielleicht an jemanden erinnern? Du kannst doch sehr gut malen? Kannst du das Gesicht zeichnen? Oder einfach nur nicken, wenn es, sagen wir mal, jemand war, den du gut gekannt hast? Der Paul vielleicht?«

Bei dem Namen Paul änderte Amelie von einer Sekunde auf die andere ihren Gesichtsausdruck. Er war jetzt erschrocken. Entsetzt.

Sie wich vor Ingram zurück an den Tisch, setzte sich wieder auf ihren Stuhl und begann zu laut zu weinen.

»Meine Herren, das war anscheinend zu viel für sie. Es ist doch erst zwei Tage her, als das alles passiert ist. Amelie ist noch voll traumatisiert. Da ist doch noch gar nichts verarbeitet!«, sagte Frau Kravcik.

»Ich habe ihr doch gar nichts getan!«, antwortete Ingram.

»Getan nicht. Aber ihre Fragestellung war – nun, zu hart.

Es ist noch zu früh für so was. Ich muss Sie jetzt bitten, den Raum zu verlassen. Zu einem späteren Zeitpunkt können sie gerne wiederkommen. Verstehen Sie mich nicht falsch, aber Amelies Wohl geht hier einfach vor.«

Ingram schwieg ungehalten. .

Gerade wollte Frau Kravcik die Tür zum Flur öffnen, als sie vom Tisch her leises Gekritzel hörten. Amelie zeichnete etwas. Und zwar sehr schnell und konzentriert. Dann sah sie mit ihren rot verweinten Augen auf.

Als Brauner die Zeichnung betrachtete, konnte er zuerst nicht sehen, um was es sich handeln sollte. Ingram glaubte, in der sehr detaillierten Zeichnung so etwas wie eine Eichel zu erkennen, die allerdings an vielen Stellen durchlöchert war.

»Ist das eine Art Tee-Ei?«

Doch sie schüttelte nur den Kopf. Also nein.

»Hat dieses Ding etwas mit dem zu tun, was passiert ist?«

Sie nickte.

»Eine Eichel mit Löchern? Wirklich?«

Nun kam gar keine Reaktion mehr. Amelie verschränkte ihre Arme vor der Brust und schwieg beharrlich.

»Äh … Amelie … ist es …-«

Frau Kravcik unterbrach Brauner.

»Ich glaube nicht, dass es etwas bringt, Amelie noch weitere Fragen zu stellen und sie unter Druck zu setzen. Sie blockiert jetzt.«

Brauner zuckte mit den Schultern und gab sich geschlagen.

»Dürfen wir dein Bild mitnehmen, Amelie?«

Sie nickte.

Nachdem Brauner noch seine Visitenkarte bei Frau

Kravcik hinterlassen hatte – für den Fall, dass »irgendwas geschehen sollte« – fuhren die beiden Kriminalbeamten wieder nach Ingolstadt zurück.

Brauner war die ganze Rückfahrt still in Gedanken. Die grausigen Bilder jenes Morgens gingen ihm wieder durch den Kopf. Dieser Familienmord – er sollte gar nicht versteckt werden. Es ging um die Offenlegung, obszöne Präsentation der Hingeschlachteten. Bestrafung und Abschreckung zugleich. Ein blutiger Racheakt. Aber was war mit Amelie?

Er teilte seine Gedanken mit seinem Kollegen: »

Es ist mir immer noch schleierhaft, warum Amelie verschont wurde. Ich meine: Wenn der Täter aus dem näheren Umfeld der Familie kam, sei es dieser Paul, sei es auch der Michael Steiner oder jemand aus dem Dorf, dann müssen sie über ihre Inselbegabung Bescheid gewusst haben. So jemanden lässt man doch nicht am Leben! Auch wenn sie nicht sprechen kann – Es wäre viel zu gefährlich.«

Ingram fuhr ein wenig langsamer.

»Du meinst, dass es vielleicht jemand gewesen sein könnte, der von außerhalb kam? Aber warum dann diese sinnlosen Verstümmelungen? So was deutet doch auf tief sitzenden Hass hin. Ein gewöhnlicher Raubmörder wäre doch völlig anders vorgegangen. Das Thema hatten wir doch schon mal, Hendrik.«

»Ja, ich weiß. Wir drehen uns im Kreis. Bin aber schon gespannt, wie es mit dem blutverschmierten Nachtkleid von Amelie aussieht, das Dominik hoffentlich besorgt hat.«

Brauners Handy klingelte. Es war die Nummer von Hartmann. Er ging ran.

»Brauner?«

»Ja, hallo, hier Hartmann. Was war da los mit der Presse?«

Bitte nicht schon wieder.

»Irgendeiner hat offenbar gegenüber den Journalisten etwas über unsere Arbeit gemutmaßt, und die haben sich dann den Rest zusammengereimt. Ich bin auch schon ziemlich sauer deswegen. Aber dagegen machen können wir nichts, jetzt ist die Sache auch schon raus.«

»Ich habe für morgen Vormittag um zehn eine Pressekonferenz anberaumt. Sie werden sie leiten.«

Brauner schluckte.

»Aber wir haben doch noch so gut wie keine Ergebnisse zu präsentieren! Das ist doch …«

»Dann sagen Sie eben genau das, noch garniert mit ein paar Allgemeinfloskeln und positiven Ausblicken. Sie können das schon, Herr Brauner. Bis dann. Schönen Tag noch.«

»Und? Wie war es in der Stiftung?«, fragte Dominik Pfahls seine beiden Kollegen, als sie ins Büro kamen.

»Recht interessant. Diese Amelie ist ein kleines Genie. Hat ein sehr genaues Gedächtnis und kann zeichnen und malen wie ein Weltmeister. Was uns nützen könnte. Schau dir das mal an. Vielleicht kommst du ja darauf, was das darstellen soll.«

Damit reichte Brauner ihm Amelies Zeichnung.

»Nun, meiner Meinung nach sieht das aus wie eine Eichel oder Nuss mit einer Menge Löcher.«

Ingram schmunzelte.

»Das haben wir uns auch gedacht. Das Ding, was immer

es auch sein mag, steht wohl in direktem Bezug zur Tat. Wir wollten in der Stiftung St. Ulrich ein paar Antworten finden. Stattdessen haben wir jetzt ein Rätsel mehr, schätze ich.«

»Wie war es bei dir? Hast du das Nachtkleid von Amelie in die Gerichtsmedizin bringen können?«, fragte Brauner.

»Ja, das war kein Problem. Auch wenn es tatsächlich gewaschen worden ist. Ich habe es mir kurz angesehen, es befinden sich wirklich etliche Blutflecke darauf. Nur dass diese jetzt mehr roséfarben als tiefrot sind. Ich hoffe, die Forensik kann damit was anfangen. Aber – nun … da war noch etwas anderes.«

Brauner sah ihn an.

»Was denn?«

»Diese Familie Garchinger ist ein wenig seltsam. Gut, jeder hat so seine Hobbys und Eigenheiten. Aber das, was ich dort gesehen habe, war gelinde gesagt schon ziemlich bizarr.«

»Jetzt mach‹s mal nicht so spannend.«

»Also, es ist so: In jeder Ecke dieser Wohnung stehen Heiligenfiguren. Und zwar vor allem solche, die Märtyrer darstellen, die auf irgendeine grausame Art und Weise zu Tode gefoltert wurden. St. Sebastian, St. Andreas und so weiter. An den Wänden hängen genauso Bilder und Bildchen vom leidenden und sterbenden Jesus. Bei Nacht ein ziemlich unheimlicher Ort, glaube ich. Die Frau vom Herrn Garchinger ist anscheinend eine sehr strenggläubige Katholikin.«

»Warum nur die Frau?«, fragte Ingram.

»Na, während er ganz normal mit mir gesprochen hat, saß sie die ganze Zeit über in der Sitzecke und hat geschwiegen. Keine Miene verzogen, nicht gelächelt, nichts. Wie versteinert. Sie hat mich mit einem ziemlich herablassenden Blick angesehen. Noch nicht einmal gegrüßt hat sie mich. Als mir der Herr Garchinger dann das Nachtkleid übergab, sagte sie nur: ›Der Herr hat es gegeben, der Herr hat es genommen.‹ Außerdem war sie ganz in Schwarz gekleidet und hatte nicht nur ein Kreuz um den Hals hängen.

Eine Stimmung wie in einer Grabkapelle. Nichts für mich, das kann ich euch sagen.«

Brauner lächelte. Er war auf dem Land aufgewachsen, kannte die bodenständige Bevölkerung und den dort herrschenden katholischen Glauben sehr gut.

»Ja, manche übertreiben es mit ihrem Glauben, das ist wahr – aber darauf würde ich jetzt nichts geben. Schließlich soll jeder nach seiner Fasson selig werden, wie der alte Fritz schon sagte, oder nicht? Wir haben jetzt gleich Fünf. Wir müssen mit unserer heutigen Ergebnisbesprechung anfangen. Gehen wir rüber in Raum 242, dort wartet wahrscheinlich schon der Rest.«

Der Rest des Teams saß bereits auf den Stühlen. Brauner räusperte sich, wie er es immer tat, wenn er vor mehreren Leuten reden musste. Es war die unangenehme Seite seines Jobs. Aber was tat man nicht alles fürs gute Geld?

»Fangen wir bei der Ortsbefragung in Moosbach an. Haben Sie etwas herausgefunden, meine Herren?«

»Schon so einiges«, erwiderte einer der Beamten, die bei der Klingelputzaktion beteiligt gewesen waren.

»Dieser Paul war wohl ein ziemlicher Außenseiter. So richtig gekannt oder gemocht hat ihn anscheinend keiner. Von konkret drei Leuten habe ich gehört, dass sie ihn sogar ein wenig unheimlich fanden. Im Dorf hat man ich nicht oft gesehen. Nur jeden Sonntagnachmittag ging er immer spazieren, in ein nahes Waldstück an der Donau. Und manchmal war auch die Amelie Steiner dabei. Was viele als ziemlich seltsam empfunden haben.«

»Aha. Und warum?«

»Habe ich auch gefragt. Es kam aber immer nur die vage Antwort, dass sie es nicht gern sahen, wenn das Mädchen an der Hand von ›so einem‹ im Wald verschwand. Einen konkreten Verdachtsansatz auf Missbrauch oder so etwas äußerte aber niemand.«

Brauner nickte.

Diese Darstellung deckte sich mit jener, die Garchinger heute Morgen abgegeben hatte. Ein anderer, noch junger Kollege meldete sich zu Wort.

»Ein Herr Wiesner berichtete, dass er vor der Tatnacht auch wieder unterwegs war, aber ohne das behinderte Mädchen. Er blieb länger weg als sonst, mehrere Stunden, und kam erst zurück, als es schon dämmerte.«

»Hat er einen Verdacht genannt, warum das so gewesen sein könnte? Niemand latscht freiwillig an einem frostigen Winterabend ohne Grund so lange in einem Wald herum.«

»Nein. Er hat nur gemeint, dass dort im Auwald dunkle Dinge vor sich gehen würden, von denen er nichts weiß und auch nichts wissen will.«

»Dunkle Dinge? Hat er das noch genauer beschrieben?«

Brauner war neugierig geworden. Hinter solchen ländlichen Gerüchten pflegte stets ein Körnchen Wahrheit zu stecken.

»Ja, schon. Er ist dem Paul mal nach geschlichen, an einem Abend im Herbst. Zwar verlor er ihn aus den Augen, aber dafür hat er etwas gehört, dass ihm ›das Blut in den Adern gefrieren‹ ließ, wie er sagte.«

»Was?«

»Seltsame Laute. Sie klangen manchmal wie unterdrückte Schreie, manchmal wie Beschwörungsformeln. Der Herr Wiesner hat sich dann nach Hause zurückgezogen, weil ihm die Sache nicht geheuer war. Steht alles genauer im Protokoll.«

Hätte ich an seiner Stelle auch getan, dachte Brauner.

»Gut. Reichlich mysteriös, aber immerhin schon mal etwas. Ich gehe davon aus, dass Sie sich auch nach dem Familiennamen des Verdächtigen erkundigt haben?«

»Ja. Aber Fehlanzeige. Keiner weiß seinen vollen Namen, geschweige denn, wo er herkam oder was er früher gemacht hat. Wirklich keiner.«

Wie erwartet.

»Haben Sie was über den vermissten Michael Steiner herausgefunden?«

»Nichts Besonderes. Außer, dass er und seine Familie im Ort alles andere als beliebt waren.«

Wie? Brauner horchte auf. Hatte nicht der Garchinger etwas anderes behauptet?

»Können Sie mir das näher erläutern? Inwiefern unbeliebt?«

»Wir haben unabhängig voneinander mehrmals gehört, dass der Steiner ein ziemlich unfreundlicher Mensch gewesen sein soll. Es hieß, er wäre sehr geizig gewesen und seine Familie soll er ziemlich schlecht behandelt haben. Vor zwei Jahren hat er seine Frau so geschlagen, dass sie vom Hof floh und bei einem Anwohner ein paar Häuser weiter übernachtete. Anzeige wurde aber nicht erstattet. Trotzdem, die Leute aus Moosbach scheinen den Herrn Steiner nicht zu vermissen.«

»Aha. Und wie sieht es mit dem Bruder des Opfers Anna Rankenbichler aus? Konnten Sie in Bergen was erreichen?«

»Na ja, der Markus Rankenbichler ist traurig über den Tod seiner Schwester. Aber auch er wusste nicht viel zu berichten. Er hat nach eigener Aussage mit vielen eigenen Problemen zu kämpfen – er ist verarmt und lebt quasi von der Hand in den Mund. Seine Schwester musste ihm immer etwas von ihrem dürftigen Einkommen zustecken.«

Brauner blickte nachdenklich. Kein echter Ansatz hier. Er berichtete so kurz wie möglich über den Besuch bei Amelie Steiner. Anschließend überließ er das Wort Dominik Pfahls, der noch über das blutige Nachthemd ein paar Worte verlor. Brauner schnäuzte sich. Offenbar war eine Erkältung im Anflug.

Danach fuhr er fort mit der Aufgabenverteilung für den nächsten Tag: »Ich würde folgendes vorschlagen: Zum einen werde ich heute noch die Fahndung nach Paul Soundso veranlassen. Er ist für mich, auf Grund aller vorhandenen Indizien, der Hauptverdächtige. Schon allein seine Flucht spricht Bände. Es *kann* sich nur um eine solche handeln, denn es wurde weder seine Leiche gefunden, noch ist er sonst wo aufgetaucht, um uns etwa zu helfen. Also ist er höchstwahrscheinlich sehr lebendig und macht uns eine lange Nase, wenn wir nicht handeln. Gut, er könnte traumatisiert in der Gegend herumirren, aber daran glaube ich nicht. Bei dieser Kälte hält es niemand lange draußen aus, egal in welchem seelischen Zustand; man wäre auf ihn aufmerksam geworden. Soweit mal dazu. Zum anderen sollten wir dem Hinweis vom Herrn Wiesner nachgehen. Max, kannst du bitte bei ihm anrufen und herausfinden, welches Waldstück an der Donau er konkret meint? Wir werden uns das morgen dann mal zusammen mit ihm genauer anschauen. Dominik und Sie – wie war nochmals bitte ihr Name? – Frau Eisenberger fahren dann bitte mit mir mit nach Moosbach. Sobald die morgige Pressekonferenz beendet ist, natürlich. Vorher nicht.«

»Eins noch, Hendrik«, sagte Max Ingram.

»Vorhin hat noch die Frau Anwander angerufen. Du weißt schon, die Mutter des ermordeten Josef Anwander aus Burgheim. Sie wollte mit dir reden und sich über den Stand der Dinge informieren.«

Brauner atmete erschöpft aus und nickte.

»Später. Ich kümmere mich schon darum.«

Nachdem die Sitzung beendet war, blieb er als einziger da, während seine Kollegen ihren verdienten Feierabend machten. Er ging in sein Büro, schloss die Tür und setzte sich an seinen Platz. Es war schon seit einiger Zeit dunkel geworden, so dass er die Lampe auf dem Schreibtisch anmachen musste. Dann lehnte er sich nach hinten.

Endlich alleine.

Nach nur einer kurzen Verweildauer rief er bei den Anwanders in Burgheim an. Die Mutter des Ermordeten war zwar gleich am Apparat, aber vor Weinen kaum fähig, Brauner konkrete Fragen zu stellen. Er versuchte zu trösten, wo kaum Trost möglich war, und zu verstehen, was er selbst nicht verstand. Nach einer halben Stunde war das Gespräch beendet. Brauner versprach der verzweifelten Mutter, sich zu melden, sobald es etwas Neues geben würde. Dann war der Staatsanwalt an der Reihe. Er musste es eine ganze Zeitlang läuten lassen, bevor Kleinert an den Apparat ging. Er war über die späte Störung nicht begeistert. Brauner beantragte den U-Haftbefehl für Paul, den ihm der Staatsanwalt nach kurzem Zögern schließlich auch bewilligte.

Dringender Mordverdacht.

Ab morgen würde dann die Fahndung in der Öffentlichkeit laufen, das Phantombild in der Zeitung zu sehen sein, auch von sämtlichen Plakaten starren. Und in den sozialen Medien geteilt werden. Wenn es der Verdächtige doch nicht gewesen sein sollte, so würde er sich spätestens jetzt schnellstens stellen, um die Sache aufzuklären.

Nach dem Gespräch nahm Brauner abermals den Hörer in die Hand. Er wählte seine eigene Festnetznummer. Niemand nahm ab. Auch nicht nach zwanzigmal Läuten. Sorge stieg in ihm auf. Was für ein widerliches, saugendes Gefühl.

Emily?

Sie schien nicht zu Hause zu sein. Er legte wieder auf. Wählte erneut, diesmal ihre Handynummer.

Doch auch hier Fehlanzeige. Mist, dachte Brauner erschöpft. Wo steckt sie nur? Er machte sich Vorwürfe. Hätte er nicht schon längst daheim sein sollen? Gemeinsam mit ihr kochen, zu Abend essen? Oder eine Pizza bestellen?

Das Klingeln des Telefons schreckte ihn auf.

Es war Emily. Sie klang verschlafen.

»Du hast mich aufgeweckt. Wo bleibst du denn, wolltest du nicht schon seit zwei Stunden hier sein?«, sagte sie. Der Vorwurf in ihrer Stimme war nicht zu überhören.

»Es hat länger gedauert heute. Aber ich komme jetzt dann. Kannst du bitte eine Pizza bestellen, zum Kochen bin ich heute zu müde. Okay?«

»Ja, na gut«, kam es aus dem Hörer zurück.

»Es dauert in letzter Zeit immer länger, weißt du?«

Dann legte sie auf. Brauner lächelte amüsiert in sich hinein. Wenn er weg war, vermisste sie ihn; war er jedoch da, schien er ihr gehörig auf die Nerven zu gehen. Diese Pubertät. Er war für seinen Teil froh, das alles nicht noch einmal durchmachen zu müssen. Und froh darüber, dass es Emily gut ging.

6

Noch halb im Schlaf, spürte Paul ganz deutlich die Präsenz einer Person. Er rieb sich vorsichtig die Augen. Es war stockdunkel in der Scheune, aber dennoch wusste er, dass es bereits früher Morgen war. Was hatte ihn aufgeweckt? Es war so still. Unnatürlich still. Noch nicht einmal vom Stall schräg gegenüber kam ein Laut.

Paul versuchte sich zu orientieren. Wo hatte er sich nur genau hingelegt am Abend vorher? Er tastete in der Dunkelheit nach seinem Rucksack, fand aber nur die kalt gewordene Wärmflasche. Er begann trotz der vielen Decken und des Strohs, auf dem er lag, zu frieren.

Dann, ganz leise, kaum vernehmbar, ein Geräusch. Wie ein Windhauch nur.

Oder wie ein Schleichen.

Instinktiv wich Paul zurück, drückte sich in das Stroh hinter ihm. Da war etwas in der Dunkelheit. Und zwar etwas Bedrohliches.

Mit einem Klicken fiel plötzlich blendendes Licht in Pauls Gesicht. Ein erschrockener Laut entfuhr seiner Kehle. Er schirmte mit seiner rechten Hand seine Augen ab, um überhaupt etwas sehen zu können.

»Du hast Glück, dass meine Alte mir mit ihrem mildtätigen Geschwätz noch den ganzen gestrigen Abend in den Ohren gelegen ist. Sonst hätte ich dich genau jetzt wieder von meinem Hof verjagt. Sie scheint dich zu mögen. Wenn auch aus Gründen, die mir ehrlich gesagt schleierhaft sind.«

Es war Michael Steiner. Mit seiner großen Taschenlampe leuchtete er Paul immer noch geradewegs ins Gesicht.

»Was – was wollen Sie?«, sagte dieser überrascht.

Steiner kam näher.

»Nicht allzu viel. Eigentlich will ich dir nur ein Angebot unterbreiten. Vorausgesetzt, du hast Zeit und Lust, es dir anzuhören.«

Er setzte sich auf einen Heuballen Paul gegenüber.

»Ja – natürlich – um was geht es denn?«

Pauls Überraschung wurde immer größer. Er hatte einen Überfall erwartet, und nun dies?

»Also, es verhält sich folgendermaßen: Ich bräuchte eine Hilfskraft auf meinem Hof. Und zwar nach Möglichkeit eine männliche, denn Frauen gibt es hier schon genug. Die Arbeit ist nicht leicht, sondern hart und dreckig. Allzu viel zahlen kann ich dir auch nicht, aber ich denke, es wird immer noch mehr sein als das, was du jetzt hast, um dein jämmerliches Pennerleben zu finanzieren. Habe ich Recht, oder habe ich Recht?«

Paul nickte langsam. Er konnte nicht glauben, was er da gerade hörte.

»Wenn du willst, kannst du eine Kammer im Haus haben. Die Miete dafür würde ich dir gleich vom Lohn abziehen. Dürfte auf Dauer aber immer noch besser sein als das hier, oder? Wie sieht's aus?«

»Ja, natürlich. Ich will.« Mehr bekam Paul als Antwort nicht heraus.

»Na also. Das habe ich mir gedacht. Ich bräuchte dann natürlich noch deinen Sozialversicherungsausweis, um dich anmelden zu können.«

»Äh – ja, nein … den habe ich nicht dabei. Verloren, glaube ich.«

Steiner lachte hämisch. Da war etwas in seiner Stimme, das Paul nicht gefiel.

Etwas Gemeines, Dunkles.

»Das habe ich mir fast schon gedacht. Du hast etwas auf dem Kerbholz, Freundchen, nicht wahr? Und deinen Personalausweis hast du wahrscheinlich auch ›verloren‹, oder?«

»Vielleicht, ja.«

Steiner schwieg. Er schien zu überlegen. Dann sagte er bedächtig:

»Ich will gar nicht wissen, was du angestellt hast, Paul Gnadenegger oder wie auch immer du in Wirklichkeit heißen magst. Entscheidend für mich ist, dass du gut arbeitest und dich hier einfügst. Der Rest interessiert mich nicht. Machen wir die Sache also schwarz. Damit spare ich mir sämtliche Abgaben und brauche mich an keinen Tarif halten.«

Paul flüsterte ein leises Ja. »Und merke dir eines: Hier auf diesem Hof habe ich das Sagen. Niemand sonst, auch meine Frau nicht. Wenn mir deine Arbeit oder sonst irgendwas an dir nicht passt, schmeiße ich dich raus, und du kannst wieder auf der Straße pennen. Oder dich von der Polizei schnappen lassen, die sich sicherlich für deinen Aufenthaltsort interessiert. Haben wir uns verstanden?«

»Ja.«

»Gut. Dann komm mit. Ich zeige dir deine Kammer.

Kannst ja gleich einziehen, viel Möbel hast du ja wohl nicht dabei, oder? Ha, ha!«

Paul stand auf und folgte Michael Steiner in die Dunkelheit. Am frostigen Himmel zeigten sich viele Sterne. Es schien also ein schöner Tag zu werden. Seine Gefühle ob dieser Entwicklung waren äußerst zwiespältig. Einerseits hatte er so etwas wie eine Anstellung gefunden, was Geld bedeutete, auch eine gewisse Sicherheit, und ein Dach über dem Kopf; anderseits war er auch in Abhängigkeit von einem Menschen geraten, dessen Charakter ihm mehr als zweifelhaft erschien. Der Bauer war ihm unheimlich und sein höhnisches Lachen verhieß nichts Gutes. .

Sie gingen durch den Flur und die hölzerne, steile Wendeltreppe nach oben hinauf in die Dachkammer. Schon bei seiner Ankunft hatte Paul an den Dachgauben gesehen, dass hier mehrere Mansardenstuben sein mussten. Eine solche sollte also seine künftige Bleibe werden.

Hatte er das alles der warmherzigen Christine Steiner zu verdanken? Oder nur der kalten Kosten/Nutzen-Rechnung ihres Ehemanns? Oder – höherer Fügung?

Paul wusste es nicht. Und wollte es vielleicht auch gar nicht wissen.

Die Mansardenstube erwies sich als klein und wenig gemütlich. Die Einrichtung war spärlich, ihm gegenüber unter dem butzenhaften Fenster stand ein schmuckloses Bett mit Holzgestell, daneben ein kleiner Beistellschrank mit einem altmodischen Wecker; schräg rechts hinter der Tür in der Ecke befand sich ein Schrank, der auch schon mal bessere Zeiten gesehen hatte. Der Boden bestand aus knarrenden Holzdielen.

Es roch muffig und feucht. Wahrscheinlich ist irgendwo Wasser eingedrungen, dachte Paul.

»Zentralheizung haben wir nicht in meinem Haus. Dort drüben ist ein Kanonenofen, wenn du willst, dass es warm bei dir ist, musst du unten Holz holen und ihn dir anmachen. Ich hoffe, du weißt, wie so was geht?«

»Ja, natürlich, kein Problem«, beeilte Paul sich zu antworten. Er wollte alleine sein und seine paar Habseligkeiten im Raum verteilen. Die Anwesenheit des Bauern war ihm unangenehm.

»Du kannst es dir jetzt gemütlich machen. In einer Stunde kommst du runter in die Küche, wir machen dort immer gemeinsam Frühstück. Das ist hier das feste Ritual. Wer zu spät kommt, kriegt auch nichts mehr. Ich mag keine Extrawürste. Verstanden?«

»Ja – eine Frage noch: Wo ist hier eigentlich die Toilette?«

»Gleich die Tür weiter. Gegenüber ist das Badezimmer. Wir haben aber nur eine Badewanne, Dusche gibt es keine.«

Paul nickte. Hätte mich nicht gewundert, wenn er gesagt hätte, das Klo wäre auf dem Hof, dachte er.

»Hast du eigentlich ein Handy?«

Paul verneinte. »Das kann ich mir im Augenblick leider nicht leisten. Später vielleicht mal wieder.«

Er glaubte, im Blick des Bauern Erleichterung zu verspüren.

»Das ist auch gut so. Ich dulde nämlich auf meinem Hof keinen Computer-Quatsch. Wir brauchen hier diesen modernen Dreck nicht. Keiner von uns.«

Nachdem Michael Steiner gegangen war, richtete Paul seine neue Bleibe ein und legte sich dann nochmals auf das Bett. Es roch frisch, immerhin. Die einzige Lichtquelle war eine antiquierte Nachttischlampe. Er schaltete sie aus und befand sich wieder im Dunkeln.

Ich habe ein unwahrscheinliches Glück, dachte Paul.

Hatte er seit zwischen den Jahren nicht immer nur Pech gehabt, war es seither nicht immer nur bergab gegangen? Er hatte kein Recht, dem Mann gegenüber undankbar zu sein. Gut, vielleicht war er ein wenig harsch, aber daran könnte er sich gewöhnen. Und trotzdem – die versteckte Drohung mit der Polizei vorhin hatte ihm nicht gefallen. So wie es aussah, hatte der Alte ihn vollständig in der Hand. Er durfte ihn nicht reizen und das hier aufs Spiel setzen. Ein Dach über dem Kopf, regelmäßige warme Mahlzeiten und auch noch ein wenig Geld – verführerisch genug, um einiges ertragen zu können.

Er würde hier bleiben.

Paul stand auf und knipste das Licht wieder an. Er hatte Hunger, und das Frühstück wartete unten. Zeit, sich zu waschen und in einen menschlichen Zustand zu bringen. Er entdeckte ein kleines Kruzifix aus Holz, dass an der Innenseite der Dachgaube hing. Der gekreuzigte Heiland sah unter seiner Dornenkrone zu Boden, das ganze Leid der Welt in seinem gequältem Blick zum Ausdruck bringend.

Er würde, wenn die Zeit soweit war, nicht ihm, sondern dem *Anderen* für dieses Geschenk danken.

Schon bald.

Zwei Wochen später hatte er das meiste, was es auf Finsterholz an Handlangerarbeiten und ähnlichem zu erlernen gab, intus. Wobei er jetzt, während der kalten Jahreszeit, auch nicht allzu viel zu tun hatte, außer die Kühe zu füttern und ihnen per Melkmaschine die Milch abzuzapfen. Was also seine Arbeit betraf, so fügte sich Paul gut in die Hofgemeinschaft ein. Er wurde wöchentlich ausbezahlt. Es war zwar, ganz so wie er erwartet hatte, nicht besonders viel, aber immerhin hatte er nun wieder Geld zur Verfügung. Auch wenn er es im Augenblick nicht wirklich brauchte, schließlich hatte er auf dem Hof alles, was er zum Leben benötigte.

Trotzdem fühlte er sich nicht wohl bei der ganzen Sache.

Zwar hatte er die Frauen auf dem Hof mittlerweile besser kennen gelernt und Vertrauen aufgebaut; auch konnte er manchmal mit ihnen scherzen und über dies und jenes reden. Doch sobald Michael Steiner in der Nähe war, kehrte wieder jene frostige Stimmung ein, die auch nach wie vor zu den Mahlzeiten gang und gäbe war. Kein Lächeln, kein freundliches Wort, nichts. Immer nur dieses stoische, angstvolle Schweigen.

Paul hatte allerdings noch nie beobachtet, dass der Bauer gegenüber seiner Familie oder jemand anderem wirklich bösartig oder gar handgreiflich geworden wäre.

Ab und an kam, vor allem abends, Sarahs Verlobter Josef aus Burgheim vorbei. Ein ganz humoriger Mann, der nicht so recht zu der schweigenden Mehrheit am Abendbrottisch passen wollte. Paul mochte ihn sofort; er war allerdings nicht der Vater von Amelie, wie er zuerst vermutet hatte. Diese sollte aus einem früheren Verhältnis von Sarah stammen. Auch wieder so was eigenartiges, dachte er. Waren derartig »wilde« Verhältnisse auf dem Land nicht verpönt? Ein Wunder, dass sie der Alte nicht vom Hof gejagt hatte. Zugetraut hätte ihm das Paul sofort.

Es war nun Anfang Februar. Kalter Regen plätscherte auf das verschlammte Hofgrundstück. Er mühte sich gerade mit der Melkmaschine ab, als Michael Steiner den Stall betrat. Der Bauer sprach ihn von hinten an. Und zwar ruhig und freundlich.

»Du hältst dich ganz gut, Paul. Ich denke, es wird Zeit, dass du jetzt auf Finsterholz richtig eingeführt wirst. Mach die Kuh noch fertig, dann kommst du mit.«

Paul sah erstaunt auf. Was kam denn jetzt auf ihn zu? Eine Art Initiationsritual, wie bei einer Sekte? Er beendete den Arbeitsgang und folgte Steiner neugierig in den Stall. Der Bauer zeigte auf die dort gestapelten Heuballen. Paul folgte seiner Geste mit den Augen und wies ihm den Rücken zu.

»Das Heu ist gut. Es ist nicht nur äußerst wichtig als Nahrung für das Vieh im Winter, sondern dämpft auch Geräusche. Hast du das gewusst, du Stadtmensch?«

Ehe Paul antworten konnte, traf ihn ein Schlag so heftig am Hinterkopf, dass er nach vorn taumelte und auf einen der Heuballen fiel. Bevor er reagieren konnte, war Steiner auch schon über ihm. Er packte ihn fest mit beiden Händen am Hals und begann ihn zu würgen. Er war derart überrascht, dass er an Gegenwehr gar nicht dachte. Er strampelte lediglich hilflos mit seinen Armen und Beinen herum. Der Bauer war, trotz seines Alters, dem immer noch ausgemergelten Paul körperlich weit überlegen. Er merkte, wie ihm die Luft wegblieb. Und wie er in die Ohnmacht versank. Doch kurz bevor es soweit war, ließ der Bauer von seinem Opfer ab. Paul bekam wieder Luft. Stöhnend und seinen Hals betastend setzte er sich wieder auf. Michael Steiner stand hoch aufgerichtet ihm gegenüber.

Er schwitzte.

»So«, sagte Steiner, »so gehe ich mit Leuten um, die lügen. Hast du verstanden?«

»Nein – wie? Ich verstehe nicht«, antwortete Paul. Seine Stimme kratzte in seinem Hals.

»Doch, das weißt du sehr wohl, du Stück Dreck. Ich habe ein paar Nachforschungen angestellt. Du hast in Jettingen kein Musikgeschäft betrieben. Es hat dort noch nie eines gegeben. Du hast gelogen, als du meiner Frau davon erzählt hast, um ihr auf die Tränendrüse zu drücken.«

Paul erwiderte nichts darauf, weil es nichts zu erwidern gab.

»Ich kann es nicht leiden, wenn auf meinem Hof gelogen wird. Das gilt für alle, besonders aber für Neulinge wie dich. Ich interessiere mich nicht für das, was früher in deinem Leben war. So toll bist du nicht. Aber ich will nicht angelogen werden. Und wenn du meine Frau anlügst, lügst du auch mich an. Dafür gibt es Strafen. Das, was du gerade erlebt hast, ist noch nicht einmal der Anfang.«

Paul umfasste wieder seinen schmerzenden Hals.

»Merke dir eines«, fuhr Steiner fort, »ich habe immer einen Grund, wenn ich zuschlage. Und wenn nicht, dann finde ich einen. Klar?«

Damit trat er Paul mit voller Wucht in den Magen. Er schrie auf und krümmte sich unter furchtbaren Schmerzen zusammen.

»Hör auf zu jammern. Du hast es nicht besser verdient. Mach jetzt weiter mit dem Melken.«

Dann ging er.

Paul versuchte sich wieder aufzurichten. Die Schmerzen im Bauch hielten an. Er hatte Angst, dass ein inneres Organ verletzt worden sein könnte. Gekrümmt blieb er auf dem

Heuballen sitzen. Nach einer gefühlten Ewigkeit wurde es langsam besser.

Seine Situation hatte sich durch diesen Übergriff drastisch zum Schlechten gewendet. Ihm war seine Hilflosigkeit klar vor Augen geführt worden. Es gab jetzt nichts mehr, was schöngeredet werden konnte. Er musste sich was überlegen, eine Taktik, vielleicht auch einen Plan, um hier überleben zu können. Einfach abhauen ging nicht, auch nicht unter diesen Umständen. Oder gerade *wegen* ihnen. Er war sich nun sicher, dass Steiner die Polizei auf ihn hetzen würde, sollte er verschwinden. Hilfe vom Rest der Familie konnte er nicht erwarten. Sie würden ihn wieder dort abliefern, wo er hergekommen war – der größte Horror überhaupt. Paul zog sich bei dieser Vorstellung das Herz zusammen. Er fühlte sich klamm.

Nur das nicht. Nie wieder.

Aber vielleicht lag es auch an seiner Undankbarkeit den höheren Mächten gegenüber, die ihm doch bis jetzt so gut geholfen hatten? Schleppend stand er auf, hielt sich den immer noch schmerzenden Bauch. Er fühlte sich wirklich wie der letzte Dreck. Nicht weil er geschlagen worden war. Sondern weil er sich nicht gewehrt hatte. Und weil er wusste, dass er in Zukunft auf jedes Wort, das er von sich gab, aufpassen musste. Alles musste hieb- und stichfest belegbar sein. Sonst würde es wieder passieren.

Falsch. Es passiert so oder so. Wenn er keinen Grund hat, findet er einen. Du hast ihn gehört.

Er musste eine Messe abhalten. Und ein Opfer bringen. Sonst würde es ewig so weiter gehen. Und es musste so schnell wie möglich geschehen. Dann ging er langsam hinüber in den Stall und fuhr mit seiner Arbeit fort.

Später, in der Küche, traf Paul auf Christine. Sie wandte sich demonstrativ von ihm ab, als er eintrat, und kümmerte sich ganz um die Zubereitung des Mittagessens. Er glaubte zu wissen, was los war, und setzte sich auf die Eckbank.

»Bist du sauer auf mich, weil ich eine Notlüge gebraucht habe?«, sagte er.

Christine drehte sich kurz um und sah Paul mit einem verstörenden Blick, in dem sehr viel Schmerz lag, an. Sie streifte sich den linken Ärmel hoch. Ein großer grünblauer Fleck kam zum Vorschein, offenbar schon mehrere Tage alt. Paul war sofort klar: Auch sie war von Steiner misshandelt worden. Er stand auf und ging auf sie zu. Sie wich ihm aus, trat ein paar Schritte zurück.

»Dein Mann hat mich vorhin in der Scheune gewürgt und geschlagen wegen dieser Sache. Dich auch?«, flüsterte er leise. Christine Steiner konnte Paul nicht in die Augen sehen. Sie nickte nur.

»Ja. Weil ich dir geglaubt habe. Aber denke dir nichts dabei. Er tut es so oder so, aus welchem Grund auch immer. Und nicht nur bei mir. Sondern bei allen.«

»Warum wehrt ihr euch nicht dagegen?«

Gerade als Christine antworten wollte, hörten sie Schritte von draußen.

Aber es war nur Anna. Sie kam, bewaffnet mit Mopp und Eimer, herein und begann den Boden zu wischen. Paul verabschiedete sich wieder und ging zurück in den Stall. Es gab noch genug zu tun heute.

Nach dem Mittagessen, das wie gewohnt in schweigender Runde stattfand, begab er sich in sein Zimmer und ruhte sich ein wenig aus. Was für ein lausiger Tag heute. Es regnete immer noch in Strömen, und ein ständiges *Plitsch Platsch* erinnerte ihn daran, dass seine Bude undicht war und Wasser eindrang. Eigentlich hatte er es schon längst Michael Steiner melden wollen, aber nach seinem heutigen Erlebnis nahm er davon Abstand. Er legte sich auf sein Bett und betrachtete abermals den gegenüber an der Gaubenwand hängenden leidenden Christus.

Er musste einen passenden Ort ausfindig machen. Nein – zwei passende Orte. Einen für die Zeremonien. Und einen, um sich zu verstecken, wenn alle Mechanismen und Gebete versagen sollten. Nicht für sich, nein ... sondern für den Schutz aller.

Wenn der *Andere* kam.

Er hatte sich zwar seit Monaten nicht mehr gemeldet, und Paul hatte immer regelmäßig seine Medizin genommen – aber man konnte nie wissen. Das Haus war groß. Er würde schon was finden.

In etwa einer halben Stunde würde Amelie mit dem Bus von der Sonderschule in Engelheim zurückkommen. Sie wollte er einweihen. Sie konnte bis auf den Grund seiner Seele sehen, also hätte er es so oder so vor ihr nicht geheim halten können. Und vielleicht konnte sie ihm ja helfen? Das Mädchen war voller Rätsel.

Ob der Bauer sie auch schlug? Seit heute hielt Paul alles für möglich.

Er würde am Samstag die Gegend erkunden. Da war mehr Zeit für solche Unternehmungen. Und vielleicht besseres Wetter.

Paul legte sich auf die Seite und driftete ab in einen kurzen, unbeständigen Mittagsschlaf.

Gegen 19 Uhr gab es Abendessen.

Sie hatten noch Heuballen in der Scheune umgeschichtet. Es wurden langsam immer weniger. Das Vieh fraß viel. Aber das Frühjahr kündigte sich Gott sei Dank schon an. Die gemeinsame Arbeit mit Steiner in dem kalten, nur von einer manchmal flackernden Glühbirne erleuchteten Lagerhaus war unheimlich. Paul fühlte sich ständig beobachtet, jeden Handgriff, jede Geste, jede Mimik seines Gesichts bedachte er vorher genau.

Michael Steiner schien dies nicht zu bemerken. Und wenn er es doch tat, so mit Wohlgefallen.

Nachdem er sich in seiner Kammer noch ausgiebig sauber gemacht hatte, erschien Paul wie gehabt zum Abendessen. Und wie immer, wurde es schweigend eingenommen. Amelie grinste ihn über den Tisch hinweg breit an. Was dachte sie wohl? Ihre Augen waren unergründlich. Was fand sie so witzig? Machte sie sich gar über ihn lustig?

Gegen Ende, als alle fast schon fertig waren, brach Steiner die Stille.

»Anna?«

Dieses eine Wort wirkte auf die schweigende Runde wie ein Granateneinschlag. Und es bedeutete nichts Gutes.

Die Magd hatte zu Essen aufgehört und starrte, vor Angst wie gelähmt, auf den Tisch.

»Du hast nicht sauber gewischt heute Vormittag.«

Steiner holte aus und schlug ihr mit voller Wucht ins Gesicht. Sie schwankte ein wenig; doch kein Laut des Schmerzes oder der Klage kam über ihre Lippen. Paul und Christine waren zusammengezuckt. Doch aus Angst, es könnte ihnen genauso ergehen, sahen sie nicht weiter hin. Steiner nahm Annas Gabel vom Tisch auf und stieß sie ihr gezielt in den Arm. Jetzt schrie sie auf.

»Na also, ich dachte schon, das wird heute nichts mehr. Strafe muss wehtun, sonst wirkt sie nicht.«

Das boshafte Lächeln Michael Steiners zeigte allen Anwesenden, dass er Spaß daran fand.

»Das nächste Mal passiert das nie wieder, hörst du? Du räumst jetzt alles hier alleine auf und spülst ab. Und keiner wird dir dabei helfen.«

Er sah mit finsterem Blick in die Runde. Dann stand er auf und ging nach draußen. Blut lief an Annas Arm herunter, tropfte auf den Boden. Sie wimmerte vor Schmerzen und Angst. Paul nahm sie in den Arm und versuchte sie zu trösten, während Christine aufstand und ihm Küchenschrank nach einem Pflaster suchte.

»Wir müssen ihr helfen, Christine. Wenn er bei ihr wieder einen Fehler entdeckt, prügelt er sie windelweich«, sagte Paul. In seinem Gesicht mischten sich Ekel und Abscheu mit Mitleid.

»Halt dich zurück. So läuft es hier nun mal. Er ist der Herr. Und wir sind – nichts«, erwiderte Christine lakonisch. Sie hatte den Widerstand schon längst aufgegeben. *Alle* hatten ihn aufgegeben. Vor allem aber: sich selbst.

Als Paul am nächsten Morgen in einer fast schon unnatürlichen Stille erwachte, hatte er das seltsame Gefühl, dass jemand in seinem Zimmer gewesen war. Und zwar erst gerade eben. So als ob die Tür im Augenblick seines Aufwachens geschlossen worden wäre. Aber es war nicht nur diese versteckte, unheimliche Ahnung, die ihn dazu brachte, sich erschrocken und schlecht gelaunt im Bett aufzusetzen, sondern das Wissen darum, dass er sein Vorhaben noch heute umsetzen musste. Dringend. Da waren dunkle Träume gewesen, letzte Nacht. Wieder war er durch die endlosen Korridore gestreift, trübe erleuchtete Gänge, freudlos und abweisend. Wieder hatte er die Schreie der anderen gehört, die weniger privilegiert waren als er. Die Schreie von Menschen, die alles, vor allem aber sich selbst, endgültig verloren hatten. Sein Erwachen war schwer gewesen; zwar musste er nicht schreien, wie er es bisweilen tat, wenn der Albtraum zu stark wurde, aber auch das Durchkämpfen an die Oberfläche seines Bewusstseins, zurück in diese Realität, zu diesem neuen Tag, war hart genug. Paul hatte den Eindruck, dass seine Träume wieder schlimmer wurden. Während der Zeit seiner Flucht waren sie fast verschwunden gewesen, vielleicht eine Folge des Freiheitsgefühls, dass er damals verspürt hatte. Doch nun waren sie wieder da.

Paul massierte kurz sein Gesicht und seinen Nacken. Dann stand er auf und ging zur Zimmertür. Mit einem leisen Knarren öffnete er sie. Von unten kamen Geräusche aus der Küche. Er warf einen Blick auf seine Uhr. Es war kurz nach fünf. Christine wird schon Frühstück machen, dachte er. Dann überquerte er den dunklen Flur, um sich im Badezimmer frisch zu machen. Sein Hungergefühl meldete sich, pünktlich wie immer. Nachdem er fertig war mit seiner Morgentoilette, zog er sich an und ging hinunter in die Küche, von der aus aromatische Gerüche sich durchs ganze Haus verbreiteten. Als Paul die Küche betrat, sah ihn Christine nachdenklich an.

»Du siehst nicht gut aus heute.«
»Ich weiß«, antwortete Paul.

»Ich habe schlecht geträumt gestern Nacht, weiß Gott warum. Aber es geht schon wieder.«

»Sicher? Ich will dir ja nicht zu nahe treten, aber ...«

»Was aber?«

»Bitte sei mir nicht Böse – ich habe an deiner Tür gelauscht. Es kamen so seltsame Geräusche aus deinem Zimmer. Jemand – du – bist umher gelaufen und hast unentwegt gesprochen. Das meiste war geflüstert und unverständlich, aber die Worte, die ich verstanden habe, waren sehr eigenartig. Und es hat sich nicht angehört, als ob du alleine wärst. Sondern mehr wie eine Unterhaltung, die du mit einem anderen führst. Denn irgendjemand hat dir geantwortet. Oder warst du das selbst, mit verstellter Stimme? Ich will es wissen, Paul. Es war so unheimlich. Nur gut, dass der Michael nicht auch noch aufgewacht ist. Hätte der was mitbekommen, wärst du jetzt nicht mehr hier. Verstehst du?«

Während Christine dies sagte, blieb Paul im wahrsten Sinn des Wortes der Bissen im Mund stecken. Er blickte sie überrascht an.

»Ich weiß gar nichts davon! Ich habe geschlafen, wie schon gesagt! Und schlecht geträumt, ja – aber mit Sicherheit bin ich nicht umher gelaufen und habe mich mit mir selbst unterhalten. Und heimliche Gäste habe ich auch keine, das kannst du mir glauben.«

Sie sah ihn bekümmert an.

»Aber was war es dann, Paul?«

Er wusste es. Er wusste es nur zu genau. Doch er konnte es ihr nicht sagen, sonst waren seine Tage auf diesem Hof wirklich gezählt.

»Vielleicht«, erwiderte er, »vielleicht bin ich im Schlaf gewandelt. So etwas kann vorkommen, besonders, wenn man einen sehr intensiven Traum hat und sich in einer neuen Umgebung befindet. Das ist nichts schlimmes, auch wenn es für einen Außenstehenden ziemlich seltsam aussieht. Du brauchst keine zu Angst haben.«

»Wenn du meinst«, sagte Christine. Sie stand auf und kümmerte sich weiter um das Essen auf dem Herd.

Als Paul fertig war mit seinem kurzen Frühstück, stand er auf und ging in den Stall, um das Vieh zu füttern. Christine begab sich zum Sonntagsgottesdienst nach Strassdorf.

Es wurde ein eher ereignisloser Tag. Gemeinsam mit Anna melkte er die Kühe nach dem Mittagessen.

Nach Feierabend verließ er das Haus, um sein Vorhaben durchzuführen.Es war relativ warm an diesem Spätnachmittag, doch obwohl es überall taute, ließ die Sonne sich nicht blicken. Er spazierte langsam um das Anwesen herum und betrat die Hauptstraße, die durch Moosbach führte.

Es war schon kurz vor Zwölf, als er zurückkam. Paul war ausgesprochen guter Laune, denn es war ihm gelungen, einen passenden Ort für sein geheimes Vorhaben zu finden. Es war ein abseits von Moosbach, ganz in der Nähe der Donau liegendes Laubwaldstück. Dort befand sich gut versteckt eine hainartige Lichtung. Aber nicht nur das. Sondern auch ein altes keltisches Hügelgrab war dort, gut erkennbar als Hügelkuppe unter der auftauenden Schneedecke. Er frohlockte regelrecht. Nun brauchte er nur noch Amelie; und den Gegenstand, den sie besaß. Er war wichtig für seine Zeremonien. Das Mädchen wusste mehr, als viele glaubten. Sie war schon jetzt durchaus so etwas wie seine Gefährtin, wenn auch unausgesprochen. Aufpassen musste er allerdings auf Christine. Sie ahnte anscheinend, dass mit ihm etwas nicht stimmte. Sonst hätte sie ihn heute Morgen nicht auf die letzte Nacht angesprochen. Oder an seiner Zimmertür gelauscht.

Es musste bald geschehen, nicht nur wegen des bösartigen Bauern, sondern auch wegen dem *Anderen*, dachte Paul. Er wurde immer stärker, Resultat des mehrmonatigen Aussetzens der heiligen Handlung. Irgendwann würde er durchbrechen und ihn wieder übernehmen, so wie früher – und das galt es zu verhindern.

Das Mittagessen wurde wie immer schweigend eingenommen. Paul merkte, wie angespannt er war seit der Attacke auf sich selbst und Anna. Aber bald schon würde alles besser werden. Daran glaubte er fest.

»Weißt du eigentlich, wo Minka ist? Ich habe sie schon seit einiger Zeit nicht mehr gesehen.«

Diese Frage stellte Christine Paul, als er einige Tage später in der Küche saß und ihr beim Kochen zusah.

»Nein, keine Ahnung. Du weißt doch, wie Katzen sind. Streunen herum und fangen Mäuse und anderes Kleinzeug auf den Feldern..«

Damit war für ihn das Thema erledigt.

Er fühlte sich an diesem Tag außergewöhnlich gut. Und das hatte seinen Grund nicht nur darin, dass die Sonne schien und sich das Frühjahr ankündigte. Er hatte das Ritual durchgezogen. Amelie war dabei gewesen. Und es schien, als hätte sie Gefallen daran gefunden. Seitdem war nichts mehr geschehen. Keine Gewalt mehr auf dem Hof, keine Ausraster, keine herablassenden Bemerkungen seitens des Bauern. Anscheinend hatten seine leidenschaftlichen Gebete etwas bewirkt. Wenn es so war, konnte er das

Steuer vielleicht herumreißen, für sich und für die anderen. Auch sein dunkler *Feind* hatte sich nicht mehr gemeldet.

Paul ging hinaus auf den Hof. Der Schnee war am Schmelzen, und es war überall matschig. Auch die Tage wurden wieder länger. Er schloss die Augen und zog die belebende Luft tief in seine Lungen ein. Ja – es fühlte sich gut an. Die Krise schien wirklich vorbei zu sein. Das Leben kam zurück. Er hatte heute Morgen den Stall ausgemistet und war damit schon fast fertig mit seinem Tagesgeschäft, das ihm der Bauer aufgetragen hatte, fertig. Also suchte er sich eine neue Beschäftigung.

Paul begab sich in den Stall. Dort traf er auf Anna, die gerade mit dem Melken der Kühe beschäftigt war.

Er wollte ihr ein wenig zur Hand gehen; doch sie gab ihm zu verstehen, dass sie sehr gut alleine zu Rande kam. Also ging er durch eine kleine Verbindungstür weiter in die Scheune. Vielleicht hatte Michael Steiner eine Aufgabe für ihn.

Es war stickig in der Scheune. Geruch von altem Heu empfing ihn. Es stand links und rechts des Pfades, der in der Mitte freigelassen worden war, in Ballen aufgestapelt herum. Dann hörte er die Geräusche.

Eine Art Japsen und Stöhnen.

Leise und verhalten.

Paul blieb stehen. Und lauschte, um zu verorten, woher es genau kam. Links von ihm? Ja, eindeutig. Er ging ein Stück weiter zwischen die aufgestapelten Heuballen.

Dann blieb er vor Schreck und Scham wie angewurzelt stehen. Er hatte Michael Steiner in Flagranti beim Sex erwischt. Beide Beteiligten waren angelehnt an einen hölzernen Stützpfosten der Scheune, im Stehen; seinen breiten

Rücken hatte der Bauer Paul zugewandt, so dass er ihn nicht sehen konnte. Was nur gut war. Doch die Frau, mit der er den Geschlechtsakt gerade ausübte, sah ihn mit ihren geweiteten Augen sehr wohl. Als er erkannte, wer sie war, war er gelähmt vor Entsetzen.

Sarah.

Des Bauern eigene Tochter.

Paul musste einige Sekunden wie ein Volltrottel mit offenem Mund dagestanden haben. Dann, wie mit einem Stich, kamen sein Bewusstsein und seine Handlungsfähigkeit zurück. Nur weg von hier! So schnell wie möglich, bevor der Alte sich noch umdrehte und ihn sah – er hatte keine Lust, in Stücke gehauen zu werden. Schnell und doch leise, rückwärts tastend, fand Paul den Weg zurück zur Stalltür. Ging schnell vorbei an Anna, die ihn nicht beachtete, durch den Stall und dann auf den Hof. Schließlich weiter bis zu ein paar Apfelbäumen, die an der Einfahrt zum Grundstück standen. *Was wird hier nur gespielt,* dachte er. Er konnte nicht glauben, was er gerade gesehen hatte.

Er vergewaltigte seine eigene Tochter. Er hatte Steiner alles zugetraut, jede Gemeinheit, jede sadistische Ausuferung, vielleicht sogar Totschlag. Aber nicht das. Paul war immer noch wie betäubt. Er schüttelte seinen Kopf, um ihn frei zu bekommen, und auch vor Ekel.

Ob Christine davon wusste?

Sollte er sie darauf ansprechen? Nein – erst mal nicht. Keine Überreaktion. So etwas war in seiner Lage nicht angebracht.

Sarah. Sie hat mich gesehen. Wird sie ihren Mund halten?

Was für eine beschissene Lage, dachte er. Noch nicht mal zur Polizei kann ich gehen, sonst … egal.

Das Ritual vor ein paar Tagen. Es hat nicht gewirkt. Im Gegenteil, es war alles noch schlimmer und unübersichtlicher geworden. Sollte er gerade einer Prüfung unterzogen werden?

Doch was sollte er tun?

Nach einigem Grübeln kam er zu dem Schluss, dass Schweigen immer noch die beste aller Möglichkeiten war. Er konnte nichts ändern an dieser Situation.

Zumindest nicht alleine. Langsam schlenderte er, als ob nichts gewesen wäre, zum Haus zurück. Er versuchte den Eindruck von Gelassenheit zu erwecken

Michael Steiner kam gerade aus der Scheune. Er nestelte an seinem Hosenstall herum und ging, wie Paul, Richtung Wohnungstür. Er sah ihn, sagte aber nichts.

Anscheinend war Sarah ruhig geblieben. Es war Zeit zum Mittagessen. Doch er hatte absolut keinen Appetit. Und dennoch zwang er sich zurück in diese kranke Gemeinschaft, die ihr schweigendes Mahl wie immer einnahm. So, wie hier überhaupt nur geschwiegen wurde. Es war das Markenzeichen dieses Anwesens. Es wurde zu allem in der Vergangenheit geschwiegen, und zu allem was in der Gegenwart passierte. Auch die Zukunft war, unter diesen Voraussetzungen, sehr leicht voraus zu sehen …

7

Brauner saß allein in seinem Büro. Es war immer noch dunkel, und seine Schreibtischlampe tauchte den Raum in dämmriges Licht. Er war schon eine Stunde vor den anderen ins Büro gekommen. Sein PC fuhr gerade langsam hoch.

Vor ihm, auf seinem Schreibtisch, lag die Vermisstenakte von Michael Steiner. Dieses ungeklärte Schicksal, aber auch die vermaledeite Pressekonferenz nachher hatten Brauner nur sehr kurz und schlecht schlafen lassen. Obwohl er gestern Abend nach einem gemütlichen Pizzaabend mit seiner Tochter noch ausgeglichen ins Bett gegangen war.

Er war sich inzwischen sicher, dass Steiners Verschwinden mit den aktuellen Geschehnissen irgendwie zusammen hing. Sie kratzten an der Oberfläche, kamen aber nicht darunter. Sollten sie auch gar nicht. Sonst hätte der Garchinger gestern nicht gelogen. Beliebt soll er gewesen sein, der Michael Steiner, so der Zeuge. Was sich mit der Aussage einiger anderer Dorfbewohner mal gar nicht deckte. Hier musste man ansetzen. Sie würden sich den Garchinger noch mal vorknöpfen. Vorher aber noch den Herrn Wiesner aufsuchen und ihn zu seinen eigenartigen

Beobachtungen im Auwald befragen. Nachher, das hieß: Gleich nach der PK.

Brauner fuhr sich über sein unrasiertes Gesicht. Er betrachtete Steiners Gesicht auf dem Foto in der Vermisstenakte. Wettergegerbt, ein harter, kalter Blick, abweisend. Er glaubte gern, dass dieser Mann nicht allzu beliebt gewesen war. Eigentlich hatte er die Hoffnung gehabt, dass damals auch jener Paul zum Verschwinden Steiners befragt und dementsprechend auch sein Nachname erfasst worden war, doch dies erwies sich als Wunschdenken. Offenbar hatte er sich versteckt gehalten oder hatte auswärts etwas zu tun gehabt. Lediglich von Christine und Sarah Steiner fanden sich Gesprächsprotokolle.

Sein PC war hochgefahren und stand bereit. Brauner rief INPOL auf; doch auch auf dieser international abrufbaren Webseite der Polizei stand nichts Neues. Steiner war am 21. Juni 2015 verschwunden, ein halbes Jahr, nachdem Paul auf dem Hof zu arbeiten angefangen hatte. Die Leute hatten ihn am Tag zuvor noch durch Moosbach laufen sehen, offenbar auf dem Weg zum Wirtshaus in Strassdorf. All das war Brauner schon bekannt. Und am nächsten Tag war er einfach weg. Sein Wagen stand kaputt in einer Ecke des Hofs, so dass er sich damit nicht aus dem Staub gemacht haben konnte. Die Suche in der engeren und weiteren Umgebung Moosbachs, Nachfragen in Strassdorf und Sinning ergaben nichts, auch nicht der Einsatz von Polizeihunden – sie schienen damals zwar eine Spur aufzunehmen, doch die verlor sich nach einer kurzen Strecke.

Eine ziemlich aussichtslose Sache, was die Suche anbelangte. Doch niemand hatte damals ausgesagt, dass Michael Steiner unbeliebt gewesen sein könnte. Erst jetzt, nach dem Mord an seiner Familie, trauten sich die Leute zu reden.

Das wirkte sich auf die Ermittlungen aus. Denn die Wahrscheinlichkeit, dass es sich bei seinem Verschwinden um ein gut vertuschtes Verbrechen handelte, war nun um einiges höher.

Die Tür öffnete sich. Max Ingram trat nun ebenfalls seinen Dienst an.

»Ich habe gerade noch mal auf INPOL geschaut und die Vermisstenakte von Michael Steiner durchgesehen. Die Suche nach ihm ist damals im Sand verlaufen. Aber seit gestern sieht die Sache anders aus. Wenn er doch nicht so beliebt war in Moosbach, könnte es doch sein, dass er einem Verbrechen zum Opfer fiel. Wir müssen auch in diese Richtung ermitteln, ich glaube, diese beiden Fälle hängen zusammen. Hast du eigentlich noch den Wiesner erreicht wegen der Auwald-Sache?«

»Ja. Wir sollen bei ihm klingeln, er ist gerne bereit, uns alles zu erzählen, was er weiß beziehungsweise mitbekommen hat. Macht einen ziemlich redseligen Eindruck, der Mann.«

Hüte dich vor neugierigen Nachbarn, dachte Brauner. Dann bekam er einen heftigen Hustenanfall.

»Bist du wirklich in Form für eine Pressekonferenz?«, fragte Ingram.

»Ja, passt schon. Es muss.«

Die PK verlief besser, als Hendrik Brauner es erwartet hatte. Die Fragen waren relativ allgemein gehalten gewesen, und keiner der anwesenden Journalisten war ihm mit kritischen Fragen zu sehr auf den Pelz gerückt.

Bis jetzt zumindest.

»Eine kleine Frage noch, Herr Brauner.«

»Ja?«

»Dieser üble Mordfall erinnert mich an Hinterkaifeck. Sie wissen schon, die Sache vor fast hundert Jahren …«

»Ja, und? Was wollen Sie damit sagen?«

Brauner merkte, wie seine Anspannung wieder zunahm.

»Die Angelegenheit ist ein Mysterium, über das bis heute die wildesten Theorien im Umlauf sind. Wie stehen die Chancen, dass der gegenwärtige, durchaus vergleichbare Fall gelöst wird?«

Wut stieg in ihm auf. Er musste sich zusammenreißen.

»Die Chancen stehen gut. Sie können die beiden Fälle nicht miteinander vergleichen, schon allein wegen den großen Fortschritten in der Ermittlungsarbeit und der Kriminaltechnik, die seither gemacht wurden. Wir gehen ruhig, besonnen und professionell vor. Damals wurden viele Fehler gemacht, einiges unterlassen. Heute läuft das anders. Nehmen Sie das bitte zu Kenntnis.«

Der Reporter lächelte verschmitzt, so als ob er Brauner das Gesagte nicht abnehmen würde. Und erwiderte nichts mehr darauf.

Wenig später war die Pressekonferenz beendet. Brauner hustete heftig. Seine Erkältung war in den letzten Stunden schlimmer geworden. Er hatte Hals- und Kopfschmerzen.

Eigentlich gehöre ich ins Bett, dachte er. Zeit, mir einen Kaffee im Büro einzuschenken. Nein – besser einen Tee.

Auf dem Weg dorthin lief ihm zufällig der Polizeischüler über den Weg. Fast hätte er ihn übersehen, wenn dieser nicht linkisch gestolpert und ein paar Ordner über den Gang verteilt hätte.

Brauner sprach ihn an.

»Schau an, schau an. Auch wieder im Lande. Wo waren wir denn die ganze Zeit?«

»Ich … ich war krank. Hatte eine Grippe.«

Der Auszubildende betrachtete ihn unsicher aus den Augenwinkeln.

Brauner glaubte ihm nicht. Seine Wut von vorhin brodelte wieder hoch.

»Krank also? Gut. Wie sieht's denn aus mit unseren Presseaktivitäten? Haben Sie denen nicht ein paar diskrete Vermutungen über unsere Arbeit erzählt, vor ein paar Tagen?«

Der Schüler lief rot an und blickte zu Boden.

»Nein, also, so was mache ich nicht. Obwohl, ja – da hat mir einer draußen ein paar Fragen gestellt. Ist schon einige Tage her. Aber das ist doch nicht schlimm, oder? Die Öffentlichkeit muss ja auch was wissen.«

Brauner wurde nun laut.

»Wann die Presse und mithin die Öffentlichkeit etwas erfahren, bestimme als Ermittlungsleiter ich, nicht Sie! Was glauben Sie, wer Sie sind? Der Polizeipräsident persönlich? Ihr Verhalten ist abmahnungswürdig! So was nicht noch mal, sonst können Sie Ihre Ausbildung vergessen! Verstanden?«

Der Junge nickte schnell und begann, seine verlorenen Ordner wieder aufzuheben. Brauner marschierte in einer Art Stechschritt weiter. Wie immer, wenn er wütend war.

Ein Bier. Oder einen guten Obstler. Das wäre jetzt was.
Es blieb beim Tee.

Kurze Zeit später saß er an seinem Bürotisch und sprach mit Ingram über die Pressekonferenz, als sein E-Mail-Postfach plötzlich aufblinkte. Es war etwas angekommen.

Brauner sah nach und erkannte schon am Absender, dass es sich wohl um den Abschlussbericht aus der Forensik des Krankenhaus Ingolstadt handeln musste. Er nahm einen Schluck Tee, klickte auf den Anhang und wartete eine Weile, bis sich die Seite aufgebaut hatte. Es dauerte fast drei Minuten. Der Bericht über den Zustand der am Montagmorgen aufgefundenen Leichen war insgesamt fünfzig Seiten lang. Er hoffte, dass er nicht mit allzu viel lateinischen Fremdwörtern gespickt war.

Er ging zurück und begann von Anfang an zu lesen. In ihm machte sich ein Gefühlschaos breit, bestehend aus Mitleid und Ekel und gemessener Konzentration.. Dies muss sich wohl auch auf seine Mimik ausgewirkt haben; Max Ingram sprach ihn darauf an.

»Schlimm, was?«

Brauner sah nur kurz auf, nickte und widmete sich dann weiter seiner Lektüre.

Sarah Steiner. Sie war von dem Täter regelrecht in Stücke zerfetzt worden. Und nur auf einen Täter hatten sich die Forensiker festgelegt, da überall die gleiche Tatwaffe, der Klingenspur nach offensichtlich ein gezacktes Küchenmesser, zum Einsatz gekommen war. Deutlich, so der Bericht, konnte man am Hals eine tiefe Schnittwunde erkennen. Dies war die erste und entscheidende Verwundung, die sehr schnell zum Tod geführt haben musste. Alles, was danach kam, war eine pure Raserei, jedoch mit Plan und kühlem Kopf ausgeführt. Der Täter hatte ihr Herz entnommen. Die Augäpfel waren ausgestochen. Die inneren Organe des Unterleibs waren ebenfalls entnommen und direkt neben der Leiche platziert worden – jener Gedärmehaufen, den Brauner anfangs für Kleidungsstücke gehalten hatte.

Und ihr Gesicht war praktisch nicht mehr vorhanden – die Kopfhaut war ihr fein säuberlich abgezogen worden. Auch sie war verschwunden. Teile des Schädelknochens lagen offen.

Was für Brauner anfangs wie ein wildes sinnloses Gemetzel ausgesehen hatte, war also mit einem Plan, wenn auch einem teuflischen, ausgeführt worden. Es ging nicht nur darum, Sarah Steiner zu töten.

Brauner überflog die weiteren Angaben. Auch Christine Steiner war durch einen Kehlschnitt ermordet worden; dennoch waren ihre Verstümmelungen, gemessen an ihrer Tochter, gering. Es war mehrere Male auf ihre Vagina und ihr Herz eingestochen worden. Ähnlich verhielt es sich bei Josef Anwander, dem Verlobten von Sarah. Nur dass ihm sein Penis abgeschnitten und ebenfalls entwendet worden war.

Aus der Reihe fiel allerdings Anna Rankenbichler. Dr. Heinrichs von der Forensik kam zu dem Schluss, dass sie die letzte war, die ermordet wurde. Ihre Verwundungen wichen von denen der anderen Personen deutlich ab. Da war zum einen eine klaffende Wunde unter ihrem Kinn, verursacht durch ein Messer. Offensichtlich war es vom Täter von unten herauf hineingerammt worden. Ebenfalls hatte sie einige andere, unterschiedlich große und tiefe Stichwunden in der Bauchgegend – diese waren jedoch nicht planmäßig nach dem Ableben hinzugefügt worden, sondern schienen eher auf einen ungleichen Kampf hinzuweisen. Auch ihr waren die Augen ausgestochen worden. Doch das überraschendste Detail, was den Forensiker zu seinem Schluss kommen ließ, war etwas vollkommen anderes.

Im Blut und Mageninhalt aller Ermordeten – außer eben

Annas – war ein Mittel gefunden worden. Und zwar Levomepromazin.

Brauner stutzte. Dies war doch derselbe Stoff, der von der Spurensicherung in Pauls Zimmer auf Finsterholz gefunden worden war! Es handelte sich um ein Medikament, dass in den Kreis der Antipsychotika gehörte und vor allem zur Behandlung von psychisch kranken Menschen verwendet wurde; es hatte eine sedierende, also beruhigende Wirkung. Doch hier war es in einer Menge eingesetzt worden, die wohl einen Elefanten für mehrere Tage in das Reich der Träume geschickt hätte.

Offensichtlich war es oral, über Getränke und/oder Essen, aufgenommen worden. Und hatte die betreffenden Personen in kurzer Zeit vollkommen müde und wehrlos werden lassen.

Brauner lehnte sich zurück und schloss seine Augen. *Das ist es also*, dachte er. Das muss der Grund sein, warum er sie alle, mehr oder weniger gleichzeitig, außer Gefecht setzen und anschließend umbringen konnte. Alle, außer Anna. Dr. Heinrichs konnte mit seiner Feststellung durchaus Recht haben.

Er schloss die Augen versuchte sich bildlich eine mögliche Szene vorzustellen: Der Täter war gerade damit beschäftigt, die von ihm getöteten Menschen zu entstellen, als plötzlich die Tür aufgeht und Anna Rankenbichler den Raum betritt. Auf frischer Tat ertappt, geht er auf sie los und tötet sie mit mehr oder weniger ungezielten Messerstichen in Richtung Hals und Bauch. Er musste in Panik gehandelt haben. Es lag also nahe, dass die Magd ursprünglich gar nicht getötet werden sollte, sondern eher zum falschen Zeitpunkt am falschen Ort aufgetaucht war.

»Was ist los, Hendrik?«

Brauner öffnete seine Augen. Es war Dominik Pfahls, der mit einer Polizeischülerin neben seinem Schreibtisch stand.

»Wir wollten nur fragen, wann wir nach Moosbach fahren. Frau Eisenberger begleitet uns heute, wegen der nötigen Praxiserfahrung während der Ausbildung.«

»Ach so … ja. Gleich. Macht euch fertig, ich speichere nur noch den forensischen Bericht ab.«

Minuten später waren die drei Polizisten auf dem Weg.

»Nein, ich bin damals nicht weitergegangen. Ich weiß nicht, was da wirklich Sache ist, das müssen Sie mir glauben.«

Kurt Wiesner verschränkte seine Arme vor sich. Brauner und seine beiden Kollegen hatten sein Haus – das letzte in Moosbach vor den Donauauen – sofort gefunden.

Ein untersetzter alter Mann in einer Strickjacke hatte ihnen die Tür geöffnet und sie freundlich willkommen geheißen. Die Beamten stellten ihm daraufhin Fragen zu dem mutmaßlichen Täter Paul und seinen häufigen Spaziergängen in den Auwald. Zu seinen unheimlichen Beobachtungen, die er dort gemacht hatte. Doch allzu ergiebig war das Gespräch bis jetzt nicht verlaufen.

»Ich kenne mich in der lokalen Geschichte schon ein wenig aus, müssen Sie wissen. Und deshalb bin ich auch nie allzu weit in den Auwald eingedrungen. Es – nun, es ist nicht ganz geheuer dort. Und für den, der Bescheid weiß, gibt es auch Gründe dafür.«

»Ach ja? Und die wären?«

»Wie ich Ihrem Kollegen schon am Telefon erzählt habe – Schreie in der Dämmerung, fast schon wie die von Babys. Seltsame andere Laute, die einem wirklich das Blut in den Adern gefrieren lassen. Ja, und die uralte blutige Geschichte dieses und anderer Orte in der näheren Umgebung ... wenn Sie nur wüssten.«

Dominik Pfahls lächelte.

»Wenn wir nur wüssten? Nun, das tun wir nicht, aber wir hoffen, Sie klären uns darüber auf.«

»Wenn Sie das unbedingt hören wollen – gut.«

Brauner räusperte sich.

»Aber fassen Sie sich bitte kurz. Keine langen historischen Abhandlungen.«

»Ja, in Ordnung«, erwiderte Wiesner.

»Im Auwald gibt es alte keltische Hügelgräber. Dort haben sie vor über 2000 Jahren ihre Toten bestattet. Und ihre schrecklichen Götter angebetet, das waren damals noch Heiden, wissen Sie? Und denen haben die Druiden Opfer dargebracht. Meistens Tieropfer, aber manchmal – ja, manchmal eben auch Menschen. Man hat vor Jahrzehnten bei Ausgrabungen auf dem Stätteberg und hier uralte Opfermesser mit grausigen Intarsien gefunden. Man sagt, dass es an gewissen Nächten dort umgeht. Doch auch tagsüber ist es dort manchmal gruselig, vor allem in der dunklen Jahreszeit ... und dann dieser eigenartige, verschlossene Mensch, der sich freiwillig immer wieder dahin begeben hat. Verstehen Sie mich jetzt ein wenig besser?«

Brauner nickte, wenn auch mit einem kaum erkennbaren, verstecktem Lächeln auf seinen Lippen.

»Würden Sie uns zu diesem Ort führen?«

Wiesners Miene erstarrte. Es war klar, dass ihm diese Frage unangenehm war.

Er antwortete:

»Ich kann Sie bis an den Rand des Waldes begleiten. Aber

dann müssen Sie Ihren Weg alleine gehen – ich wage mich da nicht hinein. Das müssen Sie verstehen.«

»Ehrlich gesagt halte ich das für übertrieben. Ihren Aberglauben, meine ich.«

Es war Pfahls, der dies von sich gab. Eine peinliche Stille folgte.

»Es ist kein Aberglauben. Und ich stehe nicht alleine da mit meiner Überzeugung. Da können Sie auch jeden anderen in Moosbach fragen. Ich habe nur etwas mehr geschichtliches Hintergrundwissen, das ist alles.«

Wiesner war nun sichtlich verärgert.

Brauner warf Pfahls einen kurzen missbilligenden Blick zu. Es gab hier wenig genug Menschen, die offen mit ihnen sprachen und versuchten, der Polizei bei ihren Ermittlungen zu helfen. Mit denen sollte man es sich nicht verscherzen.

»Es ist schon in Ordnung, Herr Wiesner. Mein Kollege hat es nicht so gemeint. Würden Sie uns jetzt bitte den Weg weisen? Wir haben nicht allzu viel Zeit, wissen Sie ...«

Der Bauer zog sich an. Dann verließen die vier Männer – Frau Eisenberger hatte während des Gesprächs die ganze Zeit interessiert, aber unbeteiligt mit am Tisch gesessen – das Haus. Die Sonne schien an diesem Tag; ein stahlblauer Himmel spannte sich über das Firmament, so weit das Auge reichte. Und es war sehr kalt. Die warme Wetterlage vom Vortag hatte nicht gehalten, und der geschmolzene Schnee hatte sich in den frühen Morgenstunden in heimtückisches Glatteis verwandelt. Schon die Hinfahrt war, zumindest abseits der B16, daher ziemlich abenteuerlich gewesen. Die Beamten passten auf, dass sie nicht ausrutschten.

Wiesner führte die kleine Gruppe auf einem asphaltierten Weg durch schneebedeckte Felder. In ein paar hundert Metern Entfernung konnte man bereits ein Gehölz entdecken. Dies musste der besagte Auwald sein; er bestand größtenteils aus Laubbäumen, erfuhren sie von Wiesner. Doch jetzt, im Winter, sahen sie aus wie Gerippe, die ihre abgestorbenen knochigen Arme in den Himmel reckten. Sie erreichten eine Brücke, die sich über einen schmalen, fast zugefrorenen Bach spannte. Jenseits davon ging der bis dahin asphaltierte Weg in einen gewöhnlichen Feldweg über. Links von diesem erstreckte sich der Wald; rechts eine schlafende Moorlandschaft.

»Ich muss Sie jetzt alleine lassen«, sagte Wiesner. »Es ist nicht mehr weit von hier. Aber mir wird es jetzt zu kalt, und ich bin ja auch schon ein älteres Semester, wie Sie sehen.«

Brauner bedankte sich bei ihm. Dann überquerten sie die Brücke.

Trotz des Winters war es nicht einfach, in den Auwald zu gelangen; die vertrockneten Kletter- und Schlingpflanzen hatten ein dichtes Gewirr gebildet, durch das sie sich erst einmal hindurchkämpfen mussten. Als das geschehen war, bewegten sie sich durch einen Irrgarten aus alten und jungen Bäumen, im Weg liegenden Ästen und Totholz. Das gefallene Herbstlaub bildete unter dem Schnee einen matschigen Untergrund, und Brauner sank immer wieder bis zum Knöchel ein. Nach ein paar Minuten öffnete sich der dichte Wald zu einer kleinen Lichtung. Erstaunt sahen die Polizisten eine auffallend ebenmäßige Hügelkuppe vor sich aufragen. Das musste das von Wiesner beschriebene uralte keltische Hügelgrab sein.

Um sie rum herrschte eine beinahe sakrale Stille. Nichts regte sich, nur hin und wieder war ein Knarren in den

Bäumen zu vernehmen. Brauner und die anderen blieben stehen. Sie fröstelten. Irgendetwas stimmte hier nicht. Es war Pfahls, der nun langsam weiter auf das Grab zuging. Ja – da war etwas auf seiner flachen Spitze zu sehen. Sie schien mit so etwas wie einer Reihe kleiner Pfähle gespickt zu sein. Die Beamten stiegen vorsichtig den teilweise mit Bäumen bewachsenen Tumulus empor.

Pfahls war der Erste, der oben ankam. Er blieb mit offenem Mund stehen und gab keinen Ton von sich. Entsetzen hatte ihn gepackt. Als Brauner und Eisenberger ebenfalls dazu kamen, erging es ihnen nicht anders.

Kreisförmig, der Rundspitze des Kegels folgend, waren etwa acht bis zehn hüfthohe Pfähle in den Grabhügel gerammt. Auf ihnen waren Tiere aufgespießt. Vor allem Katzen, aber auch einige Kaninchen und ein paar Hühner. Sie befanden sich in vollkommen unterschiedlichen Stadien der Verwesung. Manche waren bereits fast vollständig skelettiert und mussten schon seit geraumer Zeit hier hängen.

An einem Baum – einer Rotbuche, die unmittelbar neben der Grabspitze aufragte – waren verschieden Gegenstände angebracht. Der oberste war ein nach unten hängendes Kreuz. Direkt darunter ein nach unten gerichtetes Pentagramm, allerdings in den Stamm geritzt. Und noch weiter unterhalb, schon kurz vor dem Erdboden, erblickten die Männer eine Kinderpuppe, die an den Baum gefesselt war und die unterschiedlichsten Merkmale einer brutalen Misshandlung aufwies. Das Gesicht der Plastikpuppe war an manchen Stellen versengt, wie von Feuer; der geschmolzene Kunststoff war an den Wangen herab gelaufen und wieder verhärtet, so dass sich dem Betrachter ein entstellter, grässlicher Anblick bot. Auch war sie von kleinen

Spießen – solchen, wie man sie beim Grillen verwendet – durchbohrt worden. Es war, insgesamt betrachtet, eine grauenvolle Szenerie.

Brauner fand als Erster seine Sprache wieder.

»Was – in aller Welt …!«

»Pervers, einfach nur pervers«, murmelte Dominik Pfahls vor sich hin. Er betrachtete eine der aufgespießten Katzen genauer. Sie schien ihn mit ihrem weit aufgerissenen Maul anzuschreien; die Augen hatten sich bereits die Krähen geholt.

»Wenn er das getan hat, als sie noch lebten, dann könnte es die Schreie erklären, die der Wiesner gehört hat – Katzen klingen manchmal wie Babys«, sagte Brauner.

Frau Eisenbauer drehte sich von den anderen weg, käseweiß im Gesicht. Sie schien sich übergeben zu müssen, doch es passierte nichts. Dann sagte sie:

»Das … das ist nicht einfach sadistische Grausamkeit. Es ist mehr. Das ist ein Opferplatz, und unser Mann hat hier seinem Gott – anscheinend dem Satan – Tiere geopfert.«

»Wer so etwas Tieren antut, der macht es auch bei Menschen«, antwortete Brauner.

»Ich denke, das ist endlich so etwas wie ein greifbarer Beweis, dass dieser Paul unser Täter ist. Schließlich war er es, der immer wieder in oder in der Nähe dieses Waldstücks gesehen wurde. Mannomann, was für ein kranker Mensch.«

»Ja«, sagte Pfahls, »ich denke auch, dass er dafür verantwortlich ist. Dieses umgedrehte Kreuz am Baum – erinnerst du dich, Hendrik? Die verblasste Stelle in seiner Stube, wo es wahrscheinlich gehangen hat?«

»Stimmt. Und die zerstörte Puppe gehörte wahrscheinlich Amelie. Er hat sie anscheinend für so eine Art Voodoo-Zauber benutzt, das sieht man ja.«

Frau Eisenberger räusperte sich.

»Ja, das denke ich auch. Und genau das macht mich stutzig.«

»Warum?«, fragte Brauner.

»Weil das eine mit dem anderen nichts zu tun hat. Satanismus und Voodoo sind zwei vollkommen unterschiedliche, in sich geschlossene religiöse Systeme. Das eine ist schon uralt und betrachtet sich als Gegenspieler des Christengottes, während das andere erst vor etwa zweihundert Jahren in der Karibik entstand, wenn auch beeinflusst von schwarzafrikanischen Stammeskulten. Diese Vermischung finde ich sonderbar.«

»Donnerwetter, eine Religionsexpertin! Woher wissen Sie denn so viel über Satanismus und den ganzen Kram?«, fragte Pfahls.

»Ich hatte während meiner Schulzeit einen Kumpel, der langsam in diese Szene abgedriftet ist und sich dann später umgebracht hat. Er hat mir so einiges erzählt, und nach seinem Tod habe ich mich näher damit befasst. Und das hier alles passt einfach nicht zusammen.«

»Na ja, wenn dieser Paul der Täter ist, und davon gehe ich aus, passt das sehr wohl zusammen. In so einem kranken Hirn läuft doch nichts mehr gerade. Da wird alles mit allem, Gut mit Böse, unten mit oben vermischt. Der hat sich vielleicht seine ganz eigene Privatreligion gegründet«, erwiderte Pfahls darauf.

Brauner strich sich mit seiner Hand übers Kinn. Die bis dahin so ruhige Kollegin schien sich doch noch als nützlich zu erweisen. Er warf einen Blick in die Runde.

»Lasst uns gehen.«

Vorsichtig arbeiteten sie sich wieder den Grabhügel hinunter. Schnellen Schrittes marschierte Brauner vor. Er dachte nach. Die Erkenntnisse von heute brachten sie einen großen Schritt weiter. Es gab jetzt die große Möglichkeit, dass der Täter aus zwanghaften religiösen Gründen die Tat auf Finsterholz begangen hatte. Vielleicht noch vermischt mit Rache, denn so wie die Leichen zugerichtet waren, muss persönlicher Hass im Spiel gewesen sein. Nicht nur religiöser Fanatismus. Aber kein Raubmord. Ganz klar.

Offensichtlich Teufelsanbetung, dachte Brauner. *Und das in einem abgelegenen bayerischen Dorf an der Donau…*

Plötzlich rutschte er aus. Er war bereits jenseits der kleinen Brücke, auf dem asphaltierten Weg, angekommen. Hier war das Glatteis tückischer als auf dem Feldweg. Innerhalb eines Sekundenbruchteils lag er auf seinem Rücken und hatte sich den Hinterkopf angeschlagen. Ihm wurde schwarz vor Augen.

»Geht es dir gut, Hendrik? Alles in Ordnung? Hast du Schmerzen?«

Das waren die ersten Worte, die er hörte, als er wieder aus seiner Ohnmacht erwachte. Sie musste nur einige wenige Sekunden gedauert haben – über sich erkannte er die besorgten Gesichter von Pfahls und Frau Eisenberger.

»Wenn er eine Gehirnerschütterung hat, müssen wir vorsichtig sein. Ich denke, wir sollten den Notarzt rufen«, argumentierte Pfahls.

Brauner, mittlerweile wieder klarer im Kopf, rappelte sich ein wenig auf.

»Kommt gar nicht in Frage. Mir geht es soweit ganz gut.

Bin nur ausgerutscht, weiter nichts. Schauen wir, dass wir weiterkommen. Könntet ihr mir bitte aufhelfen?«

Das taten seine beiden Kollegen auch; sie gaben ihm allerdings den dringenden Ratschlag, sich für den Rest des Tages krank zu melden und nach Hause zu gehen.

»Mit so etwas ist nicht zu spaßen, Hendrik«, sagte Pfahls.

»Wenn es dir in nächster Zeit schlecht werden sollte, hast du wahrscheinlich eine Gehirnerschütterung. Du solltest dann den Notarzt rufen, auch von zu Hause aus.«

»Ja, das halte ich auch für sinnvoll«, schaltete sich Frau Eisenberger ein.

»Wir fahren Sie jetzt erst einmal zurück ins Polizeipräsidium. Sollte Ihnen aber schon während der Fahrt übel werden, liefern wir Sie sofort bei einer Notaufnahme ab – egal wo.«

Brauner verspürte einen leichten Schwindel.

»Ja – nein – gut, ich werde es mir überlegen. Vielleicht habt ihr Recht. Ich werde mir für heute frei nehmen.«

Als das Trio wieder an Wiesners Haus anlangte, bemerkten sie an den sich bewegenden Vorhängen, dass sie beobachtet wurden. Brauner nahm, ganz entgegen seiner Gewohnheit, hinten im Fond Platz. Tatsächlich begann er sich jetzt etwas unwohl zu fühlen. Ob das allerdings an der grauenvollen Entdeckung im Wald lag oder an seinem Sturz, konnte er nicht sagen.

Eine dreiviertel Stunde später lag er daheim im Warmen auf dem Sofa und sah fern. Emily hatte ihm einen Kamillentee gemacht – ein Getränk, das er eigentlich verabscheute, das aber jetzt die Ultima Ratio darstellte, zumal auch seine Erkältung an Intensität zugenommen hatte. Er dachte weiter nach. Und kam zu einem spontanen Entschluss.

Die B300 breitete sich einsam vor Brauner aus. Ein wunderschönes Abendrot zeigte sich ihm von Westen her; schon lange hatte er so etwas nicht mehr gesehen. Er fuhr langsam und vorsichtig, was seinem Zustand geschuldet war. Nach nur drei Stunden dösen zu Hause hatte er es nicht mehr ausgehalten. Er hatte sein Auto reaktiviert, das in einer Tiefgarage unterhalb des Hauses, in dem er gemeinsam mit seiner Tochter in einer Vier-Zimmer-Wohnung lebte, parkte. Er verwendete es selten. Warum auch? Er konnte in der Innenstadt alles zu Fuß erreichen, sogar seine Dienststelle. Aber heute brauchte er es. Denn Brauner fuhr nach Waidhofen, um sich einem Gespenst zu stellen.

Hinterkaifeck.

Nach einer knappen halben Stunde hatte er die besagte Gemeinde erreicht. Die alte barocke Dorfkirche grüßte ihn mit ihrem golden schimmernden Turmkreuz. Das letzte Aufbäumen der kalten, untergehenden Wintersonne …

Er fuhr durch menschenleere Straßen weiter Richtung Gröbern.

Zehn Minuten später parkte er unweit einer kleinen Kapelle, die ungefähr die Ortsmitte markierte, und begab sich auf den Weg nach Hinterkaifeck. Oder genauer gesagt: An die Stelle, an der jener mysteriöse Einödhof einstmals stand. Schon 1923, also ein Jahr nach dem unsäglichen Verbrechen wurde er abgerissen. Angeblich, weil niemand mehr dort leben wollte. Geschweige denn es aufkaufen. *Kein Wunder*, dachte Brauner. *Wer will schon in einem Anwesen wohnen, in dem so ein entsetzliches Blutbad stattgefunden hat?* Auch ganz ohne den Aberglauben an die Geister der Ermordeten wäre dies einfach eine ungemütliche Vorstellung.

Die kleine asphaltierte Dorfstraße ging in einen Feldweg über. Er lief geradeaus weiter. In einer Geländemulde rechts von ihm begann sich Nebel zu sammeln. Die Sonne stand schon sehr niedrig; es begann zu dämmern. Brauner beschleunigte seinen Gang. Dann tauchte links von ihm ein Feld auf, das die ehemalige Hofstelle markiert. An vereinzelten Stellen blickte die Erde durch die nieder geschmolzene Schneedecke.

Er war schon einmal hier gewesen, als achtjähriger Bub. Ein kleiner Schulausflug im Rahmen des Heimatkundeunterrichts. Es war Sommer gewesen, und dieser Ort war ihm eigentlich damals gar nicht so unheimlich vorgekommen. Bis er die ganze Geschichte gehört hatte, die seine Klassenlehrerin der versammelten Mannschaft vortrug.

Als sie wieder zurück nach Gröbern wanderten, hatte er immer wieder über seine Schulter angstvoll zurück geblickt. Als ob er sicher gehen wollte, dass ihnen niemand (oder *etwas*) folgte.

Brauner ging ein paar Schritte in das verharschte Feld hinein. Er musste sich jetzt dort befinden, wo früher die Scheune gestanden hatte.

Hier waren von drei Nachbarn Ende März 1922 vier Leichen gefunden worden. Allen hatte man die Köpfe mit einer so genannten Reuthaue eingeschlagen, und alle gehörten der Familie Gruber-Gabriel an, die diesen Hof bewirtschaftete. Als weiter über den Stall in das Wohnhaus vorgedrungen wurde, fand man auch die Leichen der Magd sowie eines zweijährigen Jungen, dem man mit brutaler Wucht durch das Verdeck des Kinderwagens hindurch den Schädel eingeschlagen hatte.

Raubmord, hieß es damals zunächst.

Aber Geld und Wertpapiere waren nicht entwendet worden; die Tatwaffe wurde ein Jahr später, beim Abbruch des Anwesens, auf dem Dachboden gefunden. Der oder die Täter hatten sich also genug Zeit genommen, das Ding zu verstecken. Und damit nicht genug, offenbar lebten sie sogar nach der Tat noch ein paar Tage auf dem Hof, versorgten die Kühe, aßen in der Küche. Raubmord? Nein, niemals. Die Brutalität der Tat deutete eher auf so etwas wie einen Beziehungsmord hin. War nicht Victoria Gabriel, geborene Gruber, die Tochter des Hauses, in ein Inzestverhältnis mit ihrem Vater verwickelt? War der kleine Junge gar nicht von einem Nachbarn gezeugt worden, sondern ein Kind, das aus einem Inzuchtverhältnis stammte? War auch nicht vor Jahren bereits ein altes Sterbebildchen für die Familie aufgetaucht, auf dem in Handschrift »räuberisch«, »in der ganzen Umgegend verachtet«, und auch »Blutschande« vermerkt worden war?

Brauner wusste, dass der für die Ermittlungen zuständige Kommissar Reinberger damals keine gute Arbeit geleistet hatte. Es wurden zu viele Fehler gemacht, nachlässig gearbeitet. Man kam nicht weiter, weil die Ermittler ihre Köpfe auch in zu vielen anderen Fällen hatten. Die Zeitläufte waren schuld daran; in München gab es tagtäglich Auseinandersetzungen zwischen Kommunisten und Nationalsozialisten, auch politische Morde. So wurden abenteuerliche Wege bei den Ermittlungen eingeschlagen: Es wurde doch tatsächlich ein Medium aus Nürnberg damit beauftragt, über die abgeschnittenen Köpfe der Mordopfer Kontakt zu deren Geistern aufzunehmen, um die Wahrheit zu erfahren!

Es war nun schon fast dunkel. Brauner stampfte kurz

mit den Beinen auf. Eigentlich hatte er noch das Gedenkmarterl an der Wetterfichte, ein paar Meter den Feldweg weiter, besuchen wollen.

Gottloser Mörderhand fiel am 31. März 1922 die Familie Gruber-Gabriel von hier zum Opfer, stand auf dem dort angebrachten Epitaph. Aber nun war es ihm zu kalt. Er wandte sich ab von der unheimlichen Hofstelle und dem dahinter liegenden Wäldchen, dass den nicht minder düsteren Namen Hexenholz trug, und machte sich auf den Weg zu seinem Wagen.

Hexenholz. Finsterholz.

Was für eine seltsame Analogie, dachte Brauner. Der Fall Hinterkaifeck war, trotz erneuter Ermittlungsanläufe nach dem Krieg, nie gelöst worden. Er ist und bleibt bis heute ein Rätsel. Und bis heute gibt es Spekulationen über den oder die Mörder. War es der aus dem Ersten Weltkrieg zurück gekehrte, wider Erwarten doch nicht gefallene Ehemann der Victoria Gabriel? Oder war es der zurück gewiesene Nachbar, der sie heiraten wollte und wiederholt das vaterlose Kind für sich beanspruchte? Und der laut Zeugenaussagen streng religiös war?

Der Herr hat es gegeben, der Herr hat es genommen.

Mit ein bisschen menschlicher Nachhilfe, natürlich.

Brauner schluckte. Er wollte in seinem eigenen Fall nicht wie sein damaliger Kollege versagen. Und doch verspürte er jetzt genau diese nagende, lähmende Furcht davor in seinen Knochen, in seinem Magen.

Nicht mit mir. Ich beiße mich fest, über Jahre hinweg, wenn es sein muss. Meine Zukunft hängt an diesem Fall. Und mein guter Ruf.

Er beschleunigte seinen Gang, begann regelrecht zu

marschieren. Es machte ihm Mut. Und er widerstand dem Drang, sich umzudrehen und zurück zu schauen, wie er es damals als kleiner Junge getan hatte. Wenige Augenblicke später saß Brauner im Auto und fuhr zurück nach Ingolstadt.

Er konnte nur noch verschwommen sehen, so müde war er schon. Und nicht nur das. Auch betrunken. Brauner war nach seinem Ausflug nach Hinterkaifeck nicht sofort nach Hause gegangen. Er hatte lediglich seinen Wagen abgestellt, kurz nach Emily gesehen und war anschließend nur ein paar Schritte weiter ins »Scharfe Eck«, einer kleinen Kneipe in der Altstadt, gegangen. Endlich konnte er hier dem tagelangen Druck nach einem herrlichen Glas Bier nachgeben. Doch es blieb nicht bei einem.

Er bezahlte und ging dann schwankend heim. Kurz bevor er zu Bett ging, meldete er sich noch beim Dienst habenden Beamten für den nächsten Tag krank.

Brauners Kopf dröhnte, als er am nächsten Morgen erwachte. Er war eben nichts mehr gewohnt; zwar hatte er während der Scheidungszeit auch öfter mal zu viel getrunken, aber seitdem seinen Konsum wieder Schluck für Schluck zurückgeschraubt. Er lag nicht im Bett, sondern saß auf seinem Ledersessel vor dem immer noch laufenden PC, unter einer Tagesdecke, die er sich notdürftig übergezogen hatte. So musste er gestern eingeschlafen sein.

Es stank nach kaltem Zigarettenrauch. Neben dem Computer stand ein Aschenbecher, randvoll mit ausgedrückten Kippen. Graue Asche war auch über die Decke und den Fußboden verteilt. Also auch das noch. Rückfällig geworden nach zwei Jahren erfolgreicher Abstinenz.

Brauner kam sich klein und schwach vor. Er ekelte sich vor sich selbst. Gut, dass Emily nichts davon mitbekommen hatte. Hoffte er zumindest. Vorbildhaft ist was anderes. Wieder hämmerte der verrückte Klempner mit seinem Hammer von innen gegen seinen Schädel. Er stand auf und öffnete sein Schlafzimmerfenster.

Er atmete die wohltuende Januarkälte und genoß den leichten Nieselregen. Er lächelte. Wie in seiner Jugend. Exzessives Besäufnis mit gutem Ende.

Brauner hatte gestern noch stundenlang im Internet recherchiert, um seine Wissenslücke in Sachen Satanismus und schwarze Magie zu schließen. Und er war hier auf ein paar interessante wie auch verstörende Dinge gestoßen, die er sich auf einem Zettel notiert hatte. Vielleicht konnten sie bei den Ermittlungen von Belang sein.

So fand er heraus, dass in Deutschland eher lose Netzwerke von Satanisten existierten. Trotz der Veröffentlichung einer so genannten »Satanischen Bibel« in den sechziger Jahren durch den Amerikaner Anton Szandor La Fey, welcher auch für die Gründung der dortigen New Church of Satan verantwortlich war, gab es keine einheitlichen Kultgrundsätze. Vielmehr blieb es jedem einzelnen selbst überlassen, wie er in dieser Hinsicht seinen dunklen Glauben auslebte. *Tu was du willst* war auch einer der Grundsätze des britischen Okkultisten und Satanisten Aleister Crowley; der Individualismus selbst wurde im Satanismus vergöttert.

Des Weiteren lernte er, dass die Figur des Satans an sich ebenfalls schon uralt war. Bereits in der alten griechischen Religion gab es den Gegensatz zwischen Gottvater Zeus und dem Rebellen Prometheus, übernommen und weiter ausgebaut von den Römern in deren Religion – nur dass die Protagonisten hier Jupiter und Luzifer hießen. Wobei der Name des Letztgenannten auf Deutsch nichts anderes als »Lichtbringer« bedeutet. Also eigentlich doch etwas Positives? Vor allem, da das Licht hier als Synonym für Wissen und Kultur gehandelt wurde. Und genau das war der springende Punkt: Sagten nicht schon von jeher sehr viele Religionen (vor allem die monotheistischen), dass man nicht wissen, sondern glauben solle?

Brauner lächelte wieder. Logisch: Je mehr der Mensch weiß, desto weniger glaubt er. Und desto unnötiger wird eine Religion. Eine Horrorvorstellung für jede Kirche, gleich welcher Konfession. Erst im Christentum wurde dieser alte Rebell zum Gegenspieler Gottes, zum »Antichristen«, aufgebaut. Und sei es nur, um den gläubigen Schäfchen Angst zu machen und sie bei der Stange zu halten. Sie sollten um ihr Seelenheil fürchten, vor der Hölle und dem Fegefeuer (auch erst im Mittelalter erfunden) zurückschrecken und ein frommes, keusches Leben führen, jenseits von Exzessen und blutigen Ritualen. Die Höllenbilder von Hieronymus Bosch gingen Brauner durch den Kopf. Die Menschen damals glaubten wirklich an das, was sie dort sahen.

Kalt lief es ihm allerdings erst den Rücken hinunter, als er las, dass Opfer mitnichten eine Erfindung waren, sondern tatsächlich eine große Rolle im Satanismus spielten. Und zwar deshalb, weil, einem alten antiken Prinzip folgend, die Kraft des Opfertieres oder auch des geopferten Menschen auf den Täter übergehen würde. Je länger das Leiden, desto stärker die übergehende Kraft …

Auch das umgedrehte Pentagramm und das verkehrte

Kreuz entdeckte er bei seinen Recherchen wieder. Sie sollten symbolisieren, dass nun das Gute zum Schlechten, Liebe zu Hass wurde. Erstaunt war Brauner jedoch über die Tatsache, dass das Pentagramm per se eigentlich gar kein satanistisches Symbol darstellte. Es kam aus der römischen Antike und war das Zeichen der Liebes- und Heilsgöttin Venus. Erst umgedreht stand es für die gegenteilige Funktion.

Was die entstellte Babypuppe betraf, sah es ein wenig anders aus. Wie schon Kollegin Eisenberger festgestellt hatte, war sie kein satanistisches, sondern ein schwarzmagisches Werkzeug. Die rituelle Durchlöcherung dieses Kultobjekts mit Nadeln sollte jedoch den betreffenden, meistens bereits verfluchten Menschen nicht töten, wie man allgemein vom Hörensagen her annahm, sondern lediglich blockieren und hemmen. Diese Puppen wurden im karibischen Voodoo verwendet, aber nicht nur dort.

Auch schon bei den alten Römern kam diese Vorgehensweise in Augurenkreisen zur Anwendung, wie Funde belegten. Er schloss das Fenster und setzte sich auf sein Sofa. Dieser Paul musste also nicht einer bestimmten Clique oder einem satanistischen Zirkel angehören. Wahrscheinlich handelte und glaubte er auf eigene Faust, mit eigenen Vorstellungen, eigenen Ritualen. Welches Ziel er mit der Opferung der Tiere verfolgte, schien für Brauner nach seinem kleinen nächtlichen Studium klar. Aber wer sollte hier blockiert werden? Die Familie auf dem Hof? Hatten sie ihm etwas angetan? Mussten sie deshalb sterben? War es Rache, angefacht durch einen dunklen religiösen Furor?

Er massierte seinen schmerzenden Schädel. Jetzt war es ihm wieder zu kalt. Brauner stand auf und drehte die Heizung höher. Dann ging er in die Küche und trank ein Glas Leitungswasser. *Eine heiße Dusche wäre jetzt angenehm.*

Vom Flur her erklang das Läuten des Telefons.

Es war Ingram.

»Hallo, Hendrik. Wie geht es dir?«

»Ich weiß. Aber es geht mir trotzdem schon wieder besser. Ich denke, ich komme morgen wieder, auch wenn Wochenende ist. Ich arbeite gerne samstags. Dann ist nicht so viel los.«

»Genau das wäre auch meine nächste Frage gewesen. Hat sich also erledigt. Ich soll dir auch noch gute Besserung von Hartmann ausrichten. Aber das war nur der eine Grund für meinen Anruf. Es gibt noch einen anderen.«

Er machte eine kurze Pause.

»Und der wäre?«, fragte Brauner.

»Nun, die Ergebnisse der Spurensicherung sind da. Wengerer hat sich diesmal sogar angestrengt, so wenige lateinische Fachausdrücke wie möglich zu verwenden. Er hat ihn auf meinen PC geschickt, nachdem du ja nicht anwesend warst.«

»Logisch. Und, was haben sie alles gefunden?«

Brauner merkte, wie er nervös wurde.

»Ich werde dir jetzt nicht den ganzen Bericht vorlesen, Hendrik. Er ist über 120 Seiten dick. Wenn du morgen kommst, kannst du ihn dir ja selbst ansehen. Ich schicke ihn dir per Mail.«

Eine Welle von Schmerzen raste durch Brauners Kopf. Es wurde ihm übel.

»Ja, das ist schon in Ordnung. Aber kannst du mir nicht wenigstens das wichtigste in Kürze vorlesen? Damit ich mir ein Bild machen kann?«

»Wenn's sein muss. Ich habe den Bericht aber selbst nur

kurz überflogen. Gib mir eine Stunde Zeit, dann melde ich mich wieder und gebe dir die Quintessenz durch.«

»Gut. Bis dann.«

Brauner legte auf.

Er fasste sich an seinen dröhnenden Schädel und setzte sich hustend wieder auf das Sofa. Seine Erkältung war auch noch nicht richtig abgeklungen. Er war kurz davor, sich zu übergeben. Mühselig raffte er sich auf und begann seinen Saustall aufzuräumen. Emily sollte dies alles nicht sehen. Dann begab er sich ins Badezimmer und drehte die Dusche auf.

Nach etwa einer Viertelstunde klopfte es an der Tür. Emily war aufgestanden und wollte ebenfalls ins Bad. Brauner rief ihr durch das Pladdern des Wassers zu, dass sie sich noch gedulden müsse.

»Aber beeil dich«, rief sie zurück, »ich will mich gleich mit Katja treffen.«

Am Montag sind die Ferien vorbei, dachte Brauner.

Als er herauskam, wartete Emily bereits ungeduldig.

»Na endlich. Ich muss bald weg. Wir gehen einen Cappuccino im La Perugia trinken«, sagte sie und verschwand im Bad. »Es könnte länger dauern.«

Brauner ging es nun besser. Der Katerkopfschmerz war fast verflogen. Er ging in die Küche und kochte Kaffee. Kurz darauf rief Ingram zurück.

»So, da bin ich wieder. Also – hörst du mir zu?«

»Natürlich. Bin ganz Ohr.«

»Ich mach's so kurz wie möglich. Gleich vornweg: Der Abgleich mit der Datenbank des LKA hat leider nichts ergeben. Der Täter ist bis jetzt noch nicht aktenkundig geworden, keine DNA, nichts. Es wurden aber viele Spuren und Hinweise gefunden, vor allem Fingerabdrücke. Die Spurensicherung hat hier nun das Ausschlussprinzip angewendet: Durch Abgleich mit den Fingerkuppen der Toten, aber auch der Auffindezeugen konnten die Abdrücke größtenteils zugeordnet werden, bis auf zwei.«

»Und diese sind nicht zu identifizieren?«

»Die einen Abdrücke sind schon älter und im ganzen Haus zu finden, auch im Schlafzimmer von Michael und Christine Steiner. Es wird daher davon ausgegangen, dass sie dem vermissten Hausherren gehören. Genauso verhält es sich übrigens mit den Haarproben, die man genommen hat. In den Betten hat man eine ganze Menge davon gefunden!

Die anderen nicht identifizierten Haarproben und Fingerabdrücke müssen wohl von diesem Paul stammen. Sie wurden in großen Mengen auch in seiner Schlafkammer gefunden. Brauner lächelte. Eine ziemlich haarige Sache, die ganze Angelegenheit – im wahrsten Sinn des Wortes. Er war froh über die Fähigkeiten der Spurensicherung; früher mussten sich die Kriminalpolizisten mit erheblich weniger Möglichkeiten begnügen, wenn es um die Analyse der Hinterlassenschaften der mutmaßlichen Täter ging.

Der ganze Fall war für ihn ein Mysterium. Fast schon wie der von Hinterkaifeck damals. Aber er würde ihn lösen. Egal wie.

»Vielen Dank, Max.«

»Es geht noch weiter. Die haben den blutverschmierten Küchenboden und die gesamte Umgebung genau untersucht, unter anderem auch Luminol eingesetzt. Es wurden zwei unterschiedlich große blutige Fußabdrücke gefunden, beide von nackten Füßen. Die einen konnten problemlos als die eines Kindes eingeordnet werden, und man hat sie auch draußen im Schnee entdeckt. Sie stammen vermutlich von Amelie Steiner. Die anderen sind jedoch erheblich größer und führen vom Tatort auf den Flur in Richtung Wendeltreppe. Man hat auf den ersten beiden Stufen noch rudimentäre Spuren von ihnen gefunden, dann aber nichts mehr. Sie könnten zum Mörder gehören. Das Blut wurde den Opfern zugeordnet.«

»Danke, Max, vielen Dank.«

Emily kam fertig gestylt aus dem Bad und schnappte sich ihre Handtasche.

»Bis dann, Papa«, sagte sie und ging.

»Ja, Servus – nein, ich meine nicht dich, Max. Maile den Bericht auf meinen PC, ich lese ihn mir dann morgen nochmals in Ruhe durch. Zu dem heftigen Schlag auf meinen Schädel kommt jetzt auch noch eine Erkältung hinzu. Aber bis morgen wird das meiste schon verflogen sein, glaube ich. Bis Montag dann. Und nochmals vielen Dank.«

Nachdem das Gespräch beendet war, ließ sich Brauner erleichtert auf sein Sofa fallen. Und schloss die Augen.

Das Medikament hatte sich als wichtiger Schlüssel in diesem Fall erwiesen. Gut, dass er es schon ganz am Anfang auf dem Boden von Pauls Kammer entdeckt hatte, ohne natürlich zu ahnen, was es sein könnte. Es war verschreibungspflichtig, also musste er auch in psychiatrischer Behandlung gewesen sein. Oder es aus einer Apotheke gestohlen haben, auf dem Drogenmarkt erworben …

Wenn man die bisherigen Funde und Erkenntnisse zusammenzählte, war diese Schlussfolgerung eigentlich auch ganz logisch. Die Morde selbst, die getöteten Tiere auf dem alten Hügelgrab – der Täter war in jeder Hinsicht ein psychisch kranker Mensch. Und diese Art von Erkrankungen kommen nicht über Nacht. Es muss eine Vorgeschichte zu diesen ganzen schlimmen Ereignissen geben. Eine Geschichte, die im Archiv irgendeines Psychiaters oder anderweitigen Arztes ruhte – ein neuer Ansatzpunkt zur Fortführung der Ermittlung.

Brauner sah sich und seine Kollegen im Geiste schon sämtliche psychiatrische Einrichtungen sowie die einschlägigen Fachärzte abtelefonieren und aufsuchen. Aber das musste getan werden.

Aber da war noch etwas anderes:

Diese Fußspuren – sie gefielen ihm nicht. Es begann in seinem Hirn wieder zu arbeiten. Warum endeten sie am Treppenansatz? Hatte der Mörder Schuhe angezogen? Oder sich das Blut abgewischt? Aber das war nicht das einzige, was ihn irritierte.

Warum waren sie überhaupt nackt? Und warum ging er nach Vollendung der Tat wieder nach oben und flüchtete nicht sofort?

Sein Magen drückte wieder. Ihm wurde schlecht, diesmal intensiver als zuvor. Mit ein paar schnellen Schritten war er im Badezimmer und übergab sich lautstark ins Waschbecken. Danach fühlte er sich zwar immer noch schwach, aber zumindest das flaue Gefühl und die Übelkeit waren verschwunden. Er beschloss, sich auf das Sofa zu legen und fern zu sehen.

Doch schon nach kurzer Zeit wurde er ungeduldig und nervös. Die Sache mit den Fußspuren ließ ihm keine Ruhe. Warum führten sie, zum Kuckuck noch mal, nicht aus dem Haus heraus, sondern geradewegs zur Treppe nach oben? Hatten sie – *er* – etwas übersehen? Befand sich der Mörder gar *doch noch* im Haus? Oder war er zumindest eine Zeitlang dort noch versteckt gewesen? Sollte er Ingram anrufen und ihn zu einem Spürhundeinsatz veranlassen?

Ja, das wäre eine gute Idee. Er rief abermals im Präsidium an und gab Ingram die Anweisung, sich selbst und die Hundestaffel nach Moosbach zu bewegen.

Zugleich reifte in ihm der Entschluss, sofort aufzubrechen und nochmals dort nachzuschauen. Die Arbeit der Spusi war ja beendet, also war alles wieder frei begehbar – außer, die Tür war wieder abgesperrt. Doch dies sah Brauner nicht als Problem an, genauso wenig wie die Tatsache, dass derartige Untersuchungen eigentlich immer von *zwei* Kriminalbeamten durchgeführt werden sollten. Die anderen würden ja bald nachkommen.

Um kurz nach Zwölf fuhr er los nach Moosbach.

Können Häuser böse sein? Diese Frage stellte sich Brauner, als er sich dem Anwesen näherte. Es sah ihn mit seinen glotzenden Fenstern erwartungsvoll, fast schon gierig, an. Nicht wie ein altes, sich bereits im fortgeschrittenen Verfallszustand befindliches Bauernhaus, sondern wie ein Lebewesen. Wartend, lauernd, mit einer dunklen Seele …

Unsinn! Mit einem Ruck holte er sich wieder in die Realität zurück. Es gab keine bösen Häuser, sondern nur böse Menschen, die in ihnen wohnten. Und erst recht gab es keine Spukhäuser. Auch wenn hier Böses geschehen war – es hatte sich ganz bestimmt nicht in die »Atmosphäre« oder »Seele« des Hauses eingeprägt, wie es Anhänger von mystischen oder esoterischen Zirkeln glauben mochten. Denn Häuser sind einfach nur Gebilde aus Stein, Holz, Dachziegeln, Wasser- und Stromleitungen. Sie haben keine Seele. Aus, fertig, Amen.

Finsterholz lag verlassen vor ihm.

Brauner ging langsam auf die Tür des Wohnhauses zu. Der Nieselregen hatte sich hier draußen auf dem Land in Schneeregen verwandelt. Es waren nur noch wenige schmutzige Schneereste vorhanden. Alles war matschig und trostlos.

Er blieb stehen.

Etwas stimmte hier nicht. Es dauerte ein paar Sekunden, bis Brauner begriff: Es war die vollkommene Stille, die hier nicht ins Bild passte. *Zu* still für einen Bauernhof. Er setzte sich wieder in Bewegung und ging zum Stall. Er war leer. Wo war das ganze Vieh hin? Gestohlen?

Verwirrt betrachtete Brauner das zertretene Heu auf dem Betonboden, die halbleeren Futtertröge. Er konnte sich keinen Reim darauf machen. Hatten seine Kollegen die Abholung veranlasst? Er würde das prüfen. Er ging über den Hof zurück zur Wohnungstür und streifte sich seine alten Wildlederhandschuhe über. Dann drückte er vorsichtig den alten gusseisernen Türgriff herunter. Es war nicht abgesperrt.

Brauner stutzte erneut. Schon wieder etwas, das er nicht erwartet hatte.

Er trat ein und schloss die Tür wieder hinter sich. Es war düster, kalt und roch modrig. Wie in einem schon lange nicht mehr gelüfteten Raum.

Das spärliche Licht fiel durch die geöffnete Wohnzimmertür ein. Er betrat die Küche links von ihm. Ein eigenartiger Geruch stieg ihm in die Nase. Irgendwie chemisch. Wahrscheinlich das Luminol, das von der Spurensicherung verwendet worden war, um auch noch die kleinsten Blutspritzer sichtbar zu machen. Aber lag darunter nicht die schwache Note von Fäulnis und Blut? Brauner wandte sich ab. Er war sich im Klaren darüber, dass dies auch nur Einbildung sein konnte, weil er wusste, was in diesem Raum geschehen war. Er ging den dunklen Flur entlang weiter zur Wendeltreppe, die nach oben führte.

Natürlich waren die Fußspuren, welche die Spusi festgestellt hatte, nicht mehr vorhanden. Aber sie hatten hier geendet, auf der zweiten Stufe. Warum? Und warum waren die Abdrücke von nackten Füssen?

Er atmete tief ein und aus.

Mehrere Gedanken drängten sich Brauner auf.

Der Mörder war insgesamt unbekleidet gewesen.

Vielleicht, weil er seine Kleidung nicht mit Blut beschmutzen wollte. Oder, nach dem, was er jetzt wusste, weil es zu einer Art Ritus gehörte.

Warum sonst sollte er in einer kalten Januarnacht barfuß durchs Haus schleichen? Nach dem Mord ging er wieder nach oben, um sich anzukleiden. Dann erst flüchtete der Täter. So in etwa könnte es abgelaufen sein.

Er ging langsam die knarrende Treppe nach oben. Die Zimmertüren standen offen. Ein kalter Luftzug empfing ihn mit seinem fröstelnden Atem. Er kam aus Pauls Zimmer. Brauner ging hinein. Das kleine Butzenfenster stand offen. Er schloss es. Wahrscheinlich hatten es Wengerers Leute offen stehen lassen.

Brauner schaute nach oben und betrachtete die Decke.

Dort war eine Falltür angebracht, die in einen engen Speicher führte. Er wusste, dass die Neuburger Kollegen schon oben gewesen waren, wollte aber dennoch einen Blick riskieren.

Am unteren Ende der Falltür befand sich eine Art Zugring; man musste einen Hakenstab haben, um ihn nach unten zu ziehen und dadurch die Falltür zu öffnen. Nach einigem Suchen fand Brauner den Stock – er lehnte in einer Ecke des Zimmers der Eheleute Steiner. Als er mit dem Haken die Falltür öffnete, rieselte feiner grauer Staub und ein wenig weiße Deckfarbe auf ihn herab. *Schon lange nicht mehr geöffnet worden. Wie sind dann Bannert und seine Leute nach oben gekommen?*

Auf der Innenseite der Falltür befand sich eine ausziehbare Leiter. Brauner zog sie herunter und stieg auf den schon ziemlich betagten Sprossen auf den Dachboden.

Zwielicht empfing ihn, als er oben ankam. Das Tageslicht drang (gräulich/) nur spärlich durch einige Ritzen und Löcher des maroden Daches. Der Speicher war eng, Brauner musste sich ein wenig bücken; dann begann er sich langsam durch den dunklen Schlauch vorwärts zu bewegen.

Mist. Ich habe die Taschenlampe unten im Auto vergessen. Egal, ich nehme mein Handy.

Er holte es aus seiner Manteltasche und ging weiter. Spinnweben streiften sein Gesicht. Es war eiskalt, gefühlt sogar kälter als draußen. Der Bretterboden knarrte bedenklich unter seinen Füssen. Er begann sich unbehaglich zu fühlen. Alte Geschichten aus seiner Kindheit drangen an die Oberfläche. Geschichten von Menschen, die plötzlich im Dachboden verschwunden waren. Legenden, die sie sich in der Schule erzählt hatten, natürlich hundertprozentig wahr, der Freund von seinem Kumpel hat es selbst erlebt …

Brauner schüttelte den Kopf.

Vor sich konnte er das Ende des langen Ganges erkennen. Mehrere Strebebalken ließen in der Mitte einen Durchgang frei, der woanders hinführte. Seine kleine Exkursion war also noch nicht vorbei. Gefunden hatte er bis jetzt allerdings noch nichts. Er stieg vorsichtig durch die Öffnung. Es ging ein kleines Stück abwärts in einen erheblich größeren, quer zum bisherigen Gestühl verlaufenden Teil des Dachbodens. Offenbar befand Brauner sich nun über der geräumigen Scheune, die im rechten Winkel links an das Wohngebäude angebaut war. Auch hier waren die Lichtverhältnisse sehr schlecht – es gab nur zwei kleine Luken –, doch immerhin konnte er hier freier atmen. Vorsichtig ging er weiter, manchmal tastend, manchmal mehrere Schritte auf einmal, je nachdem, wie sicher er sich gerade fühlte. Dann blieb er abrupt stehen und sein Herz begann heftig zu klopfen.

Vor ihm tat sich ein gähnender Abgrund auf, den er gerade noch erkannt hatte. Nur einen Schritt weiter, und er wäre unten in der Scheune gelandet, hätte sich etwas gebrochen oder wäre gar tot gewesen. Er bückte sich ein wenig, um das Loch zu untersuchen. Es war rechteckig, und eine Leiter führte hinunter. Aha – hier müssen Bannert und seine Kollegen bei der ersten Untersuchung herauf gekommen sein. Er lehnte sich rückwärts an einen Pfosten und wischte sich den Schweiß von der Stirn.

Haarscharf vorbei.

Ein Quietschen ließ ihn jäh zusammenfahren. Er hielt die Luft an und richtete sich langsam auf. Dieser Ton – er war anders. Anders als die Geräusche, die man in einem so alten und baufälligen Haus vermuten würde.

Er hatte etwas Absichtliches, Forderndes.

Langsam machte sich in ihm das Gefühl breit, nicht alleine zu sein. Er spürte die Anwesenheit einer Person ganz deutlich, nur sehen konnte er niemanden. Kalter Schauer kribbelte seinen Rücken hinunter, und er musste den heftigen Impuls unterdrücken, einfach so schnell wie möglich zu verschwinden.

Reiß dich zusammen. Du bist kein kleines Kind mehr. Da sind keine Geister und Monster. Da waren nie welche, höchstens in deiner Fantasie, Alter.

Angestrengt blickte er in das Dunkel.

Dann bewegte er sich sachte auf die Giebelwand der Scheune zu. Er erkannte im Dämmerlicht eine Ansammlung von alten Möbeln; rechts davon türmten sich Heuballen auf. Dahinter war eine Verkleidung aus senkrechten Holzlatten, offenbar an der steinernen Außenwand angebracht, um ein wenig Isolierung zu haben. *Bringt nur nichts*, dachte Brauner, seine Atemwölkchen betrachtend. Er ließ den Lichtstrahl seines Handys über die Möbel gleiten und untersuchte sie genauer. Es handelte sich um ausgemusterten Hausrat, der dem Aussehen nach schon fünfzig Jahre oder älter war. Hier etwa ein mit Mosaik verzierter Nierentisch, dort eine verstaubte Lampe mit schweinsledernem Schirm und eine braunschwarzer Schrank mit Schubladen. Und was war dies hier?

Ja, tatsächlich:

Eine alte schwarze Schreibmaschine stand in der dunkelsten Ecke, auf der Kommode äußerstem linken Rand. Brauner zog sie ein wenig vor, um sie sich im grauen Licht besser ansehen zu können. Der Form nach zu urteilen, war sie ein Produkt aus den zwanziger Jahren des vorigen Jahrhunderts. In stiller Bewunderung fuhr er über die staubige Oberfläche, mit seinem Finger eine schwarze, saubere Bahn hinterlassend. Dann blieb ihm der Mund vor Überraschung offen stehen.

Es war ein vergilbtes Blatt Papier eingesponnen.
Und darauf stand etwas geschrieben.
Brauner kam mit seinem Gesicht ganz nahe, um es besser lesen zu können.
JuFz3?7&roj4ky AZRAELS HEIM

8

Der graue Morgen dämmerte.

Es regnete noch immer ohne Unterlass. Paul saß schon seit Stunden unten im Wohnzimmer und blickte gedankenverloren aus dem Fenster. Nach seinem Albtraum hatte er nicht mehr schlafen können. Neben ihm, auf einem kleinen Beistelltisch, lag ein alter Reiseführer über Irland; er hatte zwar versucht darin zu lesen, doch waren seine Gedanken immer wieder abgeglitten. Sie waren in einem Strudel aus Angst und Abscheu, Hass und Rache. Und dazwischen blitzte immer wieder ein Gesicht auf: Sarah.

Schon bald würde Christine Steiner kommen und das Frühstück zubereiten. Dann würde die alltägliche Hofarbeit beginnen. Und was noch? Würde es wieder Schläge geben, herabwürdigende Worte, die kein Mensch verdient hatte? Wen würde er diesmal quälen? Oder war Steiner heute guter Laune, sollten sie davon kommen? Für wie lange?

Ich muss mir etwas ausdenken, dachte Paul.

Dabei habe ich eine Lösung schon parat. Nur dass diese nicht nur für dieses Arschloch, sondern auch für die anderen gefährlich ist ... Einfach mal für ein paar Tage die Tropfen weglassen ... und es wird geschehen.

Warum nur war Michael Steiner ein so bösartiger Mensch? Ist er es schon immer gewesen, quasi von Geburt an? Oder wurde er erst später zu diesem Monstrum? Welche Umstände hatten dazu geführt? Mit Schaudern dachte Paul an seinen Albtraum zurück. Diese grinsende Fratze, die ihn durchs Fenster ansah ... ja, er hatte Angst vor ihm. Angst vor seiner Unberechenbarkeit, seiner Brutalität, seinem Spaß an den Schmerzen anderer. Sie spiegelte sich in seinen Träumen wieder. Was für eine Ironie! Das gerade er sich Gedanken machte über einen schlechten Menschen, er, der von anderen schon in jungen Jahren gemieden worden war, weil er ihnen unheimlich erschien, der ganz klar als übles Subjekt gebrandmarkt worden war, nur wegen seiner Überzeugungen.

Und Riten.

Vom Flur her erklangen knarrende Geräusche. Jemand kam schnellen Schrittes die Wendeltreppe herunter. Wahrscheinlich war es Christine auf dem Weg in die Küche.

Die Tür ging auf. Aber es war Sarah. Er rief sie zu sich. Und sprach mit ihr. Nur ein klein wenig ...

Den ganzen Vormittag über war nichts passiert. Paul betrachtete Sarah verstohlen, wenn sie ihm während der Arbeit über den Weg lief. Ihre ausdruckslose Miene ließ jedoch auf gar nichts schließen. Er haderte abermals mit sich selbst. Sein Gewissen meldete sich zwickend und quälend. War sein Angebot wirklich moralisch in Ordnung? Oder machte er sich selbst zu einem brutalen Mörder, der kein Deut besser als Steiner war? Durfte er wirklich den Dämon auf ihn loslassen, ohne Gefahr zu laufen, eines Tages schwer dafür bezahlen zu müssen? Diese Mächte waren unberechenbar.

Dann nahte die Zeit des Mittagessens. Er hasste es mittlerweile; denn auch dann, wenn nichts passierte, war diese verstockte Schweigerunde jedes Mal so bedrückend, dass sich in ihm schon lange vor 12 Uhr ein Unwohlsein im Magen breit machte. Doch er konnte nicht weg bleiben. Es hätte nur unnötigen Ärger verursacht.

Und wenn sie mich an ihn verraten? Unsinn, warum sollten sie?, beantwortete er seine unsichere Frage selbst. Er durfte jetzt nicht in Misstrauen und Paranoia verfallen.

Sondern musste, im Gegenteil, seine alte Selbstsicherheit wiedergewinnen. Er löste sich von seinen Gedanken und ging los zum Wohnhaus. Hunger ist stärker als Angst.

Wie immer wurde geschwiegen, während das Gericht eingenommen wurde. Gegen Ende der Mahlzeit wandte sich Michael Steiner kurz an Sarah.

»Du gehst heute Abend um Sechs kurz rüber zu unserem Freund. Weißt ja, was du zu tun hast, gell?«

Sarah nickte und schwieg.

Das Fallen der Haustür ins Schloss weckte Paul aus einem tiefen traumlosen Schlaf. Er knipste die Nachttischlampe an. Der Wecker auf dem Beistelltisch zeigte halb eins. Er hörte Schritte die Treppe hinaufkommen. Es musste Sarah sein. Wo kam sie so spät noch her? Er machte sich Sorgen um sie, wie er irritiert feststellte. Schnell war er aus dem Bett und an der Tür. Er öffnete sie einen Spalt breit. Eine Gestalt kam vorbei.

»Sarah?«

Sie drehte sich um.

»Du bist noch wach? Spionierst du mir auch schon hinterher?«

»Quatsch«, zischte Paul leise.

»Du hast mich gerade aufgeweckt. Wollte bloß nachsehen, das ist alles.«

»Jetzt hast du mich gesehen. Es ist alles in Ordnung. Also gute Nacht.«

Sie wandte sich um und wollte weiter gehen.

»Sarah! Was ist los mit dir?«

Paul war auf einiges gefasst gewesen, jedoch nicht auf das, was nun geschah. Sie sprang auf ihn los und schubste ihn rückwärts ins Zimmer.

»Was glaubst du, wer du bist? Misch dich nicht in mein Leben ein mit deiner weinerlichen Moral. Ein Wort von mir genügt, und du fliegst hier in hohem Bogen raus. Klar?«

»Ich habe nur gefragt, was mit dir los ist«, entgegnete der überrumpelte Paul.

»Ich mache mir nur Sorgen, das ist alles.«

Sarah schloss die Tür hinter ihr.

»Du willst wissen, was los ist? Echt? Gut, dann sollst du's wissen. Ich lasse mich alle paar Monate von einem guten Freund der Familie durchficken, damit ein bisschen Geld in diese arme Bude kommt. Und mein lieber Vater hat das alles mit ihm so ausgehandelt. Ein kleiner Notgroschen für schwierige Zeiten, sozusagen. Habe heute fünfhundert Euro gemacht, für ein paar Stunden doch nicht schlecht, oder?«

Sie setzte sich aufs Bett und schwieg.

Dann begann sie zu weinen.

Immer heftiger, bis sich ein regelrechter Weinkrampf daraus entwickelt hatte. Sie zitterte am ganzen Körper. Paul war von dem Gehörten derart geschockt, dass er gar nichts darauf sagte.

Schließlich setzte er sich zu Sarah auf das Bett und nahm sie in den Arm. Ihr Schluchzen wurde weniger. Dann verstummte es ganz. Schweigend saßen die beiden da. Eine halbe Ewigkeit schien zu vergehen.

»Was musst du nur durchmachen?«, fragte Paul kopfschüttelnd in die Leere.

Sie blickte ihn aus ihren rot verweinten Augen an. Wie schön sie doch sind, dachte Paul. Obwohl aus ihnen alles Leid der Welt sprach.

»Wer ist es?«

»Das kann ich dir nicht sagen. Du würdest nur Unsinn machen …«

»Du verteidigst dieses perverse Schwein auch noch? Warum wehrst du dich nicht? Besteht eigentlich das ganze Dorf nur aus Verbrechern? Das kann doch wohl nicht wahr sein!«

Wut kochte in ihm hoch.

Es war also nicht nur Michael Steiner allein. Er hatte ein Netzwerk von gegenseitigen Gefälligkeiten aufgebaut, die ihm sein Überleben in dieser randständigen Gemeinde sicherten.

»Pleite gehen wäre eine Schande für die ganze Familie. Wir müssten dann wegziehen von hier. Alles aufgeben, was unsere Väter und Großväter aufgebaut hatten. Das ist nicht so einfach, verstehst du? Nein – du verstehst es nicht. Du bist ein wurzelloser Stadtmensch. Ihr könnt euch da nicht hineinfühlen.«

»So? Glaubst du? Ich will jetzt endlich mal wissen, warum ihr euch alle, ganz speziell aber du, das alles gefallen lässt. Da steckt doch mehr dahinter als die Angst, dieses halb verfallene Haus oder eure komische Ehre verlieren zu können, oder?«

Anna sah zu Boden. Dann, langsam und bedächtig, begann sie zu reden.

»Ja, da hast du schon recht. Ich für meinen Teil kann nur sagen, dass er mir gedroht hat, der Amelie etwas anzutun, wenn ich auch dumme Gedanken kommen und abhauen sollte. Sie ist mein Ein und Alles. Auch wenn sie …« Sarah hielt inne.

»Auch wenn sie was?«

»Nichts. Ist schon in Ordnung. Es reicht jetzt.«

Nach einiger Zeit des beidseitigen Schweigens fuhr er fort: Und wenn du die Amelie schnappst und mit ihr gemeinsam flüchtest?«

»Geht auch nicht. Für diesen Fall würde er meiner Mutter etwas antun. So hat er es gesagt, und so handelt er auch. Du kennst ihn jetzt ja schon ein wenig.«

»Hm. Und warum bleibt deine Mutter? Warum hat sie sich nicht schon längst scheiden lassen?«

Sarah war zunehmend genervt. »Große Fragestunde heute, oder was? Aber gut: Mein Mutter war nicht immer die nette Bauersfrau, die sie heute vorgibt zu sein. Sie hat ein dunkles Geheimnis, und wenn sie flüchtet oder sich scheiden lässt, geht mein Vater zur Polizei. So einfach ist das.«

»Was hat sie angestellt?«

»Es war ein Bankraub in ihrer Jugend, in München, wo sie aufgewachsen ist. Dabei ist ein Angestellter erschossen worden. Sie war darin verwickelt, ob sie Schmiere gestanden hat oder richtig mit dabei war, hat sie mir aber nie erzählt. Aber meinem Vater hat sie sich wohl anvertraut. Und das war ein Fehler. Jetzt nutzt er diese Sache als Druckmittel. Und die Anna hat er auch in der Tasche, aber wegen einer anderen Angelegenheit. Musst sie aber selber fragen. Ich habe heute keine Lust mehr.«

Doch Paul wollte für heute nichts mehr wissen, sondern nur noch allen Kummer weg schlafen.

Als wenn das so einfach wäre …

Er schlief noch fest, als die Tür krachend aufflog.

»Wach auf, du fauler Hund! So eine Pennerei gibt es hier nicht! Los, raus, ich brauche dich bei der Arbeit.«

Paul war sofort hellwach; allein, es brachte nichts, denn schon hatte Michael Steiner mit der Faust zugeschlagen und ihn mitten auf die Nase getroffen. Sofort sprudelte Blut daraus hervor. Er schrie vor Schmerz laut auf.

»Runter mit dir, oder ich jage dich so, wie du bist, auf die Straße! Verschlafen ist nur für Weicheier ein kleiner Fehler. Für mich aber ist es eine Todsünde.«

Damit ging er wieder und warf die Tür hinter sich zu. Paul hielt sich seine Nase, aus der immer noch das Blut lief, und schleppte sich hinüber ins Badezimmer. Dort fand er ein paar Taschentücher, um die Blutung zu stillen, und wusch sich sein verschmiertes Gesicht sauber. Erst dann konnte er die Verwundung besser begutachten.

Schon bei sanfter Berührung fuhr ihm ein höllischer Schmerz durch den Körper, und Schweiß traut ihm auf die Stirn. Durch Betasten fand er schließlich heraus, dass Steiner sie ihm anscheinend gebrochen hatte.

Er knüllte und pfriemelte sich aus einem Taschentuch eine Art Pfropfen für seine Nase zusammen und hoffte, das würde ausreichen, um zumindest die Blutung zu stoppen. Dann hielt er sich noch einen mit kaltem Wasser getränkten Waschlappen an die Wunde, um sie zu kühlen.

Er schluckte einen ganzen Batzen geronnenen Blutes hinunter und schniefte vorsichtig ein. Auch dies bereitete ihm unsägliche Schmerzen. Aber er musste nun in den Stall, es half nichts. Außer er riskierte, dass Steiner ihn heute noch zu Brei schlug und wirklich vom Hof warf. Keiner würde ihm helfen können, nicht die Familie, nicht die Nachbarn, und die Polizei schon gar nicht.

Als er unten im Stall ankam, sah er Steiner im kalttrüben Licht einer nackten Glühbirne mit einer Heugabel arbeiten. Er bereitete das Futter für die Kühe vor. Er nahm nur kurz Notiz von Pauls Anwesenheit; dann wies er ihn an, den Traktor zu überprüfen. Paul hasste sich selbst in diesem Augenblick. Anstatt sich zu wehren, fügte er sich diesem Tyrannen und bestätigte ihn dadurch in seinem Handeln.

Der Rest des Tages verlief ereignislos. Zum Abendessen war Josef Anwander zu Gast. Er witzelte ein wenig über Pauls tamponierte Nase und zog sich nach dem Essen mit Sarah zurück. Er blieb jedoch nicht lange; noch vor Einbruch der Dämmerung fuhr er wieder zurück nach Burgheim. Amelie saß in ihrer Kammer und malte noch ein wenig, bevor sie ins Bett ging. Sie lächelte. Auf dem vor ihr liegenden Blatt Papier entstand gerade eine Zeichnung ihres Großvaters, gestochen scharf. Er lag auf dem Boden und schien zu schlafen. Doch sein Gesicht war nicht das eines lebenden Menschen, sondern jenes einer Leiche. Die Augen waren halb geschlossen, und der Unterkiefer war bereits heruntergeklappt. Amelie lächelte wieder.

Dann wurde es Nacht über Finsterholz.

Tränenreich saß Christine Steiner in der Küche und erzählte den anwesenden Polizeibeamten, dass sie ihren geliebten Mann zum letzten Mal gestern Abend gesehen hatte. Einen kleinen Abendspaziergang zu seiner Stammkneipe in Strassdorf wollte er machen. Und sei nicht mehr wieder gekommen, dies könnten auch alle anderen bezeugen. Die Polizisten aus Neuburg nahmen den Sachverhalt auf. Ob es in letzter Zeit zu Streitigkeiten gekommen sei? Christine verneinte dies. Die Beamten meinten, dass noch nicht allzu viel Zeit vergangen ist, und ob es nicht möglich wäre, dass ihr Mann einfach einen zu viel über den Durst getrunken und die Nacht woanders verbracht hätte? Ob so etwas schon mal vorgekommen wäre? Ja, sagte sie, und das war noch nicht einmal gelogen.

»Wenn ihr Mann bis heute Abend noch nicht zurück ist, werden wir die Angelegenheit an die Kriminalpolizei in Ingolstadt weiterleiten, da es sich ja auch um ein Verbrechen handeln könnte. Die werden dann eine weiträumige Suche einleiten. Vorher aber nicht, denn er ist schließlich Erwachsen und kein kleines Kind mehr.«

Falsch, dachte Christine. *Er ist jetzt weder ein kleines Kind, noch Erwachsen. Das Schwein ist tot.*

Mit einem bekümmerten Gesicht verabschiedete sie schließlich die beiden Beamten. Es schien alles nach Plan zu funktionieren. Später, als sich die Nacht über das Land gelegt hatte, marschierte Paul mit seiner grausigen Fracht los. Niemand sah ihn; nur einmal, in der Nähe des letzten Hauses vor den Feldern, musste er kurz hinter einem Busch verharren, weil der Thalerbauer vor seine Haustür getreten war, um eine Zigarette zu rauchen. Dann ging es ohne Störung weiter. Ruhe sanft, dachte Paul, als er sich Stunden später wieder auf dem Rückweg befand. *Mein Herr wird dich in der Hölle erwarten.*

Nachdem er sich gegen drei Uhr kurz auf Finsterholz aufgewärmt hatte, nahm er ein ungewaschenes Hemd von Steiner, zerschnitt es in zwei Teile und band diese um seine Schuhe. Dann ging er wieder in die kühle Märznacht hinaus, Richtung Strassdorf. Und legte dadurch bis zum Ortsende von Moosbach eine falsche Spur, nur für den Fall, dass die Polizei Spürhunde einsetzen sollte.

Um Vier kam er wieder zurück, endgültig diesmal. Niemand hatte ihn gesehen. Unglaublich, dachte Paul. *Es ist alles glatt gelaufen.*

Müde schleppte er sich nach oben, ins Bett.

Tatsächlich wurde schon am nächsten Morgen die Kriminalpolizei aus Ingolstadt vorstellig. Noch einmal wurden Christine und Sarah zu dem vorgeblich verschwundenen Michael Steiner vernommen, die Familienverhältnisse ausgeleuchtet, auch Nachbarn befragt. Sogar ein paar Spürhunde wurden eingesetzt, wie von Paul vorhergesehen. Es wurde zwar als eigenartig befunden, dass die Tiere die Spur nur bis zum Ortsende verfolgen konnten, doch ein konkreter Verdacht gegen Christine oder die Familie kam nicht auf. Schließlich gab es auch keine finanziellen Vorteile, für die sich ein Mord am Hauseigentümer gelohnt hätte, kein Erbe, keine Lebensversicherung, einfach nichts. Ganz im Gegenteil, der heruntergekommene Hof, der obendrein noch in einem Hochwassergebiet lag, musste jetzt unter erschwerten Bedingungen weiter bewirtschaftet werden.

So erklärte es Christine Steiner den Beamten, und diese kamen nach genauerer Überprüfung auch zu dieser Überzeugung. Die Suche ging zwar weiter, verlief sich aber im Sand.

Auch wenn Paul gegenüber ein gewisses Maß an Misstrauen blieb, machte sich auf dem Hof Erleichterung, eine bessere Stimmung breit.

Es wurde wieder gelacht.

Und es wurde ruhiger.

9

Die Leiter, die vom Heuboden in die eigentliche Scheune hinunterführte, knarrte bedenklich, als Brauner langsam von Sprosse zu Sprosse hinunter stieg. Was für eine eigenartige Bezeichnung, dachte er. Azrael – das hörte sich irgendwie biblisch an. Altes Testament oder so? Er war unsicher. Bewandert in Bibelfragen war er jedenfalls nicht.

Vielleicht hatte dies alles mit den Morden zu tun, vielleicht auch nicht. Er würde auf jeden Fall Nachforschungen anstellen. Ansonsten war die Ausbeute seiner kleinen Exkursion eher mager. Gerade als er über den Hof zurück ging, streifte Brauners Blick die Haustür. Sie war geschlossen! Hatte er sie vorhin nicht offen gelassen?

Er rüttelte daran. Dann hörte er Schritte von innen. Die Tür wurde geöffnet. Eine kleine, ältere Dame in Schwarz stand vor ihm. Sie hatte ein prägnantes, wenn auch harsches Gesicht, verschlossen und sehr ernst.

»Was wollen Sie?«, fragte die Frau Brauner.

»Was ich hier will? Diese Frage stelle ich Ihnen! Kriminalpolizei, Hendrik Brauner ist mein Name.«

Die Frau musterte ihn kurz und unbeeindruckt mit ihren dunklen, fast schwarzen Augen.

»Polizei?«, sagte sie spöttisch.

»Dann werde ich sie wohl hereinlassen müssen. Aber stören sie mich bitte erst dann, wenn ich fertig bin.«

Sie wandte sich um und ging in die Küche. Brauner folgte ihr. »Wie heißen Sie? Und mit was wollen Sie fertig werden?«

Ihm war schon beim Öffnen der Haustür der Geruch von Weihrauch aufgefallen. Hier, vor der Küche, war er nun sehr intensiv.

»Mein Name ist Erika Garchinger. Bleiben Sie bitte noch kurz stehen. Ich brauche nicht mehr lange.«

Damit holte sie einen Rosenkranz hervor und begann leise zu beten.

»Vater unser, der du bist im Himmel. Geheiligt werde dein Name …«

Brauner war so verdutzt, dass er erstmal gar nichts mehr sagte und die Frau gewähren ließ. In einer kleinen Schale auf dem Küchentisch brannten kleine Stücke Weihrauchharz ab; die Zeremonie wirkte fremd auf ihn.

Auch auf den Sinn und Zweck konnte er sich keinen Reim machen. Dennoch wartete er.

Als das Vaterunser beendet war, wandte sie sich an ihn. »Sind Sie ein gläubiger Mensch?«

»Mein Glaube tut hier nichts zur Sache, Frau Garchinger. Gehe ich richtig in der Annahme, dass Sie die Ehefrau von Hubert Garchinger sind?«

»Ja, die bin ich. Und ihrem Verhalten nach zu urteilen, glauben Sie nicht an unseren Herrn. Sonst würden Sie keine Fragen mehr stellen.«

»Und doch mache ich es. Warum sind Sie hier?«

Sie sah ihn durchdringend an.

»Hier sind sehr schreckliche, unsagbare Dinge passiert.

Das wissen Sie, denke ich. Dieser Raum, dieses Haus muss gereinigt werden. Es ist voller schwarzer, bösartiger Energie. Haben Sie das nicht bemerkt? Nein – natürlich nicht. Sie als logisch denkender Polizeibeamter haben keinen Zugang zur anderen Seite.«

»Das würde ich so nicht sagen. Aber warum eine Reinigung? Dieses alte Gebäude wird doch sowieso bald abgebrochen, oder? Und ja – apropos: Wo sind eigentlich die Kühe hin?«

»Die Gemeinde Strassdorf hat die Viecher in Beschlag genommen und auf die umliegenden Höfe verteilt. Und auch wenn der Hof abgerissen werden sollte, so bleibt der Platz dennoch dunkel, durch alle Zeiten, wenn nicht ausgetrieben wird«, antwortete Erika Garchinger.

»Wen wollen Sie austreiben?«

»Herrgott, Sie können vielleicht blöde Fragen stellen! Die Geister der Toten, die hier gestorben sind, natürlich«, sagte sie voller Ungeduld.

»Jetzt ist mal gut. Sie haben trotzdem nicht das Recht, sich zu diesem Objekt Zutritt zu verschaffen, da kann es Leer stehen wie es mag.«

»Ach was? Und Sie? Sie treiben sich ja auch hier herum, oder?«

»Ich bin dienstlich hier«, sagte Brauner, obwohl es nicht der Wahrheit entsprach.

»Wir gehen jetzt besser beide, Frau Garchinger. Sagen Sie doch Ihrem Mann einen schönen Gruß von mir. Eine Frage noch: Wissen Sie vielleicht, warum die Haustür in ganze Zeit über offen stand? Hat hier jemand einen Zweitschlüssel?«

»Nicht das ich wüsste.«

Sie zog ihren Mantel an, den sie im Wohnzimmer abgelegt hatte, und ging gemeinsam mit Brauner auf den Hof.

Ein Lächeln umspielte ihre zugekniffenen Lippen.

»Einen schönen Tag noch, Herr Kommissar.

Und auch wenn Sie nicht an den Herrn glauben, so können Sie doch sicher sein, dass er an Sie glaubt.«

»Ja, Frau Garchinger. Ist schon gut. Gleichfalls einen schönen Tag.«

Brauner vertrat sich in der Kälte die Beine und wartete auf Max Ingram und die Hundestaffel. Er verstand Pfahls Irritation über die Einrichtung im Hause Garchinger nun mehr denn je. Es war gut, dass er der Dame nicht verraten hatte, dass ein Wiedersehen mit ihm schon kurz bevor stand – wahrscheinlich am Montag. *Erhöht den Überraschungseffekt,* dachte er.

Schließlich fuhren zwei Fahrzeuge auf den Hof. Das eine war Ingrams Pkw, das andere ein Kleinlaster mit den Spürhunden und ihren Führern.

»Sorry, hat ein wenig länger gedauert. Ich habe vom Labor der Spurensicherung noch eine Geruchsprobe von Pauls Körperausdünstungen holen müssen.« Ingram hatte einen kleinen Behälter dabei. Er öffnete ihn und holte ein in einem Plastikbeutel versiegeltes Stück Stoff heraus.

»Was ist das, Max?«, fragte Brauner.

»Ein kleines Stück von Pauls verschwitztem Kopfkissen«, antwortete Ingram. »Es wird uns jetzt bei der Suche mit den Spürhunden von Nutzen sein.«

Die beiden Tiere waren mittlerweile von den Hundestaffelführern aus dem Sprinter heraus gelassen worden. Ingram gab die Probe einem der beiden Kollegen; er öffnete sie und hielt sie den Tieren vor die empfindliche Nase. Sofort liefen die Hunde in eine bestimmte Richtung los – und zwar zur Scheune.

Dort blieben sie bellend vor der Leiter, die nach oben führte, stehen. Einer versuchte sogar, so weit er konnte, die Sprossen hochzuspringen, was natürlich vergebens war.

»Ich schätze, sie haben eine Spur. Unser Freund scheint sich im Dachboden zu verbergen, Hendrik«, sagte Ingram.

»Das kann nicht sein. Ich war sehr viel eher da als du und habe die Zeit genutzt, um dort oben ein wenig herum zu stöbern. Aber da ist niemand, das kann ich dir versichern. Nur alter Staub, ein paar alte Möbel und vertrocknete Heuballen. Es gibt kein Versteck, das einen Menschen verbergen könnte.«

»Wie eigenartig. Warum schlagen die Hunde dann Alarm? Das machen sie nur, wenn sie einen Menschen konkret riechen können. Hast du wirklich nichts übersehen? Ich meine, da oben ist es doch ziemlich düster – hast du wirklich in jede Ecke geschaut?«

»Ja!«

»Wie dumm! Wir können die Tiere nicht da hochbringen, leider. Gibt es noch einen anderen Zugang zum Dachboden?«

»Ja, im Haus – aber das ist auch eine steile Leiter. Da haben ja sogar wir Menschen unsere Schwierigkeiten.«

»Gut. Was hältst du davon, dass wir zwei uns nochmals genau umsehen? Ich will deine Fähigkeiten nicht in Zweifel ziehen, aber vier Augen sind besser als zwei, das weißt du selbst.«

»Wenn es denn sein muss«, antwortete Brauner.

»Wir nehmen aber den Aufgang im Haus. Die Leiter ist mir nicht ganz geheuer.«

Gesagt, getan. Etwas zwanzig Minuten später kamen die beiden Polizisten wieder zurück; Ingram lächelte. Er hatte etwas gefunden, was Brauner zuvor tatsächlich übersehen hatte.

Nämlich eine Konservendose, ungeöffnet und kaum verstaubt. Sie musste also erst vor Kurzem dort deponiert oder verloren worden sein. Max Ingram nahm sie mit, um sie auf Fingerabdrücke untersuchen zu lassen. Als er sie versuchsweise einem der beiden Hunde vor die Nase hielt, schlug dieser sofort an.

Der Gesuchte hatte sie höchstwahrscheinlich in der Hand gehabt. Doch das sollte die Spusi klären.

Trotz dieses kleinen Erfolgs war sein Vorgesetzter etwas frustriert.

Warum erspüren diese Tiere Menschen, die wir nicht finden können? Das ist doch höchst ungewöhnlich. Dabei ist es jetzt so gut wie erwiesen, dass der Kerl da oben gewesen ist. Aber da ist doch nichts ... Ich glaube langsam, ich sehe den Wald vor lauter Bäumen nicht mehr.

Die Mitteilung auf seinem Schreibtisch war das erste, was Brauner am nächsten Morgen ins Auge fiel.

Hallo Hendrik, das kam heute mit der Post an. Offensichtlich aus St. Ulrich, es ist ein rätselhaftes Bild darin, welches anscheinend von Amelie Steiner gemalt wurde. Ich kann nichts damit anfangen, schau es dir einfach mal an. Vielleicht wirst du schlau daraus.
Lg, Max

P.S. schönen Dienstbeginn.

Brauner nahm, noch müde und ein wenig unwillig, den darunter liegenden braunen Versandumschlag in seine Hand. Er war bereits geöffnet worden. Darin befand sich, wie von Ingram angekündigt, eine Bleistiftzeichnung von Amelie Steiner. Mit einer Büroklammer war ein kleiner Zettel beigefügt.

Amelie hat mir zu verstehen gegeben, dass ich diese Zeichnung an Sie schicken soll. Mit freundlichen Grüßen, Kravcik.

Er gähnte laut; es war auch niemand da, der sich daran hätte stören können. Brauner war der einzige, der sich an diesem Samstagmorgen im Büro in seiner Dienststelle befand. Es war insgesamt ziemlich ruhig, fast schon ein wenig unheimlich, als er vorhin durch die hallenden Gänge des großen Backsteingebäudes nach oben gegangen war. Der Tag war noch nicht angebrochen, und es war im Haus auch nur die verminderte Wochenendbesetzung anwesend – Kollegen, die an diesem Tag im Kriminaldauerdienst waren. Die Kaffeemaschine gurgelte und schnaubte in ihrer Küchenecke vor sich hin.

Brauner betrachtete Amelies Bild.

Es war eine sehr feine und genaue Bleistiftzeichnung. Es zeigte eine Schubkarre, die mit einer Art Plane oder Tuch bedeckt war. Sie stand auf einem unebenen Boden. Und um sie herum flogen, oder schwammen, Fische.

Ganz eindeutig Fische.

Brauner schüttelte den Kopf und ging hinüber zur Kaffeemaschine, die mittlerweile ihre laute Arbeit beendet hatte.

Er nahm einen Schluck aus der Tasse. Die Wärme förderte allerdings erst mal seine Müdigkeit. Brauner setzte sich wieder an seinen Platz und betrachtete die Zeichnung abermals. Es musste sich um eine Unterwasserszene handeln. Ansonsten würden die Fische keinen Sinn ergeben. Aber was hatte es mit der Schubkarre auf sich? Sie gehörte da nicht hin – ganz klar. Eine illegale Abfallentsorgung in einem See? Oder in der Donau? Dann bemerkte er rechts unten eine weitere, ziemlich kleine Zeichnung. Ein horizontal liegendes Oval, in das von oben eine Art Delle oder Beule hineinragte. War das eine Art stilisierte Unterschrift, wie sie von manchen Künstlern platziert wird, um ihre Werke zu signieren?

Nein, dachte Brauner. Nicht bei Amelie. Er langte in seine persönliche Ablage auf dem Schreibtisch und holte ihre erste Zeichnung – das seltsame Teeei – heraus. Hier war rechts unten nichts zu sehen. Also musste das Ding auf dem Schubkarrenbild sich auch nur auf dieses beziehen. Er betrachtete es wieder und wieder, konnte sich aber keinen Reim darauf machen. Er steckte fest. Was wollte ihm das Mädchen damit sagen?

Gefrustet legte er die Zeichnungen beiseite und wandte sich dem Bericht der Spurensicherung auf seinem PC zu. Und erfuhr hier zum Beispiel, dass die Blutspritzer auf den Bauernmöbeln von Anna Rankenbichler stammten: Sie waren durch die heftigen Stiche in den Hals und die Bauchgegend bis dorthin gelangt. Anders war dieser Umstand nicht zu erklären, denn die anderen waren schon tot oder zumindest ohnmächtig, als sie mit dem Messer bearbeitet und verstümmelt wurden – und in diesem Zustand spritzt kein Blut mehr …

Plötzlich klingelte das Telefon. Die Rufnummer wurde unterdrückt. Brauner nahm ab.

»Polizeipräsidium Oberbayern Nord, Kriminalkommissar Brauner. Was kann ich für Sie tun?«

Zuerst kam gar keine Antwort. Dann ein kurzes Räuspern.

»Ich werde meinen Namen nicht nennen, Herr Brauner. Ich wohne aber in Moosbach und wollte Ihnen nur sagen, dass der Garchinger Hubert ein richtiges Schwein ist. Wobei das eigentlich einer Beleidigung für die armen Viecher gleichkommt.«

Brauner war neugierig geworden.

»Und was veranlasst Sie zu diesem Schluss?«

»Na, weil der Kerl mit der Tochter vom Steiner ein Verhältnis hatte. Wie ich gehört habe, bezahlte er sie sogar dafür. Muss schon ziemlich verzweifelt sein, der alte Hurenbock. Kein Wunder bei der verklemmten Alten, die er daheim hat«, antwortete der Anrufer.

Brauner war elektrisiert und umklammerte fest seinen Kugelschreiber.

»Sind Sie sich ganz sicher in diesem Sachverhalt? Ich meine, sind das nicht nur Gerüchte?«

»Nein, keine Gerüchte. Und ich bin auch nicht der einzige im Ort, der davon weiß. Aber anscheinend der Erste, der sich traut, sein Maul auf zu machen. Verlogene Gesellschaft, das Pack hier.«

»Wie lange ging diese Affäre denn schon?«

»Was weiß ich, auf jeden Fall schon eine ganze Weile. Auch schon zu der Zeit, als der Steiner Michael noch am Leben war.«

»Wollen Sie mir nicht doch noch Ihren Namen nennen

und das alles offiziell bezeugen? Es handelt sich immerhin um sachdienliche Hinweise in Bezug auf einen Mordfall. Außerdem bekommen wir Ihre Nummer so oder so heraus, trotz Rufnummerunterdrückung.«

Erneutes Räuspern am anderen Ende der Leitung.

»Ich bin Erich Wiegand. Ich wohne zwei Häuser weiter von Finsterholz entfernt. Würden Sie aber meinen Hinweis trotzdem vertraulich behandeln? Ich will im Dorf nicht als Verräter dastehen. Ich kann keinen Ärger gebrauchen.«

»Der Bitte kann entsprochen werden. Aber können Sie mir sagen, woher Sie das eigentlich alles wissen?«

»Muss das sein?«

»Ja. Denn theoretisch könnten Sie mir den allergrößten Mist erzählen. Und falsche Verdächtigung ist übrigens strafbar, nur mal zur Information.«

»Gut, gut. Ich habe es von der ermordeten Helferin auf dem Hof, der Anna. Sie hat mir mal ihr Herz ausgeschüttet, als sie mir beim Einkaufen in Strassdorf zufällig über den Weg lief.«

»Das ist ja interessant. Reden Sie doch mal weiter. Hat sie noch mehr erzählt?«

»Ja, schon – der alte Steiner hat sie mächtig unter Druck gesetzt wegen ihres Bruders.«

Schon wieder. Druckausübung.

»Welche Art von Druck? Kommen Sie, reden Sie!«

»Der Bruder – ich glaube, er heißt Markus – ist ein armer Hund, der in Bergen in einer kleinen Einzimmerwohnung lebt. Er war zu einem gewissen Grad finanziell abhängig von dem Geld, das ihm die Anna zugesteckt hat.«

»Das wissen wir bereits. Und, weiter?«

»Nun – hm – ja, also, es war so: Sie ist vom Steiner vergewaltigt worden. Einmal, wie sie mir erzählte. Und sie ist deshalb schwanger geworden.«

Brauner umklammerte gespannt die Tischkante. »Was passierte dann?«

»Sie hat das Kind heimlich abtreiben lassen. Der Steiner hat getobt. Anscheinend hat er das Kind haben wollen, weil es ein Sohn geworden wäre. Er hat ihr damit gedroht, sie rauszuwerfen und ihrem Bruder etwas anzutun, wenn sie ihm ab jetzt nicht immer zu Diensten wäre. Auf eine sehr unterwürfige Art, meine ich. Sie brauchte ja das Geld für ihren Bruder, und sie machte sich auch Sorgen um ihn wegen der Drohungen Steiners. Die Anna hat sich deswegen sogar schlagen lassen, wenn es dem Alten gefiel. Sie hatte oft blaue Flecken und andere Verletzungen.«

»Das ist sehr schlimm, das alles. Warum haben Sie denn nicht schon viel früher mit uns gesprochen, Herr Wiegand?«

»Weil auch ich Angst vor dem Steiner hatte.«

»Warum Sie auch?«

»Na, wie schon gesagt, ich wollte nicht als Verräter dastehen. Er hätte mir was angetan.«

»Vielen Dank.«

Der Mann legte auf. Brauner war nun hellwach. Diese unerwarteten Neuigkeiten könnten dem Fall eine Wende geben. Wenn das, was er gerade gehört hatte, wirklich den Tatsachen entsprach, stand dann nicht auch der Garchinger unter Mordverdacht? Sein Kopf begann zu schwirren. Hatte er, hatten sie alle einen Fehler gemacht, sich allzu früh auf nur einen Tatverdächtigen fest zu legen, auf Paul?

Aber ganz ruhig. Erst mal die neue Lage analysieren.

Er nahm ein Blatt Papier zur Hand und begann halb

schriftlich, halb zeichnerisch die verschiedenen Möglichkeiten festzuhalten, die sich aus diesen Informationen ergeben könnten. Sarah Steiner hatte anscheinend ein bezahltes sexuelles Verhältnis mit Hubert Garchinger gehabt. Das war erst mal die angenommene Ausgangslage. Was für Verwicklungen konnten sich daraus ergeben?

War es möglich, dass Garchinger den Michael Steiner umgebracht hatte, weil dieser ihm das Verhältnis zu seiner Tochter untersagt hatte? Oder war es vielleicht so, dass er sich wirklich ernsthaft in Sarah Steiner verliebt hatte und deshalb, in einer Art Liebeswahn, sie und ihre Familie auslöschte, weil er eine Abfuhr bekommen hatte? Wies nicht die Verstümmelung von Sarahs Verlobtem darauf hin? War dies ein mögliches Szenario?

Und Erika Garchinger? Ja, auch sie hatte ein Tatmotiv: Eifersucht und Rache. Brauner dachte an die unheimliche, schwarz gekleidete Frau in Finsterholz. Nein – er mochte sie nicht zum Feind haben …

Er musste Pfahls und Ingram zusammentrommeln. Zumindest einen von beiden brauchte er jetzt, heute noch. Sie mussten nach Moosbach und die Garchingers vernehmen. Sofort. Nicht erst am Montag, wie eigentlich geplant. Beide waren ab jetzt für ihn im engeren Kreis der Tatverdächtigen, sie hatten Motive und die Gelegenheit. Er griff zum Telefon und rief bei Max Ingram an. Es dauerte eine Weile, bis dieser an den Apparat ging. Begeisterung über den unverhofften Wochenenddienst kam bei ihm nicht auf; als Brauner die Sachlage erklärt hatte, erklärte er sich aber bereit, so schnell wie möglich zu kommen.

»Hast du eigentlich das seltsame Bild von Amelie Steiner auch schon begutachtet?«, fragte Max Ingram Brauner später, während der Fahrt.

»Ja«, antwortete dieser, »und ich bin nicht sonderlich schlau daraus geworden. Eine Schubkarre, offensichtlich in einem See versenkt, und eine kleine Zeichnung am unteren rechten Rand, die einer Amöbe oder so was ähnelt. Keine Ahnung, wo ich das einordnen soll. Den Anruf von vorhin allerdings schon.«

»Muss wohl jemand sein, der den Garchinger nicht besonders gut leiden kann. Wir müssen aber immer bedenken, dass die Gründe für solche Anschuldigungen niederträchtiger sein könnten als die Anschuldigung selbst.«

»Darüber bin ich mir im Klaren. Dennoch habe ich das Gefühl, dass da was dahinter steckt. Und dass es etwas mit den Morden zu tun hat, glaube ich auch.«

»Auf jeden Fall scheint es dir wieder besser zu gehen nach deinem kleinen Ausrutscher. Hast du dich gut auskuriert?«

»Ja, natürlich. Läuft alles wieder rund.«

Alles, außer meiner Leber.

Etwa eine dreiviertel Stunde später hielten die beiden Ermittler vor dem Hof der Familie Garchinger in Moosbach.

Sie mussten mehrmals klingeln, bis ihnen die Tür geöffnet wurde. Es war eiskalt und frostig an diesem Morgen. Und Hubert Garchinger war über den unerwarteten Besuch von Brauner und Ingram nicht gerade erfreut.

»Was führt Sie an diesem Morgen zu mir? Ich habe Ihnen doch schon alles gesagt.«

»Wir müssten Ihnen trotzdem noch ein paar Fragen stellen, es ist sehr wichtig für die Aufklärung dieses Mordfalls.

Und da Sie nichts zu verbergen haben, können Sie uns doch sicher helfen, oder?«, entgegnete Brauner.

Mit einem mürrischen Gesichtsausdruck ließ der Bauer die beiden Ermittler eintreten und bat sie in der kleinen Wohnküche des Hauses Platz zu nehmen. Als Brauner und Ingram den Raum betraten, stockte ihnen der Atem. Pfahls hatte mit seiner Schilderung nicht übertrieben, weiß Gott nicht.

Die Wände waren bedeckt mit unterschiedlich großen Bildern, die allesamt christliche Heilige oder Märtyrer zeigten. In den Ecken standen lebensgroße Statuen von Heiligen, ebensolche, wie sie auch in Kirchen verwendet werden. Brauner erkannte den heiligen Sebastian; er schien sich unter den blutigen Verletzungen, die ihm durch Pfeile zugefügte worden waren, zu winden. Seine gebrochenen Augen sahen flehend gen Himmel, während der Mund zu einem stillen Schrei geöffnet war.

Zwischen den beiden Fenstern, die auf den Hof wiesen, hing sogar ein Kreuz verkehrt herum – es war jedoch diesmal nicht jenes berüchtigte satanistische Symbol, sondern das des heiligen Petrus. Er war von den Römern kopfüber gekreuzigt worden, und wie man sagt, sogar auf eigenen Wunsch hin. Dem Bauern waren die überraschten Mienen der Kriminalbeamten nicht entgangen.

»Wissen Sie, meine Frau ist eine strenggläubige Katholikin. Ich denke zwar, dass sie ein wenig zu weit geht, das sehen Sie ja, aber vielleicht wissen Sie ja auch, wie das so ist in einer Ehe …«

Brauner lächelte verschmitzt. Ja, das wusste er. Allerdings war ihm auch sofort klar geworden, wer hier die Hosen anhatte. Hubert Garchinger war es jedenfalls nicht.

Sie setzten sich.

»Ist Ihre Frau auch anwesend?«

»Nein, sie ist in Burgheim bei ihren Freundinnen. Die halten ab und zu gemeinsame Treffen ab und lesen in der Bibel.«

Brauner hatte beschlossen, Garchinger sofort mit den Vorwürfen in Sachen Sarah Steiner zu konfrontieren. Er glaubte, diesen eher zögerlich-zurückhaltenden Mann damit schnell verunsichern zu können. Und die ganze Wahrheit zu erfahren.

»Machen wir es kurz, Herr Garchinger: Ich weiß von Ihrer Affäre mit Sarah Steiner. Und auch, dass Sie sie offenbar dafür bezahlt haben. Sie haben also ein Tatmotiv. Und zwar sowohl für das Verschwinden von Michael Steiner, als auch für den Mord an der Familie.«

Hubert Garchinger war so offensichtlich erschrocken, dass er ein paar lange Sekunden mit offenem Mund dasaß und zu keiner Antwort fähig war.

»Ich – äh – ich weiß nicht – wie kommen Sie darauf?«, stotterte er schließlich hervor. »Was wollen Sie mir hier eigentlich unterstellen?«

»Keine Unterstellungen«, bluffte Brauner.

»Wissen. Also was haben sie uns noch verschwiegen? Bitte die ganze Wahrheit!«

Garchinger war kreidebleich geworden. Brauners Taktik schien anzuschlagen.

»Na gut. Sie haben schon Recht. Ja, ich hatte ein Verhältnis mit der Sarah Steiner. Und ich habe ihr auch ab und zu etwas zukommen lassen. Aber nicht, dass Sie glauben, es wäre Prostitution gewesen oder so etwas. Ich gab es ihr auf freiwilliger Basis …«

»*Lügner!* Ich bin so wütend auf dich. Wenn jetzt schon mal die Polizei im Haus ist, wird es Zeit, dass die Wahrheit ans Licht kommt, bevor mein Ruf endgültig ruiniert ist.«

Eine kleine, zierliche, in Schwarz gekleidete Frau hatte den Raum betreten. Erika Garchinger.

»Ich dachte, Sie wären gar nicht hier«, sagte Brauner überrascht.

»Ach was, ich habe nur oben ein wenig geschlafen. So sieht man sich wieder, Herr Kommissar. Die Wege des Herrn sind unergründlich. Genauso wie die feige Seele meines so genannten Mannes. Offenbar wollte er mich nicht bei Ihrem kleinen Verhör dabei haben.«

Dieser war in seinem Stuhl zusammen gesunken, sah betreten und abwesend auf den Tisch.

»Warum wollten Sie das nicht, Herr Garchinger? Haben Sie vielleicht doch was zu verbergen? Oder haben Sie uns sogar angelogen? Gilt das auch für Ihre sonstigen Aussagen?«

»Zumindest für die, die ich gerade mitbekommen habe«, schaltete sich seine Frau ein.

»Was ist aus Ihrer Sicht dann die Wahrheit, Frau Garchinger? Wir sind ganz gespannt auf Ihre Erläuterungen. Jetzt erzählen Sie mir mal was über das Verhältnis zwischen Ihrem Mann und der Sarah Steiner.«

»Natürlich hat er ein jahrelanges Verhältnis mit dieser kleinen Hure vom Finsterholzer Hof gehabt. Ach was, Verhältnis – er hat sie bezahlt dafür, nicht nur ab und zu, wie er behauptet, sondern jedes Mal und ziemlich fürstlich, immer so an die fünfhundert Euro, nicht war, Hubert? Hast du allen Ernstes geglaubt, ich hätte nichts mitbekommen?

Unser Dorf ist nicht groß, aber seine zahlreichen Augen und Ohren sind es, du Dummkopf.«

Der Bauer erwiderte nichts auf die Aussagen seiner Frau. Er schaute betreten auf den Tisch und hüllte sich weiterhin in Schweigen.

»Sehen Sie sich nur diesen feigen Schwächling an, meine Herren. Anstatt mir auf dem Weg Gottes zu folgen, hat er geglaubt, seine kleinen Gelüste weiter ausleben zu müssen, und das straffrei. Gut, ich hab's gewusst und ertragen. Aber wir müssen für alle für unsere Vergehen bezahlen, früher oder später. Ich habe die ganze Zeit auf diesen Augenblick gewartet.«

»Hat Ihr Mann etwas mit den Morden zu tun?«, fragte Ingram.

»Der? Das glauben Sie doch selbst nicht!«

»Warum sollten wir das nicht glauben?«, sagte Brauner.

Weil er doch nicht den geringsten Mumm in den Knochen hat! Das sehen Sie doch!«

Hendrik Brauner bewegte seinen Kopf abwägend hin und her.

»Sehen kann ich das nicht. Höchstens vermuten. Aber jetzt machen Sie doch endlich mal reinen Tisch, Frau Garchinger. Sie haben gerade gesagt, dass die Wahrheit ans Licht kommen soll. Wir warten immer noch darauf, und ich werde langsam ungeduldig. Also?«

»Die Hure wurde von Ihrem eigenen Vater, dem Steiner Michael, zu meinem ehrenwerten Mann geschickt. Weil sein Hof nämlich nicht genug Geld abwarf. Das hat er sich dann von uns geholt, über diesen kleinen Handel. So war's doch, Hubi, nicht?«

Garchinger warf seiner Frau einen traurigen Blick zu. Sie selbst sah ihn streng und mitleidlos an.

»Frau Garchinger, bitte weiter! Wir haben nicht ewig Zeit. Also bringen Sie alles aufs Tapet!«, drängte Ingram. Er schlug einen fordernden Tonfall an.

»Ja, schon gut. Der alte Steiner hat es mit seiner Tochter selbst getrieben. Oder was glauben Sie denn, wo die arme Amelie herkommt, hm? So etwas passiert, wenn sich gleiches mit gleichem vermischt ... aber auch der hat seine gerechte Strafe bekommen, denke ich.«

Brauner merkte, wie sich sein Magen zusammen zog.

»Jetzt mal langsam«, hakte er ein.

»Das sind für uns jetzt schon einige heftige Neuigkeiten. Auf welche ›Strafe‹ wollen Sie hinaus, Frau Garchinger? Was wissen Sie über das Schicksal vom Michael Steiner?«

»Gar nichts. Aber ich glaube, dass sein Verschwinden mit der Tatsache zu tun hat, dass er ein schlechter Mensch war. Er war in der ganzen Umgebung verachtet und gefürchtet. Niemand hat ihn gut leiden können. Er hat seine Mitarbeiter schlecht behandelt, sogar geschlagen soll er sie haben. Auch war es ein offenes Geheimnis, dass er mit seiner Tochter selbst geschlechtlich verkehrte.

Niemand, ich betone, n*iemand*, bedauert sein Verschwinden. Das hat Ihnen bis jetzt noch niemand gesteckt, habe ich Recht?«

»Nach Aussage Ihres Mannes war der Herr Steiner ein eher geachteter und beliebter Mitbürger, nicht wahr, Herr Garchinger?«

Dieser wich, einmal mehr, Brauners Blick aus.

»Warum wurde der häusliche sexuelle Missbrauch und die anderen genannten Misshandlungen auf jenem Hof von keinem zur Anzeige gebracht?«, schaltete sich Max Ingram ein.

»Na, weil jeder Angst vor dem Alten hatte, deshalb. Er war zu allem fähig. Außerdem bleibt hier auf dem Land, im Dorf eher der Deckel drauf, als dass man Leute aus der Stadt, wie Sie es sind, zu Rate zieht. Wir lösen unseren Kram selbst.«

»Wie denn? Etwa so wie vor einer Woche auf Finsterholz? Denken Sie noch einmal genau nach, Frau Garchinger. Fällt Ihnen wirklich nicht mehr dazu ein? Kommen Sie, da gibt es doch noch irgend etwas, mit dem der Steiner Sie und andere Dorfbewohner in der Hand hatte, oder? Warum hatten Sie Angst?«

Sie sah zu Boden und schwieg. Ihr Mund war zugekniffen, als sollte ihre Zunge am Reden gehindert werden.

»Frau Garchinger, wir verlieren langsam die Geduld. Sie haben vorhin getönt, dass Sie alles sagen wollen. Also tun Sie's bitte!«

Sie schwieg weiter. Dann tauschte sie mit ihrem Mann mehrere Blicke aus.

»Es bringt nichts, früher oder später kommt ja doch alles heraus. Besser also jetzt. Ja, Sie haben schon recht, Herr Kommissar. Der Steiner hat viele Dorfbewohner in der Hand gehabt.«

»Durch was?«

»Umweltverschmutzung.«

»Umweltverschmutzung? Das müssen's mir jetzt bitte mal genauer erklären.«

»Na ja, Sie wissen wahrscheinlich, dass in der Landwirtschaft von heute so einiges an Sondermüll und Problemabfall anfällt.«

Brauner lächelte. »So genau weiß ich das nicht, ich bin kein Landwirt, wie Sie sehen. Erklären Sie es mir.«

»Gut. Es geht um illegale Müllentsorgung in den Donauauen. Alte Batterien, Altöl von landwirtschaftlichen Maschinen, abgelaufener Chemiedünger, mittlerweile verbotene Schädlingsbekämpfungsmittel, überschüssige Gülle und so Zeug.«

Brauner stieß vor Überraschung einen leisen Pfiff aus. »Aha. Und von wem wurde das durchgeführt? Und überhaupt warum? Gibt es keine Mülldeponie in der Nähe?«

»Nein, die nächste befindet sich in Rain am Lech, ein ganzes Stück weit weg also. Es war viel einfacher, alles nur ein paar hundert Meter weiter in den alten Auwäldern zu entsorgen.«

Brauner und Ingram sahen sich kurz an.

»Sie wissen schon, dass es sich hier um ein Umweltdelikt größeren Ausmaßes handelt? Die Donau fließt doch gleich neben den Wäldern! Der Dreck geht in den Fluss und das Grundwasser. Das ist ein gesonderter Kriminalfall für sich. Wir werden das alles an das zuständige Dezernat und an die Gemeindeverwaltung in Burgheim weiterleiten, damit Sie das gleich wissen. Und was hat das alles mit dem Michael Steiner zu tun?«

»Na, der hat das gewusst. So wie fast jeder in Moosbach. Selbst hatter er aber einen weißen Kittel, denn er hat seinen Müll immer vorschriftsgemäß entsorgt. Irgendwann, so vor drei Jahren, kam er dann auf die Idee, die Bauern im Ort zu erpressen.«

»Für was? Geld?«

»Ja, natürlich. Für was sonst?«

»Haben Sie die Namen der betreffenden Personen?

»Ja. Wir, genauer gesagt mein Mann, gehören übrigens auch dazu. Er hat dem Steiner die fünfhundert Euro nicht nur für den Sex mit der Sarah bezahlt, sondern auch dafür, dass der seinen Mund hält gegenüber den Behörden.«

Brauner wandte sich an Garchinger.

»Stimmt das, was Ihre Frau uns soeben erzählt hat?«

Der Bauer sah betreten zu Boden. Dann kam ein leises Ja.

Der Kommissar atmete vernehmlich aus. *Ich kann es einfach nicht fassen. Je tiefer man gräbt, desto morastiger wird es. Hätte niemals gedacht, dass das alles solche Ausmaße annimmt.*

»Also war es eine Art Kuhhandel, wie ich das sehe. Aber warum sollte der Steiner Ihnen seine Tochter überlassen, wenn er am längeren Hebel sitzt? Das verstehe ich nicht, Herr Garchinger. Helfen Sie mir doch mal ein wenig auf die Sprünge.«

»Weil ich als einziger im Dorf etwas über ihn wusste, das so nicht bekannt war.«

Brauner wurde nun ärgerlich. »Jetzt reden's endlich Klartext, Mensch. Was denn jetzt noch?«

Garchinger zuckte wegen des unerwartet rüden Tonfalls zusammen.

»Nun ja, also – die Gerüchte, das der alte Steiner es mit seiner Tochter trieb, gingen zwar im Dorf um, aber so richtig beweisen konnte es keiner. Aber ich – nun, ich habe gesehen, wie der Steiner die Sarah in der Scheune missbraucht hat. Es war ganz und gar nicht freiwillig, denn sie hat sich dagegen gewehrt, wenn auch vergebens. Also nix mit Inzest. Vergewaltigung wäre das bessere Wort dafür.«

»Aha. Und dieses Wissen haben Sie ausgenutzt, oder was?«

»Ja. Ich habe mit dem Steiner, sagen wir mal, einen gerechten Handel abgeschlossen. Als ich den Missbrauch beobachtete, hatte ich zufällig mein Handy dabei und habe mehrere Fotos geschossen, von denen ich ihn ein wenig später in Kenntnis setzte. Zwar habe ich ihm das Geld gezahlt wegen der wilden Müllentsorgung, wollte aber umgekehrt auch etwas mehr als nur sein Schweigen dafür haben. Na, und da bei meiner Frau ja nichts mehr geht, wollte ich eben die Sarah. Die hat mir immer schon gefallen. Eine Hand wäscht die andere.«

Brauner war angewidert. »Das kann doch wohl nicht wahr sein! Sie haben ein Missbrauchsopfer weiter missbraucht, anstatt das zu melden? Und nennen das Ganze auch noch ein Geschäft? Was für ein Mensch sind Sie eigentlich? Hoch verdächtig, das alles.«

»Nein! Herr Kommissar, bitte!« Garchingers Stimme klang weinerlich. Er schien sich seiner verzwickten Lage durchaus bewusst. »Ich habe diese Leute nicht umgebracht, und auch dem Steiner habe ich nichts angetan. Was hätte ich denn davon gehabt?«

»Auf jeden Fall mal keinen Sex mehr! Ich sagte Ihnen doch schon, dass mein ehrenwerter Mann ein charakterliches Windei ist«, warf Frau Garchinger ein. »Aber ein Mörder ist der ganz bestimmt nicht. Und was die Sarah betrifft, so kennen Sie meine Meinung. Armes Opfer? Pah! Wenn Sie ihn mitnehmen wollen, so tun Sie das gerne. Ich brauche ihn hier nicht unbedingt.«

Brauner räusperte sich kurz. »Mitnehmen? Nein. Das nicht. Eine Wiederholung der Tat ist nicht zu befürchten, und Verdunkelungs- oder Fluchtgefahr ist auch nicht gegeben. Nicht wahr, Herr Garchinger? Aber Sie können sich auf eine schwierige Zukunft einstellen, das prophezeie ich Ihnen. Umweltverschmutzung, Erpressung, unterlassene

Hilfeleistung – da kommt einiges auf Sie zu. Wo ist das Handy? Das wird als Beweismittel beschlagnahmt.«

»Ich hole es sofort, Kommissar Brauner«, sagte Garchinger und stand auf.

»Wir sind ehrlich, Frau Garchinger«, wandte sich Brauner wieder an seine Frau. »Auch Sie sind in unseren Augen tatverdächtig …«

»…weil Sie glauben, ich hätte die kleine Hure nebst ihrem verdorbenen Anhang aus Eifersucht getötet«, unterbrach sie ihn.

»Aber das ist Unsinn. Ich bin nicht eifersüchtig auf eine derartige Existenz. Warum auch? Eifersucht ist immer ein Zeichen von Liebe, oder? Ich liebe aber meinen Jammerlappen von Mann gar nicht. Es ist mir egal, was er tut.«

»Sie widersprechen sich selbst. Gerade vorhin haben Sie noch behauptet, Sie hätten diese Schande ertragen müssen.«

»Ja, was mein Ansehen betrifft. Deswegen habe ich mich sehr geärgert, aber nicht, weil er mit dieser Sarah ins Bett gegangen ist. Neid ist mir fremd, und unser Herr wird schlimm über jene richten, die neidisch und missgünstig sind. So steht es geschrieben. Und so wird es auch eintreffen.«

»Ja, schon gut. Wir werden Ihre beiden Alibi auf jeden Fall noch einmal überprüfen. Es sei denn, Ihnen fällt jetzt noch etwas ein.«

»Von mir aus, gerne. Aber faktisch haben Sie nichts gegen uns in der Hand, Herr Kommissar. Zumindest nichts, was die Morde auf Finsterholz betrifft.«

Brauner ärgerte sich im Stillen. Er wusste, dass Erika Garchinger Recht hatte. Die wenigen Fingerabdrücke, die ihr Mann auf dem Mordhof hinterlassen hatte, stammten von der Auffindung der Leichen. Ansonsten gab es nichts. Alles andere waren nur Vermutungen ohne Beweise. Kleinert würde ihm dafür mit Sicherheit keinen U-Haftbeschluss ausstellen. Gefahr im Verzug und Fluchtgefahr war auch nicht gegeben, wo sollte dieses ältere Bauernehepaar auch hin?

»Ich möchte Sie jetzt bitten, mein Haus zu verlassen Oder haben Sie einen Durchsuchungsbefehl? Sehen Sie – Nein. Hubert, sei so lieb und bring doch die Herren Polizisten zur Tür«, befahl Erika Garchinger ihrem Mann.

Lakai, dachte Brauner. Aber sie fügten sich und standen auf. Denn sie hatten ja dennoch so einiges in Erfahrung bringen können. Vor allem über die Machenschaften Michael Steiners. Die Morde mussten mit ihm und seinem Verschwinden zusammenhängen. Wenn er der gewissenlose Tyrann war, als der er nun schon von verschiedenen Seiten bezeichnet worden war, so musste sich im ganzen Dorf, und vielleicht noch darüber hinaus, über Jahre hinweg ein Hass angestaut haben. Ergo wuchs damit auch die Zahl der Tatverdächtigen. Als sie durch den Flur zur Tür gingen, fiel Brauner ein gerahmtes Bild auf, das auf einer kleinen Kommode stand. Es zeigte Erika Garchinger und vier weitere Frauen, alle in Schwarz gekleidet und ernst dreinschauend.

»Wer ist das?«, fragte er Garchinger, der hinter ihm stand.

»Das ist der Bibelkreis, in dem meine Frau Mitglied ist. Sie treffen sich jedes Wochenende mal bei dieser, mal bei jener. Aber jetzt müssen Sie gehen, bitte …«

»Einen Moment noch, bitte. Ich würde gerne ein Foto von diesem Bild machen wollen.«

»Wenn es Sie glücklich macht, gerne.«

Brauner zückte sein Handy und fotografierte das Bild mit den fünf Frauen. Es hatte sein Interesse geweckt; eine gewisse Ausstrahlung ging davon aus.

Sie verabschiedeten sich. Die Kälte wirkte nach diesem Gespräch und der ganzen bedrückenden Atmosphäre auf einen Schlag ernüchternd.

»Die haben uns schön auflaufen lassen. Die Frau ist zwar halb verrückt, aber auch ziemlich gewieft. Ich habe ein wenig Mitleid mit ihrem Mann«, sagte Ingram auf der Heimfahrt.

»Na ja, mein Mitleid hält sich ehrlich gesagt in Grenzen. Der Kerl hat nicht den geringsten Mumm in den Knochen. Wer eine junge Frau zur Prostitution zwingt, der hat es auch nicht besser verdient. Warum lässt er sich nicht einfach scheiden?«

»Das hast du ja gehört. Weil dann der Ruf der Familie leiden würde, so von wegen Ungläubig und keine Ehre mehr. Moosbach ist nicht das Stadtzentrum von Ingolstadt oder München.«

»Trotzdem. Wir leben doch nicht mehr im Mittelalter. Ich habe es schließlich auch durchgezogen.«

»Ja, aber wie auch …«

Brauner warf Ingram einen störrisch-bösen Blick zu, sagte aber nichts darauf. Die Details seines Scheidungskrieges waren im Team hinlänglich bekannt. Es war immer noch eiskalt draußen. Hin und wieder brach die Sonne durch die dunklen Wolken.

»Dieser Michael Steiner muss ein übler Bursche gewesen sein. Verkauft die eigene Tochter an seinen Kumpel und zwingt sie dann noch zum Sex mit ihm selbst. Ein widerwärtiger Sauhaufen ist das alles«, sagte Brauner. »Warum hat sich nur niemand gewehrt?«

»Naja«, antwortete Ingram.

»Vielleicht haben sie das ja. Was sein angebliches Verschwinden betrifft, so könnte fast jeder im Dorf dahinter stecken, angefangen bei seiner eigenen Frau, seiner Tochter, vielleicht auch diesem Paul, und etlichen Nachbarn. Vielleicht waren es auch alle zusammen.«

Diese Ahnung war Brauner auch schon gekommen. Ein gemeinschaftlicher Fememord? Wenn mehr oder weniger alle unter einer Decke stecken würden, so war es klar, dass sie bis jetzt keinen Durchbruch in den Ermittlungen erzielen konnten. Denn wer etwas sagen würde, hätte nichts Gutes zu erwarten, weder von Vater Staat, noch vom Dorf her …

Aber warum dann der grausame Mord an der restlichen Familie Steiner? Wollten sie vielleicht aussagen? Wenn man sie deshalb beiseite geschafft hatte, so würde es die Tat an sich erklären, nicht aber die Verstümmelungen, den Hass, die offensichtliche sadistische Bosheit.

Paul drängte sich wieder in Brauners Gedankenwelt. Sein Satanismus. Die grausigen Tieropfer auf dem alten Kulthügel. Das sedierende Mittel, welches sowohl in den Mägen der Opfer, als auch in Pauls Zimmer gefunden wurde …

Er war und blieb der Hauptverdächtige für ihn. Aber – war er vielleicht von einem oder mehreren zur Tat angestiftet worden? Die einfachen Bauern mögen sich über die Zustände auf Finsterholz aufgeregt und den Michael Steiner gehasst haben, aber zur Tat geschritten sind sie wahrscheinlich nicht – dafür brauchten sie jemanden, dem ein Mord weniger ausmachte als ihnen selbst. Jemanden, der vielleicht psychisch labil und beeinflussbar war, der so oder so außerhalb der Dorfgemeinschaft stand ... jemanden wie Paul.

Hatte er vielleicht nicht nur die Familie umgebracht, sondern davor auch schon den Hausherren? Kam es nach dem Mord an jenem zum Streit mit seinen »Auftraggebern«, denen jetzt vielleicht alles Leid tat? War Paul dann vollkommen ausgerastet, hat auch sie getötet und seiner wahnhaften düsteren Glaubenswelt freien Lauf gelassen, mit allem, was dazugehörte?

»Willst du nicht aussteigen?«

Brauner schreckte hoch. Sie hatten gerade auf dem Hof hinter dem Polizeipräsidium gehalten.

»Doch. Ich war nur in Gedanken. Habe mir gerade ein Szenario ausgemalt, wie es gewesen sein könnte. Wir müssen auf jeden Fall mehr über Paul herausfinden. Die Sache mit der Konserve ist neben seinem Verschwinden ein Indiz mehr für seine Schuld, denn warum hat er sich sonst auf dem Dachboden versteckt gehalten? Er ist der Schlüssel zu vielem, wenn nicht allem.«

»Ja, das wäre das Beste. Wir dürfen uns nicht verzetteln. Gehen wir hoch. Ich brauche jetzt einen starken Kaffee.«

Sie waren schon im Gebäude, als Brauner etwas einfiel.

»Mal eine Frage: Sagt dir der Name *Azrael* etwas?«

»Nein, nicht das ich wüsste – obwohl: War das nicht eine Comicfigur aus ›Batman‹?«

»Wirklich? Eigenartig!«

»Warum?«

»Ach, nichts von Belang.« Brauner wollte nicht, dass Ingram oder sonst wer im Team von seinem gestrigen Alleingang erfuhr. Er wusste, dass Hartmann strikt gegen

solche Aktionen war, zudem er sich gestern auch noch im Krankenstand befunden hatte.
Eine Comicfigur? Wie grotesk.

Sie tranken Kaffee im Büro und besprachen ihre neuen Erkenntnisse.

»Eins steht für mich fest: So verdreht die alte Garchinger mit ihrem Katholizismus auch sein mag, wir haben nichts gegen sie in der Hand. Am Tatort sind keine Spuren gefunden worden, die in ihre Richtung deuten«, sagte Ingram.

Brauner zuckte mit den Schultern.

»Wie schon gesagt, für mich bleibt der Hauptverdächtige unser flüchtiger Paul. Ich frage mich, wo er wohl nun stecken mag. In München? Berlin? Gar schon im Ausland? Oder näher, als wir alle glauben?«

»Hendrik?«

»Ja?«

»Seien wir doch ehrlich. Wir drehen uns im Kreis und kommen in diesem Fall auf keinen grünen Punkt.«

Ingram klang müde und desillusioniert.

»Das sehe ich nicht so. Es ist ganz normale Ermittlungsarbeit, die wir leisten. Wir befragen Verdächtige, schließen aus und fahren weiter fort, bis sich der Kreis irgendwann schließt. Nennt sich Deduktion, wie du sicherlich weißt.«

Brauner klang hoffnungsvoller, als er tatsächlich war. Nach kurzem Schweigen sagte Ingram:

»Diese Wohnung war aber schon echt gruselig. Hast du das Foto auf der Kommode im Flur gesehen? Die sahen alle aus wie auf einer Beerdigung. Wie kann ein so aufs Jenseits orientierter Glaube glücklich machen? Ich werde religiöse Menschen nie verstehen.«

»Die uns auch nicht. Aber sei's drum. Du kannst jetzt eigentlich wieder nach Hause gehen, Max. Dein Wochenende habe ich ja so oder so schon versaut. Danke nochmals für dein Kommen. Ich mache hier noch ein wenig weiter, vielleicht komme ich ja doch noch dahinter, was Amelie mit ihrem zweiten Bild meint. Außerdem will ich bei der Spusi einen Gentest in Auftrag geben, um die mögliche Vaterschaft Michael Steiners in Bezug auf sie zu klären. Seine Haare haben die ja. Sie bräuchten also nur noch eine Speichel- oder Haarprobe von Amelie. Was kein Problem sein dürfte. Das ist wirklich eine ungeheuerliche Anschuldigung, der wir unbedingt nachgehen müssen. Ich hoffe, Wengerer ist zu Sonntagsarbeit aufgelegt.«

»Ja, das stimmt schon Wenn es so wäre, würde es mich nicht wundern, nach all dem, was wir schon über den Mann wissen. Aber übertreibe es nicht mit der Arbeit. Auch du brauchst Auszeiten von deinem Job.«

Das ist der Unterschied zwischen uns. Für dich ist es ein Job. Für mich ein Beruf. Besser gesagt: eine Berufung.

Aber er kam nicht mehr weiter an diesem Tag. Desinteressiert heftete er ein paar Schriftstücke aus dem Ablagefach in irgendwelche alten, speckigen Ordner ein.

Sein Blick fiel auf Amelies Zeichnungen. Er nahm sie kurz entschlossen an sich, packte sie in seinen Rucksack und ging ebenfalls nach Hause.

10

»Ich wusste gar nicht, dass du einen Künstler kennst. Voll krass, das Bild hier!«

Emily hielt eines der beiden Bilder, die Brauner mit nach Hause genommen hatte, in ihren Händen und betrachtete es.

»Tue ich auch nicht. Leg sie bitte wieder hin«, schallte es aus der Küche als Antwort zurück. »Es sind wichtige Anhaltspunkte für die Fahndung nach dem Finsterholz-Mörder.«

Er war gerade damit beschäftigt, Kaffee für eines der mittlerweile seltenen gemeinsamen Frühstücke mit seiner Tochter zu machen. Wobei es um diese Tageszeit – elf Uhr – eher ein Brunch war. Die beiden Zeichnungen von Amelie hatte er gestern Abend achtlos auf dem Wohnzimmertisch liegen lassen, bevor er vor dem Fernseher eingeschlafen war.

Weiter gekommen war er trotz ewiger Grübeleien nicht.

»Kommst du? Frühstück ist fertig!«

Emily kam mit einem düsteren Gesichtsausdruck in die kleine Wohnküche, wo Brauner bereits alles angerichtet hatte.

»Was schaust du so bedrückt? So schlimm ist es doch auch wieder nicht, dass morgen die Schule wieder anfängt!«

Emily setzte sich.

»Ist nicht deswegen. Es ist eines der Bilder.«

»Warum? Welches?«

»Das mit der Schubkarre voller Leichenteile. Echt heftig, das Teil.«

»Was?« Brauner glaubte nicht recht zu hören. »Welche Leichenteile meinst du? Außer einer verknitterten Plane sehe ich da rein gar nichts. Warte mal.«

Er stand auf und holte die Zeichnung.

»Jetzt zeig mir mal, wo hier deine Toten zu sehen sind. Ich glaube, du hast eine blühende Fantasie, Emily.«

Er hielt sie ihr unter die Nase.

»Aber sicher doch, ganz eindeutig, bist du denn blind? Da schau, hier ein Fuß, da eine abgeschnittene Hand, und hier der Kopf von dem Toten. Anscheinend hat man die Schubkarre mit ihm drauf in einen See geschoben, wegen der Fische hier.«

Soweit war Brauner auch schon gekommen. Er betrachtete das Bild genauer. Und tatsächlich erkannte er nun Umrisse, die er aber nicht genau deuten konnte.

»Du musst das Bild auf den Kopf stellen, dann siehst du es.«

Er folgte dem Rat seiner Tochter und stellte fest, dass sie Recht hatte.

Immer klarer trat nun die Gestalt eines zerstückelten Toten vor seine Augen. Sie war so raffiniert gemalt und in die Falten der Plane eingewebt, dass man sie nicht von Anfang an erkennen konnte.

Gestaltwahrnehmung, dachte Brauner. Offenbar war dieser menschliche Urinstinkt bei Emily besser ausgeprägt als bei ihm. Aber es war nicht nur das. Brauner hielt die

Luft an, als er erkannte, dass das Gesicht der Leiche jenes von Michael Steiner war, meisterhaft festgehalten in jeder Falte, jeder Pore. Wenn man die Zeichnung der Breite nach gerade vor sich hielt, sah man aber wiederum nichts als die verknitterte Plane. Genial, dachte er.

Amelie ist wirklich ein kleines Genie. Aber auch Emily. Warum erkenne ich so etwas nicht?

»Anscheinend ist der Steiner nicht einfach abgehauen, sondern ermordet worden … Und seine sterblichen Überreste liegen in irgendeinem See in der Nähe von Moosbach.«

Brauner hatte diese Sätze halblaut vor sich hin gemurmelt, mehr zu sich selbst als zu Emily.

Dann stand er auf. Er ging in sein Arbeitszimmer und schaltete seinen PC an.

»Dad, das hat noch Zeit. Wir wollten doch gemeinsam frühstücken, oder?«, protestierte Emily. Er hielt inne und kehrte in die Küche zurück.

»Du hast Recht. Nachsehen kann ich auch noch später. Essen wir zuerst. Wie konntest du das erkennen?«

»Vielleicht habe ich wirklich nur mehr Fantasie als andere Menschen. Wie du mir ja selbst schon oft genug unterstellt hast. Die ganzen ›Was-versteckt-sich-in-diesem-Bild-Rätsel‹ in der Zeitung löse ich jedenfalls immer sehr schnell.«

»Donnerwetter. Wie sieht es eigentlich in Mathe aus, wenn ich mal fragen darf? Hast du ein wenig gelernt?«

Es war ihr schwächstes Fach. Und er wusste, dass er sie gut damit aufziehen konnte.

»Ach Mann, Daddy, ja. Ich will jetzt aber nicht über die blöde Schule reden. Mir reicht schon, dass ich da morgen wieder hin muss. Okay?«

»Na gut«, sagte Brauner und schlug in ihre ausgestreckte Hand ein. Nachdem das Frühstück beendet war, ging Emily in ihr Zimmer und telefonierte mit einer Freundin.

Brauner hingegen setzte sich wieder vor seinen PC, der mittlerweile hochgefahren war. Er musste den See finden, in dem die Leiche Steiners liegen könnte. Zu diesem Zweck ging er auf die Maps-Seite einer bekannten Internet-Suchmaschine und zoomte auf der Landkarte Moosbach ziemlich nahe heran.

Hoffentlich liegt die Leiche nicht in der Donau, dachte Brauner. Ihr blaugrünes Band begrenzte den Gemeindebezirk im Norden. Eine Suche hier würde ewig dauern.

Sein Mut sank, als er erkannte, dass es in dem betreffenden Gelände eine Unzahl von Weihern, Seen, Moorkanälen und Altwässern gab. Und in jedem könnte die Schubkarre mit den Überresten Steiners liegen ... Falls es diese wirklich gab.

Ziellos zog er mit der Maus die Satellitenaufnahmen weiter. Dann stoppte er plötzlich.

Es war ein Weiher nördlich von Moosbach, nicht allzu groß, der seinen Argwohn erweckt hatte. Irgendetwas gefiel Brauner nicht an ihm. Ja – er kam ihm bekannt vor. Aber woher? Er grübelte weiter. Es war nicht der kleine See selbst, schloss er schließlich. Sondern die eigenartige Form. Länglich, durch eine nördlich gelegene Halbinsel ungefähr in der Mitte fast geteilt. Wie elektrisiert schoss Brauner hoch. Ja, das war es!

Er ging ins Wohnzimmer und sah
sich Amelies Zeichnung noch einmal an. Es war das eigenartige Zeichen rechts unten, das er zuerst für eine krude Art von Unterschrift gehalten hatte. Doch es war kein Sig-

num oder eine sonstige Laune Amelies. Sie hatte exakt die Form des Sees, von oben betrachtet, abgebildet.

Er sank, gleichzeitig erschöpft und erleichtert, auf einen der Ledersessel. Das war ein Durchbruch. Endlich. Er musste dort hin, noch heute.

Wenige Stunden später stand Brauner am matschigen Ufer jenes Weihers nördlich von Moosbach. Es regnete wieder, aber trotz des nasskalten Wetters waren auf dem Wasser nur noch wenige Eisreste vorhanden. Einige verräterische Blasen an der Wasseroberfläche zeigten den Standort von Polizeitauchern an. Brauner hatte alles und jeden zusammengetrommelt, Schutzpolizei, Spurensicherung, die Tauchergruppe und auch einen alten Unimog, der für Bergungsarbeiten ausgerüstet war. Nur seine beiden Kollegen Ingram und Pfahls hatte er ausgespart; Brauner war der Ansicht, dass auch sie wenigstens einen freien Tag genießen sollten.

Zuvor hatte er abermals die Hundestaffel aktiviert. Diesmal hatte man die Tiere auf Steiner und Paul scharf gemacht – und tatsächlich etwas gefunden: Ein altes Stofftaschentuch, das am nördlichen Weiherufer im Gebüsch lag. Es schien Paul gehört zu haben. An dieser Stelle hatte Brauner die Suche dann starten lassen.

»Was meinen Sie, werden die was finden?«, fragte Wengerer von der Spusi.

»Ich denke schon. Ich glaube nicht, dass unsere Zeugin uns an der Nase herumführt. Bei jedem anderen würde ich das vermuten, aber nicht bei Amelie. Außerdem sind Hundenasen unbestechlich.«

Wengerer erwiderte nichts. Er wirkte insgesamt ziemlich

überarbeitet. Lediglich ein kurzes »Da!« entfuhr ihm, als die Luftblasen an einer bestimmten Stelle in Ufernähe verharrten. Kurze Zeit später tauchten die beiden Kollegen auf.

Was für ein Job, dachte Brauner. *Arschkalt. Ich erfriere ja schon beim Anblick …*

Als sie mit ihren Neoprenanzügen durch den Schilfgürtel an Land wateten, schloss er aus ihren Gesten, dass sie fündig geworden waren.

»Da unten liegt wirklich eine Schubkarre wie Sie sie uns beschrieben haben. Wir brauchen jetzt das Bergefahrzeug.«

Kurze Zeit später war der Unimog zur Stelle; dann verschwanden die Taucher wieder im Weiher, dessen Wasser jetzt durch den aufgewirbelten Schlamm grünlich verfärbt war.

Langsam, Stück für Stück, wurde nun der Fund mit einem metallenen Bergeseil an Land gezogen. Es war schwieriger als gedacht. Immer wieder sank die Schubkarre im Morast ein, bis es endlich gelang, sie ins Trockene zu bringen.

»Na, dann wollen wir mal«, sagte Wengerer und zog sich seine Gummihandschuhe an. Er löste vorsichtig die Spanner, mit der die Plane an der Schubkarre festgezurrt war. Langsam versammelten sich nun einige der anwesenden Polizisten um die beiden, während wiederum andere demonstrativ dem Schauplatz fern zu bleiben schienen.

Unter der Plane kamen mehrere blaue Müllsäcke zum Vorschein. Sie waren gefüllt. Wengerer zog einen von ihnen zu sich her und öffnete ihn, nachdem er kurze Zeit daran herum genestelt hatte. Ein Übelkeit erregender Geruch, modrig und faulig, strömte Brauner entgegen. Entschlossen griff Wengerer hinein. Und beförderte den abgeschnittenen

Kopf von Michael Steiner, der über ein halbes Jahr auf dem Grund des kalten Sees gelegen hatte, wieder zurück an die frische Luft. Er war kaum verwest.

»Ist das unser Vermisster, Herr Brauner?«

»Mit großer Wahrscheinlichkeit ja!«

Brauner wandte sich von dem grausigen Fund ab. Während die eine Gesichtshälfte Steiners friedlich zu schlafen schien, war die andere durch einen ins Auge gejagten Stichel oder Schraubenzieher entstellt. Auch zeigte die Hautfarbe einen fahl gelblichen Teint, der seltsam zu glänzen schien; als hätte Wengerer Brauners unausgesprochene Frage erraten, gab er eine Erklärung ab.

»Adipocire, Brauner. Umgangssprachlich auch als Leichenwachs bekannt. Es entsteht, wenn Gewebe, in diesem Falle menschliches, unter Luftabschluss kühl und feucht gelagert wird. Was ja hier zutrifft. Dadurch blieb bis zur kleinsten Falte alles erhalten. Ich sehe so etwas nicht zum ersten Mal. Und stelle mir schon die Frage, warum diese Verbrecher immer wieder so unglaublich dumm sind. Wenn sie eine restlose Vernichtung ihrer Opfer anstreben, ist dies auf jeden Fall die unwirksamste Methode. In Plastiksäcken! So ein Unsinn!«

Brauner hatte dem kurzen Vortrag Wengerers gerne zugehört, und sei es nur, um sich Ablenkung zu verschaffen. Und trotz des ungemütlichen Wetters und der traurigen Begebenheit an sich verspürte er nun eine Art Triumphgefühl in sich aufsteigen. Er war auf der richtigen Spur. Zwar hatten sie den Mörder noch nicht gefasst, aber zumindest der Fall Michael Steiner schien nun ein großes Stück weiter gekommen zu sein. Und, so wie es aussah, bestand die große Wahrscheinlichkeit, dass der Mörder Steiners auch derjenige war, der die restliche Familie auf Finsterholz umgebracht hatte.

»Der Schraubenzieher, oder was immer das sein mag, ist interessant. Es befinden sich sicherlich Fingerabdrücke des Täters am Griff«, spekulierte Wengerer.

»Glauben Sie?«, fragte Brauner.

»Ja, schon. Und wenn nicht dort, dann vielleicht auf der Kopfhaut. Ist ja alles bestens konserviert, wie Sie sehen.«

Damit schob er Steiners Haupt zurück in den blauen Müllsack. An Brauner gewandt, fuhr er fort:

»Es wird ein wenig dauern, bis wir hier alles untersucht und ausgewertet haben. Dr. Heinrichs in der Pathologie wird auch ähnlich lange brauchen. Übermorgen, denke ich, ist ein realistischer Zeitpunkt.«

Ein Zivilfahrzeug näherte sich ihnen und kam beim Unimog zum Stehen. Zu Brauners Überraschung war es Hartmann höchstpersönlich, der dem Wagen entstieg.

»Sehr gute Arbeit, Herr Brauner. Was meinen Sie, wie lange brauchen Sie noch, um den Täter dingfest zu machen?«

»Nicht mehr allzu lange, hoffe ich. Allerdings ist er nach wie vor spurlos verschwunden. Die bisherige Fahndung hat noch nichts gebracht, und auch sein Nachname ist uns immer noch unbekannt. Er kann Weiß Gott wo stecken. Aber Sie können sich sicher sein, dass wir alles dran setzen, ihn ausfindig zu machen …«

»Das will ich hoffen. Wenn Sie wüssten, wie sehr der Druck der Öffentlichkeit und der Medien auf mir lastet.«

»Mmh. Kann ich mir schon vorstellen.«

»Sind das« – Hartmann deutete auf die Schubkarre – »die sterblichen Überreste von Michael Steiner?«

»Ja. Wir bringen Sie jetzt in die Forensik. Dort können dann hoffentlich neue Spuren gesichert werden.«

»Gut. Auf Wiedersehen dann, Herr Brauner. Viel Erfolg noch. Und machen Sie zu.«

Er stieg wieder in seinen Wagen, wendete und brauste davon.

Mal wieder typisch, dachte Brauner. Dann wandte er sich an die Spusi und die übrigen Kollegen:

»Ich breche auf, Leute. Muss noch meinen Bericht schreiben. Dem Rest wünsche ich noch einen schönen Sonntag.«

Brauner setzte sich in einen der Streifenwagen und ließ sich zurück fahren nach Ingolstadt.

Er nickte noch während der Fahrt ein.

Montagmorgen.

Es war gut, dass Brauner von Emily, die sich für den ersten Schultag dieses Jahres vorbereitete, aufgeweckt wurde. Sein Wecker hatte offenbar versagt, oder er hatte ihn im Halbschlaf mal wieder ausgemacht.

Unverzüglich stand er auf und kleidete sich an. Für ein Frühstück hatte er keine Zeit mehr, er musste um Acht in seiner Dienststelle sein. Den gestrigen Tag hatte er noch bis weit in die Nacht hinein im Büro verbracht, seinen Bericht über die Auffindung der Leiche von Michael Steiner geschrieben, in Gedanken die ganze Sache noch einmal analysiert. Er war sich zu hundert Prozent sicher, dass sie Paul nun früher oder später fassen würden. Die Zweifel an seiner Täterschaft waren für Brauner fast vollkommen ausgeräumt. Und es war Amelie, die ihn auf die richtige Spur gebracht hatte. Aber was hatte es mit der zweiten Zeichnung, dem seltsamen Teeei, auf sich? Er hatte sie immer wieder angesehen, von allen Seiten betrachtet, hin und her gewendet. Nur für den Fall, dass sich wieder eine geheime Botschaft darin verstecken sollte, wie bei der anderen mit der Schubkarre im See. Doch er fand nichts.

Nach einer kurzen Morgentoilette schlüpfte Brauner in seinen Mantel und lief schnell durch die noch dunklen Ingolstädter Gassen. Es war eiskalt. Aber man konnte die Sterne im nachtschwarzen Himmel erkennen – es würde also heute ein schöner, sonniger Tag werden.

Als er wenig später im Büro ankam, befanden sich Ingram und Pfahls schon dort. Brauner berichtete ihnen kurz von den gestrigen Ereignissen. Sie reagierten erleichtert und beglückwünschten ihm zu seinem Erfolg. Keine Spur von Kritik daran, dass er sie nicht informiert hatte. Er war also richtig gelegen: Sie hatten beide ihre Freizeit bitter nötig gehabt. So wie er auch. Eigentlich.

»Na, endlich haben wir etwas, das wir vorweisen können. Ein Häppchen für die Presse, sozusagen«, sagte Max Ingram. »Nach einer Woche Fasten in Sachen Neuigkeiten kam das gerade zum rechten Zeitpunkt.«

»Ja, aber ich muss hinzufügen, dass wir immer noch keine Spur vom Täter haben. Und dass es aus meiner Sicht nach wie vor nicht sicher ist, dass er es überhaupt war. Auch wenn vieles darauf hinweist, handelt es sich doch nur um Indizien.«

»Schon«, entgegnete er, »aber warten wir doch ab, was bei der Untersuchung der Spusi heraus kommt. Ich bin mir sicher, dass sie unseren Verdacht erhärten wird und dieser Paul der Täter war, und zwar in beiden Mordfällen.«

Dann begann er, die Ergebnisse der Spurensicherung vom

Tatort Finsterholz durchzulesen. Bei Anna Rankenbichler war er stehen geblieben, als er am Samstag von Wiegands Anruf unterbrochen worden war.

Das Telefon klingelte.

Es war Wengerer. Der Vaterschaftstest in Bezug auf Amelie Steiner war positiv verlaufen. Michael Steiner war ihr Vater.

Brauner schüttelte den Kopf. Was waren das nur für Männer, die ihre eigenen Töchter zum Sex zwangen? Frau Garchinger hatte also durchaus Recht gehabt mit ihrer Einschätzung, was die Vaterschaft Steiners betraf.

Aber Unrecht mit der Behauptung, dass Amelies Behinderung darauf zurück zu führen ist. Nach dem, was ich weiß, ist es nicht erwiesen, dass es sich bei Trisomie 21 um eine typische Erbkrankheit handelt. Sie kann auch völlig andere Ursachen haben. Aber so feine Unterschiede macht die Gerüchteküche im Dorf wahrscheinlich nicht.

Er las weiter. Fast eine Stunde lang. Dann klingelte das Telefon erneut.

Eine kleine, leise und entfernt klingende Stimme drang durch den Hörer.

»Guten Tag, hier spricht Dr. Alfred Neuhaus. Ich bin der Leiter des Bezirkskrankenhauses in Günzburg. Und ich rufe wegen des Mordfalles auf diesem Bauerngut an. Ich bin da schon richtig bei Ihnen, oder?«

»Auf jeden Fall. Wie kann ich Ihnen weiterhelfen?«

Brauner war gespannt. Sie hatten zwar schon einige telefonische Mitteilungen zum Mordfall auf Finsterholz bekommen, zum Beispiel jene von Herrn Wiegand und Herrn Wiesner, aber es waren auch Leute dabei gewesen, die sich anscheinend nur wichtig machen wollten und offensichtlich keine Ahnung hatten, dass erfundene Tipps oder gar Falschanschuldigungen strafbar waren. Bis jetzt war allerdings noch kein Chef eines Krankenhauses dabei gewesen. Pfahls hatte zwar die psychiatrischen Einrichtungen der näheren Umgebung abgeklappert, aber soweit Brauner wusste, lag Günzburg zu weit entfernt.

»Ja, ich glaube, ich kann Ihnen einen wichtigen Hinweis geben. Ich habe gestern in der Sonntagszeitung das Phantombild des Mannes gesehen, nach dem Sie gerade suchen. Ich kenne diesen Mann. Er war über ein halbes Jahr lang bei uns in stationärer Behandlung.«

Jetzt erst fiel Brauner ein, dass auch die Bezirkskrankenhäuser in Bayern, und damit auch das in Günzburg, für die Unterbringung und Behandlung von Menschen mit psychischer Erkrankung zuständig waren.

»So? Der mutmaßliche Täter war bei Ihnen in Behandlung? Wie lautet sein voller Name, bitte?«

»Paul Schmidt. Ich erinnere mich noch sehr gut an diesen komplexen Fall.«

Fast war Brauner über diesen gewöhnlichen Allerweltsnamen enttäuscht. *Tja, so ist das nun mal mit der Banalität des Bösen,* dachte er.

»Aus welchem Grund war er denn bei Ihnen in Behandlung? Ich muss Sie das fragen, auch wenn es sich um die berühmte ärztliche Schweigepflicht handelt. Bei Verbrechen müssen Sie Auskunft geben.«

»Ich weiß, ich weiß. Allerdings ist das nicht so einfach zu erklären, denn auf ihn treffen mehrere Diagnosen zu. Das ist bei psychisch Kranken nicht ungewöhnlich. Zum einen handelt es sich um eine Erkrankung aus dem schizophrenen Formenkreis, vermischt mit Erlöser- und Allmachtsgedanken. Er hat sich damals selbst eingewiesen, nachdem er vor einer Diskothek einen Türsteher angegriffen hatte.«

»Aha. Kam die Sache damals zur Anzeige?«

»Soweit ich weiß, nein. Wie schon gesagt, Herr Schmidt kam freiwillig zu uns. Und, um meinen Satz von vorhin zu vollenden: Zum anderen litt er an einer fast schon krankhaft zugespitzten Religiosität. Er war überzeugter Satanist. Mit allem was dazugehört, Opfern, schwarzen Messen und so weiter. Er hat mir ausführlich darüber berichtet. Sie würden derartige Dinge in Deutschland, in diesem neuen Jahrtausend, nicht für möglich halten.«

»Doch, durchaus. Wir leben in Zeiten, in denen religiöse Extremisten weltweit brutale Anschläge verüben. Soweit waren wir mit unseren Ermittlungen auch schon. Es gibt ein altes Hügelgrab in der Nähe des Mordortes, wo derartige Rituale stattgefunden haben. Und was hat es mit diesen Erlösergedanken, wie Sie es nennen, auf sich?«

»Er glaubt, dass zu bestimmten Zeiten der Erzengel Azrael in ihn hinein fährt, um seinen Körper als Werkzeug zu benutzen. Er …«

Brauner stand von seinem Stuhl auf und umklammerte die Tischkante.

»Wie bitte – AZRAEL? Jetzt wird mir alles klar. Dann hat *er* das geschrieben. Paul, meine ich.«

Dr. Neuhaus war am anderen Ende der Leitung kurz verstummt, wahrscheinlich aus Überraschung.

»Reden sie bitte weiter, kommen Sie!«, rief Brauner aufgeregt.

»Was soll er denn geschrieben haben?«

»Nicht wichtig. Was ist das für ein Erzengel, und warum

hat ausgerechnet ein Satanist solche Erscheinungen? Das widerspricht sich doch, oder?«

»Normalerweise schon«, antwortete der Arzt auf diese Frage nach kurzem Zögern.

»Aber ich denke, das kann ich Ihnen erklären. Erzengel Azrael ist sowohl im Alten Testament, aber vor allem im Koran eine wichtige Figur. Nach islamischer Überzeugung ist er derjenige, der den Tod bringt und die Seelen ins Paradies führt; auch wird gesagt, dass er die Namen der Verstorbenen durchstreicht und die der Neugeborenen aufschreibt.«

»Also der Todesengel, oder?«

»Ja, durchaus. Malik Al-Maut, wie er auch genannt wird, bedeutet auf Deutsch genau dies. Aber er hat nicht den negativen Anstrich wie Gevatter Tod im Christentum. Insgesamt wundert mich das alles aber nicht bei einem psychisch kranken Menschen. Jemand, der sich zu dunklen Abgöttern wie Luzifer hingezogen fühlt, kann auch eine Heiligenfigur interessant finden. Auch wenn sich das auf den ersten Blick widersprechen mag, wie Sie schon sagten, Herr Brauner. Denn Azrael hat eine große Macht: Er kann zwischen Leben und Tod entscheiden.«

»Jetzt klärt sich langsam mein Blick«, antwortete dieser. »Immer dann, wenn angeblich der Todesengel in ihn fährt, spielt er den Blutrichter. Und kann seine Machtgelüste beliebig ausleben, denn er ist ja ein anderer.«

»So könnte man es auch ausdrücken, ja. Wobei sich der Patient nur selten an das erinnern kann, was er in diesem Zustand getan hat. Um es kurz auszudrücken: Im Normalzustand ist er Paul Schmidt und Satanist, wenn der schizophrene Schub kommt, der islamische Todesengel Azrael.«

»Sagen Sie, wie kam es bei Paul Schmidt zu dieser Entwicklung? Was für eine Vorgeschichte hat er?«

»Da müsste ich jetzt weiter ausholen. Ich habe seine Akte gerade vorliegen. Wenn Sie die Zeit haben …?«

»Natürlich. Ich bin ganz Ohr.«

Ingram und Pfahls hatten mit ihrer Arbeit aufgehört und sahen Brauner gespannt an. Dr. Neuhaus räusperte sich kurz. Dann begann er in dürren Worten zu erzählen.

»Herr Schmidt wurde 1984 in Krumbach in Schwaben geboren. Als Kind war er eher schüchtern und unauffällig, wurde aber oft von seinem alkoholkranken Vater geschlagen. Sein Kindergarten, und später auch die Schule wurden darauf aufmerksam. Er war wohl clever, aber trotzdem ein schlechter Schüler, was an den Verhältnissen im Elternhaus liegen mochte. Nach seinem Zivildienst machte er eine Ausbildung zum Einzelhandelskaufmann und arbeitete bis vor vier Jahren in unterschiedlichen Supermärkten der Umgebung. Soweit mal sein bisheriger Werdegang. Dann begann der Wandel zum Schlechten.

Nach dem Tod seiner Mutter vereinsamte er zusehends. Paul hatte ein gutes Verhältnis zu ihr gehabt. Dennoch fühlte er sich immer verantwortlich für ihren Tod, konnte oder wollte uns aber nicht sagen, warum. Er flüchtete sich zuerst in den Alkohol. Doch das löste das Problem natürlich nicht, sondern verschlimmerte es nur. Also ließ er es später wieder sein. Stattdessen begann er nun Tiere zu quälen, und das mit fortschreitender Brutalität. Schließlich wurde er aufgrund seines zunehmend exzentrischen Verhaltens arbeitslos. Herr Schmidt soll seinen Vorgesetzten mehrmals schwer beleidigt, einmal sogar tätlich angegriffen haben. Und was seine Sinnsuche betrifft, so wandte er sich dem Satanismus zu, einer religiösen Richtung, die seiner sinnlosen Gewalt eine Art von Legitimierung zu geben schien. Aber auch hier handelte er nicht etwa als Mitglied einer Gruppe, sondern immer alleine. Vor zwei Jahren begann er laut eigenen Angaben dann das erste Mal, Stimmen zu hören. Er hatte das Gefühl, dass sich etwas – ein Dämon, wie er meinte – ihm bemächtigen wollte. Bei Patienten, die an einer derartigen Erkrankung leiden, kommt diese Annahme häufig vor. Sein Gesamtzustand verschlechterte sich zusehends. Er griff einen Türsteher vor einer Diskothek tätlich an, weil er ihn für einen Engel hielt. Also aus seiner Sicht für einen Feind. Daraufhin wurde er an die frische Luft gesetzt.«

»Schon klar. Und danach hat er sich freiwillig in ihre Klinik einweisen lassen?«

»So ist es. Nach eingehenden Untersuchungen kamen wir dann zu dem Ergebnis, dass es sich bei seiner Erkrankung um eine Schizophrenie handelte. Durch Gabe von unterschiedlichen Medikamenten konnten wir ihn so einstellen, dass die Schübe nur noch selten und dann auch nur in abgemilderter Form auftraten.«

»Ist eines dieser Medikamente zufällig Levomepromazin?«

»Ja, allerdings. Es wirkt, je nach Dosis, stark sedierend. Während seiner Zeit hier hat Schmidt sich mit den anderen Patienten zunehmend gut gestellt und sich viel unterhalten. Ein wichtiges Hauptthema war dabei die Religion. Er sprach mit Muslimen und Christen aller Couleur. Wir sind ein großes Krankenhaus, wissen Sie?«

»Kann ich mir vorstellen. Und was hatte dies für eine Auswirkung?«

»Unser Patient begann zusehends, Elemente der unterschiedlichen Weltreligionen in sein Wahngebilde einzubauen. Und das, obwohl er die ganze Zeit über ganz klar an seinem Satanismus festhielt. Er meinte dazu, dass man seinen Widersacher schließlich gut kennen müsse.«

»Verrückt.«

»Das sagen Sie. Aus der Sichtweise von Herrn Schmidt aber durchaus logisch. Vor allem der muslimische Erzengel Azrael blieb ihm in seiner Gedankenwelt hängen, aus den Gründen, die ich Ihnen schon vorher genannt habe.

Er beschäftigte sich intensiv mit Bibel und Koran. Das ganze gipfelte schließlich in seiner Überzeugung, dass für die schizophrenen Schübe keine Erkrankung und auch kein Dämon, sondern eben dieser Todesengel verantwortlich sei. Er betrachtete sich seither als auserwählt, und zwar von Gott. Was ihm aber überhaupt nicht gefiel, schließlich war er ja sozusagen bei der »anderen Firma« angestellt – und so betete er weiterhin Luzifer an, damit dieser den Todesengel von ihm fern hielt.«

»Was für ein abgefahrenes Glaubenssystem«, sagte Brauner. Neuhaus lachte am anderen Ende der Leitung.

»Wie schon gesagt, das mag aus unserer Sicht zutreffen. Aus der Sicht des Patienten …«

»… ist das alles logisch nachvollziehbar, ich weiß.«

Brauner fühlte sich zunehmend überfordert, zumal Dr. Neuhaus sehr viel an einem Stück redete.

»Was ist dann geschehen? Warum ist Paul Schmidt nicht mehr bei Ihnen?«

»Weil er eines Nachts Hals über Kopf die Klinik verlassen hatte. Gut, da er ja freiwillig hier war, hatte er das Recht, zu kommen und zu gehen, wann er wollte. Er hatte diese Absicht schon mehrmals geäußert. Aber wir konnten ihn mit leichtem Druck immer wieder überreden, doch noch eine Weile zu bleiben. Aber es gefiel ihm immer weniger hier. Er beklagte sich über die Krankheitsbilder der anderen Patienten. Auch über deren Verhaltensweisen, die ›Schreie in der Nacht‹, wie er sagte. Ich kann das sogar nachvollziehen. Manche unserer Patienten müssen nicht nur stark sediert, sondern zu ihrem eigenen Schutz und zu dem der anderen Menschen auch fixiert werden, wie Sie sicherlich wissen. Manche wehren sich dagegen, und dann kann es schon zu unschönen Szenen kommen.«

»Aha. Er ging dann also einfach?«

»Nicht ganz. Er nutzte die Abwesenheit einer Schwester aus, die auch noch leichtfertig das Stationszimmer offen gelassen hatte. Er schlich sich hinein und stahl eine Flasche Levomepromazin. Dann erst floh er, wie man durchaus sagen kann.«

»Wie haben Sie darauf reagiert?«

»Na, die Aufregung war groß. Hätte er sich ordentlich vormittags abgemeldet und dann gegangen, wäre alles in Ordnung gewesen. Er hätte seinen Personalausweis und seine sonstigen Papiere zurückbekommen, die wir in Verwahrung hatten. Aber des Nachts einen Diebstahl begehen und dann zu fliehen, das war etwas ganz anderes. Wir haben die Polizei verständigt, und es wurde auch in der gesamten Umgebung eine Suche per Hubschrauber durchgeführt. Leider erfolglos. Wir waren in großer Sorge, denn es war ja tiefster Winter, und erfroren ist man bei dieser Kälte schnell. Wir haben geglaubt, er würde nicht weit kommen und sich letztendlich entweder stellen oder gefasst werden. Doch wir lagen wohl falsch, wie ich jetzt weiß.«

»Allerdings«, bemerkte Brauner.

»Er ist der Hauptverdächtige im Mordfall Finsterholz. Er hat, so wie wir mutmaßen, die Menschen dort nicht nur umgebracht, sondern auch fürchterlich verstümmelt. Und so wie es aussieht, hatte er zuvor auch den Hausherrn ermordet, letztes Frühjahr.«

»Mein Gott. Wie furchtbar.«

»Ja. Vielen Dank für Ihren Hinweis. Eine Frage noch: Hat der Patient irgendwelche Informationen bezüglich seiner Verwandten oder sonstigen Kontaktpersonen hinterlassen? Das wäre für unsere weitere Fahndung wichtig.«

»Nein, das hat er nicht. Speziell dann, wenn sich jemand freiwillig einweisen lässt, ist er nicht mehr verpflichtet, uns derartige Infos zukommen zu lassen. Wir haben ihn natürlich danach gefragt, aber es wollte uns nichts preisgeben, da er nach seiner eigenen Aussage mit seinem früheren Leben abgeschlossen hatte und keinen Kontakt zu seinen Verwandten mehr wünschte.«

Schade, dachte Brauner. »Danke nochmals. Bitte schicken Sie uns den Personalausweis des Verdächtigen zu. Das ist sehr wichtig. Sie haben uns ein großes Stück weiter gebracht, Herr Dr. Neuhaus. Würden Sie vielleicht noch hierher kommen und das alles schriftlich protokollieren lassen?«

»Ja, schon. Es ist nur so, dass ich in meiner Arbeit sehr eingespannt bin, wie Sie sich wohl vorstellen können. Und Ingolstadt ist ja auch ziemlich weit weg. Ich würde sagen, in zwei Tagen. Da habe ich nachmittags immer frei. Wäre das in Ordnung für Sie?«

Brauner bejahte und beendete nach ein paar Höflichkeitsfloskeln das Gespräch. Nachdem er aufgelegt hatte, sah er Ingram und Pfahls lächelnd an.

»Es läuft langsam, es läuft. Unser Mann ist identifiziert worden. Er heißt Paul Schmidt. Und er ist ein ehemaliger Patient des BKH Günzburg. Wir müssen sofort die Öffentlichkeitsfahndung aktualisieren. Ich rufe jetzt Hartmann an.«

»Gute Idee. Da wir jetzt seinen vollen Namen kennen, sollten wir auch nach eventuellen Verwandten suchen. Vielleicht haben die ja eine Ahnung, wo er sich verstecken könnte«, sagte Pfahls.

Max Ingram nickte. »Ja. Und wenn wir Glück haben, hält er sich sogar bei einem von denen auf. Ist alles möglich.«

»Also los. Auf ins Gefecht. Wir müssen heraus finden, was Sache ist.« Brauner schaltete seinen PC an und begann die Ermittlungsarbeit ganz profan mit den Worten »Paul Schmidt« und »Krumbach«, seinem Geburtsort in Bayerisch-Schwaben.

Pfahls und Ingram riefen in den Gemeindeverwaltungen in Günzburg, Krumbach und Umgebung an. Es kam Fahrt in die Arbeit …

Eineinhalb Stunden später hatte das Team tatsächlich einige Informationen zusammentragen können. Die wichtigste davon war, dass Pauls Vater immer noch in Krumbach lebte. Brauner hatte ihn angerufen und für diesen Nachmittag einen Vernehmungstermin ausmachen können. Eine weitere Verwandte, eine Tante, lebte in Neu-Ulm. Sie konnte allerdings schon am Telefon glaubhaft versichern, dass sie mit ihrer ganzen Verwandtschaft nichts mehr zu tun hatte und auch zu Paul schon seit über zehn Jahren keinen Kontakt mehr gehabt hatte.

Nicht so der Vater: Er gab sich ziemlich sperrig und

stimmte nur widerwillig der Vernehmung vor Ort zu, nachdem ihm Brauner gesagt hatte, dass er dann eben nach Ingolstadt kommen müsse, schließlich gehe es um einen brutalen Mehrfachmord, in den sein Sohn verwickelt zu sein schien. Wenn das so sei, hatte Pauls Vater gemeint, sollten sie eben kommen. Er habe kein Geld und kein Auto für eine so lange Fahrt, das er schon seit Jahren von Hartz IV lebe.

Kurz nach der Mittagspause machten sich Brauner und Pfahls also auf die lange Fahrt nach Krumbach, da dieser Fall nicht von den Kollegen des Präsidiums Schwaben-Nord übernommen werden konnte. Sie sollten fast zwei Stunden unterwegs sein.

»Kaum zu glauben«, sagte Pfahls, als sie das südlich von Günzburg gelegene idyllische schwäbische Marktstädtchen endlich erreicht hatten.

»Was denn?«

»Na, dass aus diesem netten Fachwerkdorf ein so dunkler Massenmörder kommen kann. Hier scheint die Welt doch noch in Ordnung zu sein, oder?«

»Vordergründig ja, Dominik. Aber was wissen wir schon, was sich hinter den Fassaden abspielt?«

Brauner hatte mit seiner Aussage mehr als nur recht. Als sie die Meldeadresse von Rupert Schmidt gefunden hatten, standen sie vor einem hübschen alten Fachwerkhaus aus dem Mittelalter, das zumindest äußerlich einen gepflegten Eindruck machte.

Sie mussten die Klingel mehrmals betätigen, bevor ihnen die Tür geöffnet wurde. Ein verhutzelter Mann in einem altmodischen Fleecepulli im Stil der achtziger Jahre stand vor ihnen. Er hatte einen Dreitagebart und machte einen heruntergekommenen Eindruck.

»Kriminalpolizei Ingolstadt, Brauner. Da ist mein Kollege Pfahls. Wir haben heute schon miteinander gesprochen. Sind Sie Rupert Schmidt, der Vater vom Paul? Können wir herein kommen?«

»Ja, der bin ich. Von mir aus.«

Er klang nicht gerade freundlich.

Sie folgten dem Mann über eine enge Holztreppe in den ersten Stock. Es roch nach kaltem Zigarettenqualm und anderen undefinierbaren Dingen. Oben angekommen, bemerkten sie, dass überall Zeitschriften, Gebrauchsgegenstände und unzählige Wein- und Bierflaschen herumlagen beziehungsweise gestapelt worden waren. Dann betraten sie ein kleines Wohnzimmer, das im ursprünglichen Zustand vielleicht einmal gemütlich gewesen war. Nun jedoch war es die reinste Müllhalde. Ein Konglomerat aus den bereits erwähnten Dingen, plus alter Kleidung, nicht abgespültem Geschirr und stinkenden Essensresten bereitete den Polizisten keinen sehr angenehmen Empfang.

Dieser Mann hat ein Problem, dachte Brauner. *Ziemlich eindeutig das Messie-Syndrom.*

»Hier können Sie sich setzen«, sagte Rupert Schmidt und wies auf ein paar alte Sessel, die ebenfalls keinen einladenden Eindruck machten.

»Äh – nein, danke. Wir wollen lieber stehen bleiben«, antwortete Brauner angeekelt.

»Auch gut. Wollen Sie ein Bier?«

»Wir sind im Dienst, abermals nein danke. Wie schon gesagt, wir haben ein paar Fragen an Sie bezüglich Ihres

Sohnes Paul Schmidt. Wann haben Sie ihn das letzte Mal gesehen?«

›«Was hat der kranke Kerl denn jetzt schon wieder angestellt? Stimmt das mit dem Mehrfachmord?«

»Um das zu klären, sind wir hier, Herr Schmidt. Also, wann war der Paul das letzte Mal hier?«

Rupert Schmidt nahm einen tiefen Schluck aus seiner Bierflasche, die zusammen mit vielen leeren Artgenossen auf dem Fliesentisch stand.

»Wissen Sie, eigentlich arbeite ich mit euch Bullen nur ungern zusammen. Sie sind schließlich schuld an meinem Zustand! Erst haben Sie mir den Führerschein genommen, in der Folge habe ich meinen guten Job in Ulm verloren und bin jetzt auf Hartz IV. Glaubt ihr, ich habe euch das verziehen?«

»Passen Sie auf mit Ihren Äußerungen, das ist Beamtenbeleidigung. Wenn Ihnen die Kollegen hier den Führerschein genommen haben, wird das schon Gründe gehabt haben. Also, jetzt bitte noch mal: Wann haben Sie Ihren Sohn das letzte Mal gesehen?«

»Na gut. Es war so vor einem Jahr, um Weihnachten herum. Nein, schon ein paar Tage danach. War ziemlich aufregend, um es mal so auszudrücken.«

»Aufregend? Warum?«

»Weil er plötzlich in einem ziemlich abgerissenen Zustand bei mir vor der Tür stand. Er wäre aus der Psychiatrie in Günzburg abgehauen und hätte Scheiße gebaut. Ob ich ihm nicht helfen könnte.«

»Und? Haben Sie das getan?«

»Helfen? Diesem Nichtsnutz? Sonst noch was? Ein paar alte Klamotten habe ich ihm gegeben und dann noch zwanzig Euro in die Hand gedrückt, das war's. Versöhnen wollte er sich mit mir. So ein Käse.«

»Warum versöhnen? Hängt es vielleicht damit zusammen, dass Sie ihn als Kind geschlagen haben, Herr Schmidt?«

Der Angesprochene grinste boshaft. »Was Sie nicht alles wissen! Ja, ich habe ihn geschlagen. Aber nur, weil er einfach ein bösartiges Balg war, das schon damals nichts als Unsinn im Kopf hatte. Manchen Kindern muss eben der ganze Quatsch aus dem Kopf geprügelt werden. Hat nur nichts gebracht. Wissen Sie was? Er war sogar schuld am Tod meiner Frau. Seiner eigenen Mutter.«

Brauner merkte auf. »So? Was hat er denn konkret getan?«

Schmidt nahm erneut einen tiefen Schluck aus seiner Flasche. »Da war er schon älter. Es muss wohl nach seiner Ausbildung gewesen sein. Er war bei uns zu Besuch, und plötzlich war Marias Hund verschwunden. Paul auch. Wir dachten, er sei mit ihm Gassi gegangen, aber das war nicht so.«

»Was war geschehen?«

»Totgetreten hat er ihn, das arme Tier. Im Schuppen hinter unserem Haus wollte er den Billy gerade an die Decke hängen, als ihn meine Frau in flagranti erwischte. Sie ist vor Schreck ohnmächtig zusammengebrochen. Als ich dazu kam, wollte er mir erzählen, der Satan höchstpersönlich habe ihm den Auftrag dazu gegeben. Mensch, habe ich den nach Strich und Faden verprügelt.«

Brauner sah ihm an, das es Rupert Schmidt überhaupt nicht berührte, seinen Sohn geschlagen zu haben. Ganz im Gegenteil – er schien stolz darauf zu sein.

»Was war mit Ihrer Frau?«

»Na, die kam dann schon wieder zu sich. Aber vor lauter Aufregung über den Tod des armen Billys und über unseren Mistkerl von Sohn hat sie am Abend einen Herzinfarkt bekommen. Jede Hilfe kam zu spät.«

Jetzt schien sich auf Schmidts Gesicht doch so etwas wie Trauer abzuzeichnen.

»Wie ging es dann weiter?«, fragte Pfahls.

»Weiter? Gar nicht. Er hat sich nie wieder bei mir gemeldet, und das war auch ganz gut so. Angezeigt habe ich ihn nicht, weil ich, wie schon gesagt, mit euch nicht zusammenarbeite. Regle meinen Mist alleine!«

»Und erst vor einem Jahr stand er dann wieder vor der Tür?«

»Jo!«

Schmidt zündete sich eine Zigarette an. »Mit mir über alles reden wollte er. Sich entschuldigen. Doch ich habe ihm keine Chance gegeben. So was verdient keine Chance. Er ist nicht mehr mein Sohn, sondern für mich gestorben. Punkt.«

»Haben Sie eine Ahnung, an wen er sich gewendet haben könnte?«, fragte Brauner.

»Nö. Ist mir auch egal, klar?«

Pfahls wurde wütend. »Klar ist mir nur, dass vielleicht viele Menschen noch am Leben wären, wenn Sie ihn zumindest eine Zeit lang bei sich aufgenommen und mit ihm geredet hätten. Wäre das wirklich so schwierig gewesen? Was für ein Mensch sind Sie eigentlich?«

Brauner machte eine beschwichtigende Handbewegung, doch zu spät.

»Sie? Was bilden Sie sich eigentlich ein? Wollen Sie mir

etwa ein schlechtes Gewissen einreden? Hauen Sie ab, Mann! Oder haben Sie einen Durchsuchungsbefehl? Nein? Also tschüss!«

Als sie das Haus verließen, gab Rupert Schmidt ihnen dennoch einen kleinen Tipp.

»Wenn Sie meinen Sohn suchen, so habe ich da was für Sie: Er kann nicht kochen. Ja, noch nicht mal das kann er. Stattdessen ernährt er sich vorwiegend von diesem Dosenfraß. Wenn Sie ihn also festnehmen wollen, folgen Sie einfach der Spur von leeren Konserven von hier bis zu seinem Versteck.«

Aha, dachte Brauner. *Das kennen wir doch, oder?*

Auf der Rückfahrt wandte sich Brauner an Pfahls.

»Du hättest ihn nicht provozieren sollen, das war unprofessionell. Vielleicht hätten wir ja doch noch ein wenig mehr erfahren.«

»Glaube ich nicht. Allzu ergiebig war die Vernehmung so oder so nicht.«

»Das sehe ich anders. Wir wissen jetzt mehr über seinen Hintergrund. Und auch, warum er sich Vorwürfe über den Tod seiner Mutter gemacht hat. Dr. Neuhaus vom BKH konnte uns ja nicht sagen, warum. Außerdem war da schon wieder diese Sache mit den Konservendosen. Ein weiteres Indiz, das unseren Verdacht gegen ihn erhärtet. Du weißt schon – unser Fund auf dem Dachboden. Wir sollten da vielleicht wirklich die Augen offen halten.«

»Ja, das sollten wir.«

Sie erreichten das Präsidium in Ingolstadt zwei Stunden später, müde von der langen Fahrt. Brauner ging entsprechend früh zu Bett.

11

Es war Herbst geworden auf Finsterholz.

Kalter Wind rauschte über die flache Landschaft der Donauauen bei Moosbach und durch die morschen Balken des Dachstuhls des Anwesens, die sich, wie aus einem langen Schlaf erwachend, räusperten und knarrten.

Vor einigen Tagen war wieder Sarahs Verlobter Josef Anwander beim Abendessen zu Gast gewesen. Dies wäre an sich nichts Besonderes gewesen, hätte sich diese etwas naive Frohnatur nur nicht dafür entschieden, Sarah ausgerechnet jetzt, vor allen anderen, den schon lange erwarteten Heiratsantrag zu machen.

Sie nahm ihn an. Paul verspürte einen Stich im Herzen. Nur schwer konnte er sich eine bösartige Bemerkung in Richtung Josef verkneifen.

Eifersucht konnte so quälend sein.

Er hatte in der Nacht darauf eine Vision von Sarah. Im Brautkleid, an der Seite von Josef in der Kirche, kurz vor dem Jawort. Beide lächelten sich an. Doch dann traten überall auf dem Kleid Blutflecken hervor, die immer größer wurden, auf den Boden tropften, den Altarraum befleckten. Erschrocken blickten der Bräutigam und der Priester auf die Braut. Sie stieß ein seltsam blechern klingendes *Ja* hervor. Als Josef den Schleier lüftete, blickte er allerdings nicht mehr in Sarahs hübsches Gesicht, sondern in einen blutigen Totenschädel.

Paul feixte und freute sich über dieses grauenerregende Bild, das ihm aus dem allwissenden Jenseits gesendet worden war. Es musste ein neuer Plan her. Jetzt, sofort. Er brauchte einen Rat von Luzifer.

Er verließ Finsterholz kurz nach dem Abendessen und ging, als es bereits dämmerte, in den herbstlichen Wald.

Eine Woche später teilte das Paar den vorgesehenen Heiratstermin mit. Die Sache sollte am zehnten Januar über die Bühne gehen. Paul nahm das alles äußerlich ruhig und gefasst zur Kenntnis.

Sarah hatte immer noch nicht mit ihm gesprochen. Aber war das überhaupt noch nötig? Schließlich hatte sie ihm mit der Annahme des Heiratsantrags ja schon den endgültigen Korb gegeben. Wut kam immer wieder in ihm hoch, wurde abgelöst von Trauer und Selbstmitleid. Liebe konnte wunderschön sein. Aber auch richtig wehtun, wenn sie vergebens war.

Dennoch: Das mit dem Termin war schon in Ordnung. Jetzt konnte er wenigstens planen. Er wollte sein Nein zu dieser Ehe auf seine Art darbringen.

Immer lächeln, Paul. Immer lächeln, auch wenn es weh tut. Denn zum Schluss wirst du derjenige sein, der triumphieren wird.

12

Hendrik Brauner hatte diesmal gut geschlafen. Dementsprechend behände ging er die Treppen zu seinem Büro hoch. Der Aufzug war mal wieder defekt. Typisch, dachte er, ohne sich aber zu ärgern.

Immer kommt eines zum anderen. Mal sehen, was als nächstes passiert.

Als er noch ein Stück weit von seinem Büro entfernt war, öffnete sich dessen Tür. Im Halbdunkel des Flurs kam ihm eine Frau entgegen, vollständig in Schwarz gekleidet. Beim Vorübergehen musterte er sie kurz. Dann erkannte er sie. Es war Frau Anwander. Brauner grüßte sie beiläufig. Dann betrat er das Büro.

»Morgen, die Herren. Mir ist gerade auf dem Flur die Frau Anwander begegnet. Was wollte sie denn hier? Und wie geht es ihr?«, fragte er Max Ingram, der schon an seinem Platz saß und Kaffee trank.

»Die Frau Anwander?

Nun, es geht ihr den Umständen entsprechend. Morgen ist die Beerdigung ihres Sohnes. Und sie war hier, um sich nach dem Stand der Ermittlungen zu erkundigen. Ich sagte ihr, dass uns nun der Name des Verdächtigen bekannt sei und wir ihm auf der Spur sind. Nicht mehr. Das hat ihr anscheinend aber nicht gereicht.«

»Warum? Was hat sie gesagt?«

»Sie hat was von Gottes Strafe für die Nachlässigen vor sich hin gemurmelt. Fast schon entrückt. Arme Frau.«

Brauner setzte sich an seinen Platz. Er grübelte. Schon wieder diese frömmelnde Art. Und ihr Gesicht … er war sich sicher, es schon einmal gesehen zu haben. Aber wo nur?

Er schaltete seinen PC ein. Vielleicht war Wengerer schnell gewesen und hatte ihm den Obduktionsbericht von Michael Steiners Leiche schon gemailt.

Und so war es auch. Brauner öffnete die Datei und begann zu lesen. Zuerst wurden die allgemeinen Umstände der Auffindung der Leiche erörtert; er überflog diesen Teil des Berichts nur kurz, denn das meiste in diesem Punkt wusste er ja schon. Doch dann wurde es interessant.

So fanden sich viele unterschiedliche Fingerabdrücke auf den Müllsäcken, in denen die sterblichen Überreste von Michael Steiner aufbewahrt worden waren, als auch auf den unterschiedlichen Leichenteilen selbst. Ein Abgleich hatte erbracht, dass es nicht nur diejenigen von Paul, sondern auch die aller anderen Hofbewohner waren – außer Amelies.

»Jetzt schau dir das mal an«, sagte Brauner ohne Aufzusehen zu Ingram. Dieser stand auf und ging hinüber zu ihm.

»Das würde ja bedeuten, dass Paul Schmidt nicht alleine gehandelt hat. Die anderen haben ihm zur Seite gestanden! Vielleicht haben sie ihn sogar alle gemeinsam umgebracht?«

»Zumindest beweist es, dass die anderen Familienmitglieder ihm nach der Tat geholfen haben, die Leiche zu entsorgen«, erwiderte Max Ingram und nahm einen Schluck aus seiner Kaffeetasse.

»Genau. Was bedeutet, dass sie alle ein Geheimnis teilten, das nie herauskommen durfte. Ein ganz schöner Druck, der da auf ihnen lastete. Womöglich kam es irgendwann zum Streit zwischen Paul und dem Rest. Der dann in der Ermordung der restlichen Familie gipfelte.«

»Ja, das wäre ein mögliches Motiv. Ziemlich wahrscheinlich sogar, dass es so geschehen ist«, sagte Ingram.

Ein kurzes *Pling* machte Brauner darauf aufmerksam, dass nun auch der Bericht der Forensik angekommen war. In ihm wurde der Zustand der Leiche Michael Steiners genau geschildert. Ganz offensichtlich war der Schraubenzieher, der in seinem rechtem Auge steckte, auch die Tatwaffe gewesen, die sein Leben auslöschte, denn er war durch die dünne Knochenwand der Augenhöhle in sein Gehirn gestoßen worden, was den schnellen Tod zur Folge hatte. Danach war die Leiche unter zu Hilfenahme einer Säge in verschieden große Stücke zerteilt worden.

Brauner schluckte. Der Fall wurde von Tag zu Tag widerwärtiger und geheimnisvoller. War das Paul Schmidt und seiner verrückten, verdrehten Glaubenswelt zuzuschreiben? Schon möglich.

»Ekelhaft, nicht wahr?«, sagte Ingram, der immer noch hinter ihm stand und mitlas.

»Ja. Der Täter ist ein Fall für die Psychiatrie. Ach was, am besten sollte man ihn …« Brauner hielt ein. Er führte seinen Gedanken nicht weiter aus. Schließlich war er Polizist, kein Richter. Er klickte den Bericht weg und lehnte sich zurück. Nur einmal kurz ausspannen, für ein paar Minuten.

Mit seinem Blick streifte er das Foto von Emily, das auf

seinem Tisch stand. Es zeigte sie, als sie noch jünger war als jetzt, so etwa mit Zwölf. Wie schnell die Zeit vergeht, dachte Brauner.

Dann fiel bei ihm der Groschen.

Das Bild. Nicht das von Emily, natürlich. Sondern jenes, das im Flur des Hauses der Garchingers auf der Kommode stand. Der Bibelkreis.

Eindeutig – eine der Frauen auf diesem Foto war Frau Anwander. Daher auch die dunkle Kleidung, das verhärtete Gesicht, die ganze vom Glauben durchdrungene Art. Brauner griff nach seinem Handy. Dort war das Bild gespeichert, das er von dem Foto auf der Kommode gemacht hatte.

»Max?«

»Hm?«

»Ich weiß jetzt, woher ich diese Frau kenne. Kannst du dich noch an unseren Besuch bei den Garchingers erinnern? Die Frauen auf dem Foto im Flur?«

Ingram dachte kurz nach.

»Ja – jetzt wo du's sagst, kommt es mir wieder. Du hast Recht! Dann gehört sie auch zu diesem eigenartigen Bibelkreis.«

Brauner zeigte ihm das Foto auf seinem Handy.

»Richtig. Wir sollten auch mit ihr reden. Sie kannte alle Opfer, und sie hatte als Schwiegermutter in spe auch Zugang zum Haus. Es ist …«

»Willst du damit sagen, dass wir sie in den Kreis der Verdächtigen aufnehmen sollen?«, unterbrach ihn Ingram. »Das halte ich für überzogen. Sie ist schließlich die Mutter eines Opfers. Glaubst du allen Ernstes, dass sie neben den anderen auch ihren Sohn auf diese entsetzliche Weise umgebracht hat? Das wäre ja verrückt, total krank!«

Brauner bewegte seinen Kopf abwägend hin und her.

»Genau, du sagst es. Auf unseren Hauptverdächtigen mag diese Einschätzung zutreffen, aber warum nicht auch auf andere Involvierte? Wir haben uns am Anfang zu sehr von ihrem Trauerspiel, wenn ich es mal so nennen darf, täuschen lassen. Und auch ihre Besuche und Anrufe bei uns bezüglich des Ermittlungsstands könnten nur ein Ablenkungsmanöver gewesen sein.«

»Wenn du unbedingt wieder einen religiösen Vortrag hören willst, können wir sie gerne vernehmen«, sage Ingram.

»Vielleicht erfahren wir ja von ihr mehr über das Innenleben der Familie Steiner. Vorausgesetzt, sie ist genauso redselig wie ihre Betkollegin Erika Garchinger.«

»Möglich. Also, fahren wir.«

»Warum? Morgen ist die Beerdigung von Josef Anwander. Sie wird dort sein, also gehen wir auch da hin.«

»Nein. Das wäre herzlos, Max. Überlege mal. Würdest du unmittelbar nach der Beerdigung eines Familienmitglieds von der Polizei vernommen werden wollen?«

»Nein. Aber wenn sie emotional aufgewühlt ist, redet sie vielleicht mehr, als sie es im Normalzustand tun würde. So ähnlich wie ein Betrunkener. Die sprechen bekanntlich auch immer die Wahrheit, oder?«

»Gut. Dann fahren wir morgen hin. Wo findet denn diese Beerdigung überhaupt statt?«

Der Friedhof von Burgheim bot an diesem Morgen ein düsteres Bild. Der Tag war grau und neblig. Alte Grabsteine neigten sich über teilweise nicht mehr eingefassten Gräbern; bei einigen zeigten rissige Dellen in der schwarzen Friedhofserde an, dass der Sarg bereits eingebrochen war.

Es war sehr still.

Der Friedhof lag auf einem Hügel erhöht über der kleinen Ortschaft und umgab eine im Kern sehr alte Kirche. Diese wiederum war auf den Grundmauern eines Römerkastells des spätantiken Donaulimes errichtet worden. In einer Ecke des Gottesackers war ein Familiengrab frisch ausgehoben. Es war jenes der Familie Anwander.

Eine schweigende Menge hatte sich darum versammelt. Der Sarg mit dem Leichnam des so grausam zu Tode gekommenen Josef Anwander wurde gerade in seine letzte Ruhestätte herabgelassen. Hin und wieder unterbrach ein unterdrücktes Aufschluchzen die Prozedur.

Aus dem Staub bist du gekommen, zu Staub sollst du wieder werden, so der Pfarrer auf der Totenmesse vorhin.

Fragt sich nur, auf welche Art und Weise, dachte Brauner, der zusammen mit Ingram etwas abseits der Menge stand und alles mitverfolgte.

Nachdem die Beerdigung zu Ende war und die Trauernden nach und nach den Friedhof zum Leichenschmaus verließen, sprach er Frau Anwander direkt an.

»Guten Tag, Frau Anwander. Brauner, Mordkommission. Ich glaube, wir kennen uns bereits flüchtig. Wir hätten noch ein paar Fragen an Sie. Haben sie kurz Zeit?«

»Haben Sie den Täter gefunden?«

»Nein, noch nicht. Aber genau darum geht es. Sie sollten wissen, dass wir jede noch so geringe Möglichkeit genau überprüfen müssen, sozusagen nach der Ausschlussmethode.«

»Ach. Und was soll das heißen?«

»Das heißt, dass wir mehr wissen wollen, als das, was Sie uns schon bei unserem ersten Besuch erzählt haben«, schaltete sich Ingram ein. »Sie stehen nicht unter Verdacht, aber wie mein Kollege schon sagte …«

»Ich habe schon verstanden. Nein – wenn Sie mich so konkret fragen: Ich habe kein Alibi. Daran hat sich nichts verändert, und es gibt da auch nichts mehr zu ergänzen. Denn ich war alleine zu Hause und hielt im Gebet Zwiesprache mit unserem Herren. Dann ging ich zu Bett.«

Ingram schmunzelte.

»Nun, ich denke, der Herrgott als Zeuge wird uns nicht genügen.«

Bevor Brauner ihn wegen seiner unangebrachten Bemerkung zurechtweisen konnte, brach der pure Zorn aus Cäcilia Anwander heraus.

»Was fällt Ihnen eigentlich ein? Sie kommen hier auf die Beerdigung meines Sohnes, erzählen mir irgendeinen unverständlichen Kauderwelsch, der übersetzt nichts anderes bedeutet, als dass Sie mich des Mordes an meinem eigenen Fleisch und Blut verdächtigen, und lästern dazu noch den Namen unseres Herren. Haben Sie kein Taktgefühl?«, fuhr sie Ingram an.

»Sie sind dem Glauben genauso fern, wie es zum Schluss mein Sohn war. Und siehe, es geschah ein großes Unglück.«

»Entschuldigen Sie bitte meinen Kollegen, Frau Anwander. Er ist manchmal ein wenig flapsig, meint das aber nicht so«, versuchte Brauner sie zu beruhigen. »Was meinen Sie damit, dass der Josef zum Schluss dem Glauben so fern war?«

Sie sah ihm in die Augen, ohne ein Wort zu sagen.

Sekundenlang. Sie waren erloschen, kalt. Noch nicht einmal Wut schien sich in ihnen zu spiegeln.

»Ich war dagegen, dass er die Sarah Steiner ehelicht. Die

Ehe ist ein heiliger Bund für das ganze Leben. Und mit diesem … dieser Frau wäre das nie gut gegangen. Niemals.«

»Und was veranlasst Sie zu diesem Schluss?«

»Sarah Steiner war eine Hure, die ihren Körper für Geld an andere verkauft hat. Jeder hat das drüben in Moosbach gewusst. Das waren babylonische Zustände! Und mit ihrem eigenen Vater hat sie Blutschande betrieben. Kommen Sie mir jetzt nicht damit, dass sie nur ein armes Opfer war, denn genau das war sie eben nicht. Sie hat sich der Sünde und der Schande wollüstig hingegeben.«

»Woher wollen Sie das denn so genau wissen, Frau Anwander? Haben Sie es von der Gerüchteküche im Dorf?«

»Das geht Sie nichts an. Trotz meiner Warnungen wollte mein Sohn dies aber nicht sehen und hören. Sie wissen ja, Liebe macht bekanntlich blind.«

Diese Kälte. Brauner spürte eine unbarmherzige Kälte, und es war nicht die jenes nebligen Januarmorgens.

»Blind für was?«

»Für das, was Sie war. Und für das, was er selbst zu werden drohte.«

»Was denn?«, fragte Ingram.

»Etwas Verworfenes.«

»Es war ihr Sohn, der neben anderen ermordet wurde. Verworfen?«

»Gottes Wege sind unergründlich. Wenn er es so hat kommen lassen, so wurde nur der Gerechtigkeit genüge getan.«

Herr im Himmel, dachte Brauner.

»Es …«

»Nein«, unterbrach ihn Cäcilia Anwander.

»Ich will jetzt keine Fragen mehr beantworten. Sie würden sowieso alles nur zu meinem Nachteil auslegen. Lassen Sie mich jetzt in Ruhe.«

Sie schubste Brauner, der vor ihr gestanden hatte, aus dem Weg.

Ingram wollte ihr hinterher, aber Brauner hielt ihn zurück.

»Das bringt jetzt nichts mehr, Max. Wir sollten Sie in Ruhe lassen. Der Tag ist noch nicht vorbei.«

»Was meinst du damit?«

»Wir statten der guten Frau heute Nachmittag direkt einen Besuch an der Haustür ab. Wenn sie uns dann immer noch abwimmelt, bekommt sie eben eine Vorladung ins Präsidium.«

Sie gingen die Treppen hinunter ins Dorf.

»Auch gut. Ich habe den Eindruck, dass wir in ein Wespennest von fundamentalistischen Christen gestochen haben. Wie kann man in unserer heutigen Zeit nur so verblendet sein?«

»Vielleicht, weil es in unserer Gesellschaft keine Antworten mehr auf die grundsätzlichen Fragen gibt. Schnöder Mammon und ein Haufen Geld auf dem Konto ist nicht alles«, entgegnete Brauner.

»Welche grundsätzlichen Fragen meinst du?«

»Zum Beispiel diejenige, was wir eigentlich sind. Woher wir kommen. Wohin wir gehen. Warum wir dieses Leben so führen müssen, wie wir es führen. Und, als die Allerwichtigste: Was geschieht nach dem Tod?«

»Wusste gar nicht, dass du so philosophisch veranlagt bist. Aber egal – ich kapiere nicht, dass man für so etwas Vages wie einen Gott tötet. Ich habe nie verstanden, warum die Kreuzzügler damals nach Jerusalem marschierten und ein Blutbad unter den Bewohnern dort angerichtet haben. Und genauso wenig, dass später die Moslems bis kurz vor Wien gelangt sind und dort fast das gleiche getan haben.«

»Du verstehst es nicht, und doch hast du es genau jetzt ausgesprochen: Auge um Auge, Zahn um Zahn.

In diesem Punkt sind sich die Fundamentalisten beider Religionen sehr gleich. Beide verachten jene Menschen, die ihnen auf ihrem Weg nicht folgen. Die sind nur Ungläubige oder Abweichler. Kuffar, wie die Moslems sagen. Das Äquivalent sind bei den Christen die Heiden. Und als solche sind diese natürlich zu töten, sofern sie nicht konvertieren«, sagte Brauner.

»Dann müssten sie aber eine ganze Menge umbringen.«

»Ja. Und genau das haben sie auch vor. Denk an Paris, London, Brüssel, 9/11, was die radikalen Moslems betrifft ... oder eben, früher, an die christlichen Kreuzzüge nach Palästina oder ins Baltikum.«

»Ach Mann, immer diese Politik und religiösen Überzeugungen. Mir reichen schon die Probleme in meinem eigenen kleinen Leben. Ich brauche nicht auch noch solche, die mir von außen oder oben gemacht werden.«

So kann man es auch sehen.

Ohren betäubende Rockmusik schallte Brauner entgegen, als er in seiner Pause die Tür zu seiner Wohnung öffnete. Schon auf dem Weg nach oben waren ihm die Eigners, ein älteres Ehepaar, das unter ihm wohnte, entgegen gekommen und hatten sich über den Lärm beschwert.

»Wahrscheinlich meine Tochter – ich kläre das«, hatte er ihnen entgegnet.

Brauner rüttelte an Emilys abgeschlossener Zimmertür.

»Mach sofort auf. Emily! Hallo? AUFMACHEN!«

Endlich wurde die Musik abgestellt. Dann wurde der Schlüssel zögerlich von innen herumgedreht. Als die Tür langsam aufging, hatte Brauner im Geiste seine Standpauke schon fertig formuliert.

»Was fällt dir eigentlich ein? Warum machst du um diese Uhrzeit einen solchen Lärm? Hast du sie nicht mehr alle?«

»Warum?«, erwiderte Emily mit einem koketten Blick.

»Die Mittagsruhe kümmert eh keinen und wir haben noch lange vor zweiundzwanzig Uhr. Wo ist also das Problem? Die beiden alten Säcke unter uns wohl, hm?«

Brauner spürte, wie es in ihm zu brodeln begann.

»Ja, und es sind nicht nur die beiden. So läuft das nicht. Man muss im Alltag aufeinander Rücksicht nehmen. Wenn du einen solchen Lärm veranstaltest, ist das nicht sozial. Ich stelle mich ja auch nicht neben dein Zimmer und schalte einen Presslufthammer an.«

»Das ist was anderes. Nämlich wirklich Lärm. Das hier ist Musik.«

»Ansichtssache. Benutz doch einfach Kopfhörer. Was ist das eigentlich für eine Band?«

»Kennst du eh nicht.«

Das war vollkommen korrekt. Brauner hatte noch nie von dieser Band mit einem seltsam unaussprechlichen Namen gehört, obwohl er in Sachen Rockmusik durchaus bewandert war. In den Achtzigern hatte er sogar einmal kurzzeitig in einer Band Bass gespielt. Aber dies hier? Ein Haufen langhaariger zotteliger Typen. Und der Sänger (oder was immer er tat – hier stand auf jeden Fall *Shouter*), trug einen Zuhälterbart und ein antik aussehendes Amulett um seinen Hals.

»Furchtbar, dieser Kerl. Gefällt dir die Musik wirklich?«

»Ja. Ist nicht so brav und angepasst.«

Er baute sich vor Emily auf.

»Ich will heute keinen Ton mehr aus diesem Zimmer hören. Und morgen klingelst du bei den Eigners und entschuldigst dich bei ihnen! So geht das nicht, Emily.«

Moment mal.

Ein weiterer Blick auf den Leadsänger ließ ihn innehalten. Da war doch was …?

Ja – eindeutig. Brauner hastete hinüber in sein Arbeitszimmer, wo immer noch die Zeichnungen von Amelie Steiner auf dem Tisch lagen. Auch sie prüfte er, aber nur kurz, denn er war sich seiner Sache mehr als sicher.

»Emily, du bist genial. Mach dir heute selbst was zu essen, ich muss sofort wieder zurück ins Präsidium. Servus, bis dann!«

Damit ließ er seine verdutzt dreinschauende Tochter zurück. Die Kälte draußen registrierte er in seiner Aufregung nicht. Schon bald war er wieder in seinem Büro und konnte gerade noch Pfahls abfangen, der ebenfalls in seine Pause gehen wollte.

»Was machst denn du schon wieder hier? Hast du was vergessen? Was ist los?«

Brauner war vollkommen außer Atem.

»Ich habe das Rätsel gelöst. Das Bild, meine ich. Das Ei des Kolumbus kann stehen! Genauer gesagt: Es hängt um den Hals.«

Pfahls schüttelte nur seinen Kopf. Er verstand gar nichts.

»Setz dich. Ich erkläre es dir.« Dominik Pfahls tat, wie ihm geheißen. Man sah ihm den Unwillen über die plötzliche Verlängerung seiner Dienstzeit deutlich an.

»Kannst du dich noch an das Bild erinnern, das uns Amelie Steiner gezeichnet hat? Dieses seltsame löcherige Ding, das an eine Walnuss erinnert? Ich weiß jetzt, was es ist.«

»So? Was denn?«

»Es ist eine Art Amulett. Man trägt es um den Hals, wie eine Kette, und kann Heilkräuter oder ähnliches darin aufbewahren, damit sie einen vor Hexen und Dämonen schützen.«

»Aha. Schön. Und was hat das für einen Bezug zu unserem Fall?«, antwortete Pfahls in seiner gewohnt spröden Art.

»Nun – Max und ich haben heute Morgen auf der Beerdigung von Josef Anwander ja seine Mutter angetroffen. Aber, wie so oft, ist mir erst zu Hause aufgefallen, dass sie genau so ein Ding getragen hat. Und zwar exakt jenes, das von Amelie gezeichnet worden war.«

»Und du schließt jetzt daraus, dass sie die Mörderin ist?«

»Na ja, Amelie bringt sie auf jeden Fall mit dem Mord in Verbindung. Das macht sie auf jeden Fall verdächtig. Amelie ist schließlich unsere einzige Zeugin.«

Pfahls lehnte sich in seinem Bürostuhl zurück.

»Nun, es ist ein Indiz, mehr nicht. Ich verstehe deine Aufregung nicht. Und wenn du meine Meinung hören willst: Ich glaube nicht, dass sie es war. Welche Mutter tötet denn ihren eigenen Sohn?«

»Eine Mutter wie diese. Sie sagte heute morgen, dass neben Sarah Steiner auch ihr Sohn seine gerechte Strafe bekommen hat. Und das mit einer Gefühlskälte, die mich jetzt noch erschauern lässt. Außerdem, vergiss nicht: Auch die Leiche vom Steiner Michael haben wir nur durch einen gezeichneten Tipp von Amelie gefunden.«

»Ja, das stimmt. Und was willst du jetzt?«

»Ich will, dass wir sofort nach Burgheim fahren und Frau Anwander verhören, notfalls auch gleich in Haft nehmen, wenn Gefahr in Verzug ist. Wir wollten sie heute Nachmittag so oder so nochmals verhören. Ist Max noch in der Pause?«

»Ja.«

»Dann musst du mitkommen.«

Gut, mache ich.«, antwortete Pfahls.

»Es wird Zeit, dass wir echte Erfolge haben und die Täterin dingfest machen. Aber ich glaube nicht, dass sie uns davonlaufen wird.«

»Da bin ich mir nicht so sicher«, unterbrach ihn Brauner. »Wenn sie die Täterin ist, könnte sie eben genau das tun. Und nicht nur das, sie könnte auch Unbeteiligten Schaden zufügen. Sie ist eine religiöse Extremistin. Das Leben von – in ihren Augen – Ungläubigen bedeutet ihr nichts. Also?«

»In Ordnung, wenn du meinst. Du bist der Chef. Fahren wir.«

Draußen war es bereits dunkel. Die Temperatur war noch mal um einige Grad gesunken. Der gefallene Schnee würde über Nacht verharschen. Zum zweiten Mal an diesem Tag fuhr Brauner nach Burgheim.

Eiskristalle lagen in der Luft, als die beiden Polizisten wieder vor dem Haus der Familie Anwander standen.

Das Gatter war offen; als sie in den Hof traten, ging eine kugelförmige Gartenleuchte automatisch an. Sie mussten die Klingel mehrmals betätigen, bis auch innen das Licht anging.

»Ja, wer sind Sie?«, kam die dumpf klingende Frage, gestellt von einer brüchigen weiblichen Stimme, durch die Wohnungstür.

»Kriminalpolizei Ingolstadt. Wir haben ein paar Fragen an Sie, Frau Anwander.«

Ein Schlüssel klackte im Schloss. Dann wurde die Tür, die durch eine kleine Kette von innen gesichert war, einen Spalt breit geöffnet. Das bleiche Gesicht von Frau Anwander erschien in ihm.

»Ja was – Sie schon wieder? Ich habe alles gesagt, was zu sagen war. Was wollen Sie denn noch von mir?«

»Frau Anwander, wir wollen noch mal in Ruhe mit Ihnen reden über den Vierfachmord in Moosbach. Dürfen wir reinkommen?«

»Nein.«

»Gut, dann bekommen Sie eben eine Vorladung ins Polizeipräsidium nach Ingolstadt. Dort werden wir Ihnen die gleichen Fragen stellen, aber unter anderen Umständen. Und Sie müssen einen weiten Weg auf sich nehmen.«

Die Sicherungskette wurde entfernt.

»Gut. Meinetwegen, kommen Sie herein.«

Frau Anwander machte einen ähnlichen Eindruck wie schon am Morgen. Sie war mit einem dunklen Rock und einem schwarzen Pullover bekleidet; der weiße Hemdkragen darüber und ihre harschen, strengen Gesichtszüge verliehen ihr ein ausgesprochen puritanisches Aussehen. Sie ging gebückt, was sie älter erscheinen ließ, als sie wahrscheinlich war. Und um ihren Hals trug sie immer noch das besagte Amulett.

Nachdem Brauner ihr Dominik Pfahls vorgestellt hatte, gingen sie durch einen langen Flur in eine spärlich beleuchtete Küche. Dort bot Frau Anwander ihnen einen Platz an einem ovalen Marmortisch an. Sie selbst setzte sich an die Stirnseite. Das Bildnis der Jungfrau Maria hing an der Wand über ihr, und von der gegenüberliegenden Ecke blickte der gekreuzigte Heiland mit seinen gebrochenen Augen auf Brauner.

»Soll ich Ihnen einen Kaffee machen?«, fragte Frau Anwander.

»Vielen Dank, aber wir wollen heute Nacht noch schlafen. Einen schönen Anhänger haben Sie da«, stellte Pfahls fest.

Frau Anwander blickte ihn erstaunt an.

»Das Ihnen das auffällt? Es ist ein Geschenk von einer Schwester im Glauben.«

»Sie sind Mitglied in einem Bibelkreis mit Frau Garchinger, nicht wahr?«, sagte Brauner.

»Ja. Wir treffen uns lieber privat als in der Kirche, wissen Sie? Es ist dem Katholizismus sehr viel verloren gegangen. Seitdem unser lieber gütiger Pfarrer jetzt sogar geschiedene Leute in die Kirche lässt, ist das alles für mich sowieso gestorben. Genauso gut könnte ich mich in eine so genannte Kirche dieser Lutheraner setzen.«

Pfahls, selber Protestant, räusperte sich vernehmlich.

»Es ist schön für Sie, wenn Sie sich in ihrem Bibelkreis untereinander so gut verstehen«, erwiderte Brauner.

»Aber jetzt zu Sarah Steiner: Erläutern Sie mir doch bitte noch mal, warum Sie so gegen die Ehe mit Ihrem Sohn Josef waren.«

»Das habe ich Ihnen doch schon heute Morgen klar und deutlich gesagt: Weil sie es nicht wert war. Außerdem war es doch ganz klar ersichtlich, dass sie sich über meinen Sohn nur auf unser Anwesen schleichen wollte. Haben Sie Finsterholz schon mal gesehen? Eine Bruchbude. Natürlich hätte es ihr hier besser gefallen. Mal ganz davon abgesehen, dass sie dann ein Stück weit von ihrer blutschänderischen Familie entfernt gewesen wäre. Obwohl – ich bin mir nicht sicher, ob *das* diesem liederlichen Geschöpf wirklich gefallen hätte.«

Brauner schwieg. Dann, kurz und prägnant:
»Sie müssen sie sehr gehasst haben.«
Frau Anwander beugte sich ein Stück weit über den Tisch. Mit ihrer Hakennase wirkte sie nun wie ein Raubvogel, der sein Ziel anvisiert.
»Ich habe sie und ihre Familie nicht gemocht, ja.«
»So sehr, dass Sie sie hätten umbringen können?«, schaltete sich Pfahls ein.
»Nein! Ich habe es nicht getan. Es war göttliche Fügung, verstehen Sie? Nein – sie verstehen es nicht ...«
Brauner blickte seinem Kollegen kurz in die Augen. Das verabredete Zeichen.
»Ich muss mal kurz auf die Toilette. Wo kann ich sie finden, bitte?«, fragte Brauner und erhob sich.
Frau Anwander sah ihn irritiert an. Diese Frage schien sie zum ersten Mal aus dem Konzept zu bringen. »Äh – ja. Einfach gleich nach der Küchentür rechts die Stufen nach oben, und dann links. Aber – ich meine – muss das sein, können Sies nicht verdrücken ...?«
Sehr seltsam, dachte Brauner.
»Nein, kann ich leider nicht. Ich leide seit gestern an Magenbeschwerden, sie verstehen?«
Sie nickte. Er stand auf und machte sich auf den Weg.
Die Treppe nach oben war sehr dunkel. Brauner hatte den Lichtschalter nicht gefunden. Aber vielleicht gab es auch gar keinen. Genauso auch im Dachgeschoss. Stockfinster.

Er musste sich auf seinen Tastsinn verlassen. Schließlich fand er die beschriebene Tür. Er öffnete sie und suchte mit seinen Händen nach dem Lichtschalter.

Gefunden! Mit einem leisen Klacken erstrahlte vor ihm ein unter der Dachschräge angelegtes, aber dennoch geräumiges Badezimmer. Links an der Zwischenwand waren unter einem durchgehenden großen Spiegel zwei Waschbecken nebeneinander angebracht; rechts davon ein Badezimmerschrank und dahinter die Toilettenschüssel. Brauner wollte aber kein Geschäft verrichten. Sondern sich nur mal ein wenig umsehen. Zuerst hier, und, wenn es die Zeit erlaubte, auch noch in anderen Räumen.

Er betrachtete kurz seine Umgebung. Auf den ersten Blick ein ganz normales Bad. Brauner öffnete den Toilettenschrank. In den einzelnen Fächern standen Hygieneartikel und verschiedene Medikamente, wie es den Anschein hatte. Er betrachtete sie genauer. Und nahm eine kleine weiße Medikamentenschachtel samt Inhalt heraus.

Levomepromazin.

Schau mal einer an, dachte Brauner. *Jetzt* wird es richtig interessant.

Er nahm die Flasche aus der Packung. Sie war fast leer. Dann bemerkte er noch etwas anderes. Es war zwar normal, dass Badezimmer manchmal etwas feucht oder modrig rochen, zumal in älteren Häusern wie diesem. Doch unterschwellig war da noch ein anderer Geruch, der ihm bekannt vorkam.

Unterhalb der Dachschräge war gleich nach der Toilettenschüssel eine grün angemalte Tür angebracht, die ihrem schäbigen Zustand nach auch schon ziemlich alt sein musste. Vor allem war sie eines: Massiv.

Mal sehen, was sich dahinter verbirgt, dachte Brauner. Ein Schlüssel steckte nicht im Schloss. *Wahrscheinlich sowieso abgeschlossen.*

Versuchsweise drückte er den gusseisernen Handgriff herunter. Die Pforte öffnete sich, entgegen der Vermutung Brauners. Ein alles betäubender, Ekel erregender Gestank strömte aus der dunklen Kammer auf ihn ein. Er trat einen Schritt zurück und schnappte nach Luft. Jetzt war ihm alles klar.

Leichengeruch.

Er hielt sich ein Taschentuch vor die Nase. Es war kaum auszuhalten. Sollte er gleich nach unten gehen und die Alte festsetzen? Er war schon eine Zeit lang hier oben. Nein – er musste erst die Ursache des Gestanks finden. Vielleicht war es ja nur ein verwesendes Tier?

Doch das glaubte er selbst nicht wirklich.

Dazu war Brauner schon zu lange Kriminalbeamter. Die Kammer lag im Dunkeln. Doch als er den Lichtschalter fand und betätigte, wurde sie in unheimlich rotes Licht getaucht. Die Kammer war länglich und zog sich unter der Dachschräge entlang, von Gebälk immer wieder unterbrochen. An ihrem Ende stand eine Art Kommode. Verschiedene Gegenstände befanden sich auf ihr. Er kam, sich immer noch das Taschentuch vors Gesicht haltend, näher. Als er erkannte, um was es sich handelte, erstarrte Brauner vor Schreck. Das konnte nicht sein.

Bei dem kleinen Schrank handelte es sich um eine Art Pseudoaltar. Über ihm, an einer Rigipswand, hing ein Kruzifix, darunter eine kniende Statue der Maria, die ihren sterbenden Sohn beweinte. Rechts des Kreuzes stand ein Heiligenbild des St. Sebastian, links davon eine Perückenbüste, wie sie auch heute noch manchmal in Frisiersalons verwendet wird. War nicht auch eine Perücke darüber gestülpt?

Die Szene verschwamm vor Brauners Augen.

Es war die abgezogene Gesichtshaut von Sarah Steiner. Mit Haaren. Sie befand sich in einem halbtrockenen, schon etwas ledrigen Zustand und stank bestialisch. Die hohlen Löcher, aus denen einst Augen blickten, starrten ihn ausdruckslos an. Brauner taumelte. Ihm war schwindelig. Er musste sich an einem der Stützbalken festhalten.

Es war genug jetzt. Brauner wandte sich ab und verließ den Verschlag fluchtartig. Er schloss die Türe leise hinter sich. *Nur keine Aufmerksamkeit erregen.*

Was nun? Was tun?

Auf jeden Fall die Fassung bewahren. Wieder hinunter zu seinem Kollegen und der Mörderin gehen. Dann schneller Zugriff und Verhaftung. Wie lange war er eigentlich schon hier oben? Vielleicht schon verdächtig lange? Er musste sich beeilen. Und sich nichts anmerken lassen.

Langsam ging er den engen Treppenabstieg hinunter ins Erdgeschoss. Als er in die Wohnküche kam, sah ihn Pfahls mit einem gelangweilten Gesichtsausdruck an. Nicht so Frau Anwander. Es war ein Glitzern in ihren Augen, das ihm eine Mischung aus Aggression und Misstrauen verriet.

Er blieb neben Pfahls am Tisch stehen.

Fassung bewahren.

»Vielen Dank, Frau Anwander. Wie weit bist du gekommen, Dominik?«

Er versuchte so entspannt wie möglich zu wirken.

»Nun, Frau Anwander hat weiter ausgeführt, dass sie die Ermordete zwar gehasst, aber nicht getötet hat …«

»Richtig«, schaltete sich diese ein.

»Mein Glaube verbietet Mord, aus welchen Gründen auch immer. Die Strafe wird so oder so kommen, früher oder später, vielleicht auch erst nach dem Ableben. Da können Sie sich sicher sein, meine Herren. Und ich für meinen Teil bin mir sicher, dass dieser Auswurf in der Hölle schmort. Dafür habe ich …!«

Sie verstummte.

»Was wollten Sie sagen?«

Es lag plötzlich eine drückende Stille im Raum.

»Vielleicht, dass Sie selbst dafür gesorgt haben? Ihre Dachkammer jedenfalls *ist* die Hölle.«

Er warf Pfahls einen Blick zu und ging dann einen Schritt auf Frau Anwander zu.

Mit einem gutturalen Knurren und einer katzenhaften Behändigkeit, die man ihr gar nicht zugetraut hätte, sprang Frau Anwander von ihrem Platz auf. Warf den Tisch um, so dass Pfahls überrascht vom Stuhl fiel, und schubste Brauner, der nach ihr griff, mit beiden Händen zur Seite. Auch er strauchelte und fiel hin. Dann rannte sie die Treppe nach oben.

Mist, dachte dieser. Er rappelte sich auf und begann die Verfolgung.

»Halt, bleiben Sie stehen! Das hat keinen Sinn mehr!«

Auch Pfahls war mittlerweile wieder auf den Beinen.

»Ich rufe Verstärkung. Wenn sie eine Waffe besitzt, wird es zu gefährlich«, rief er Brauner hinterher.

Vor dessen Nase fiel die Badezimmertür ins Schloss. Sie wurde von innen mehrmals abgesperrt.

»Kommen Sie da raus. Sie haben keine Chance mehr, Frau Anwander. Wir brechen sonst die Tür auf.«

»Tun Sie das«, hörte er ihre ganz ruhige Stimme durch die Tür sprechen.

»Sie werden mich nicht kriegen. Ich werde gerichtet werden, aber nicht von so einem dämlichen gottlosen Richter.«

Er hörte, wie sie die Tür zum Verschlag öffnete. Und hinter sich wieder verschloss. Mittlerweile war auch Pfahls im oberen Stockwerk angekommen.

»Verstärkung ist unterwegs. Steckt sie da drin? Was hast du eigentlich mit der Hölle gemeint?«

Brauner erklärte ihm kurz und bündig, was er entdeckt hatte.

Pfahls wurde blass im Gesicht.

»Das ist krank. Die ist eine Psychopathin …!«

»Auf jeden Fall ist sie unberechenbar. Was meinst du, kriegen wir die Tür auf?«

Pfahls musterte sie kurz. Sie öffnete sich im Lauf nach innen. Dann trat er einen Schritt nach hinten. Mit einem kräftigen Tritt trat er in die Gegend unterhalb des Schlosses. Zweimal, dreimal. Beim vierten Mal sprang die Badezimmertür schließlich berstend auf.

Sie betraten den Raum.

»Puh – was für ein Gestank!«, sagte Pfahls.

Das erste, was Brauner auffiel, war die Flasche Levomepromazin, die auf dem gekachelten Fußboden lag. Er hob sie auf.

Sie war leer.

Er ging zur Tür des Verschlags.

»Frau Anwander, haben Sie die Flasche ausgetrunken? Kommen Sie heraus, Sie befinden sich in Lebensgefahr.«

»Natürlich, du Dummkopf!«, schallte es zurück.

»Ihr werdet mich nie ins Gefängnis stecken. Ich bin gründlich, du kleiner stupider Bulle, verstehst du?«

Reden, immer weiter reden, dachte Brauner. Bis die Verstärkung kommt.

»Lassen Sie diesen Unsinn sein, Frau Anwander. Übergeben Sie sich sofort, und Sie haben vielleicht noch eine Chance. Ist Selbstmord laut dem Wort Gottes außerdem nicht verboten?«

»Für den Durchschnittsmenschen vielleicht, ja. Ich aber bin eine Märtyrerin des Herren. Ich handle in seinem Auftrag, bin sein Werkzeug. So habe ich mein Leben gelebt, so habe ich auch die Familie Steiner ausgelöscht. Dieses stinkende blutschänderische Krebsgeschwür musste aus der Gemeinschaft der Gläubigen entfernt werden. Wie sie immer jeden Sonntag in die Kirche gegangen sind, diese Prätendenten des Satans, ha, ha …«

»Sie geben es also zu? Sie haben die Steiners ermordet?«

»Nicht ermordet. Einem verdienten Schicksal zugeführt, würde ich sagen. Ich habe einfach jenes gute Mittelchen in einem günstigen Moment in den Eintopf gemischt. Die sind alle recht schnell müde geworden und in einen tiefen Schlaf gefallen. Danach habe ich jedem einen Kehlschnitt verpasst und dann ihre sündigen Körper entstellt, damit sie nicht doch noch aus Versehen ins Paradies kommen. Am allermeisten diese Hure, natürlich.«

»Und warum die Helferin?«

»Kam einfach zum falschen Zeitpunkt, dieses dumme Ding. Sie war vor Schreck so erstarrt, dass ich sie mit ein paar Messerstichen recht schnell erledigen konnte.

Und ja – auch meinen Sohn habe ich bestrafen müssen. Bedauerlicher Weise. Aber wer sein Glied in einen solchen

Haufen Dreck steckt, besudelt die Familienehre. Besudelt *meine* Ehre.«

Pfahls, der hinter Brauner stand, verbarg das Gesicht in seinen Händen.

»Die Tür ist nicht zu öffnen, sie geht nach außen«, presste er, von dem Gehörten sichtlich geschockt, hervor.

»Ja«, sagte Brauner.

»Und Michael Steiner?«

»Den? Damit habe ich nichts zu tun. Keine Ahnung, wer den alten Tyrannen über den Jordan gebracht hat. Vielleicht irgendein Wohltäter der Menschheit, vielleicht die Familie selbst. Ich war es jedenfalls nicht.«

Brauner flüsterte seinem Kollegen zu:

»Ruf noch mal die Dienststelle an. Die sollen einen Rettungswagen mitschicken. Und den Schlüsseldienst.«

Pfahls kümmerte sich darum. Innerhalb des Verschlags waren Geräusche zu hören, die auf das Verschieben von Möbeln hindeuteten.

»Was haben Sie vor, Frau Anwander?«, versuchte Brauner das Gespräch wieder auf zu nehmen.

»Ich werde jetzt hinübergehen. Auf gar keinen Fall werde ich warten, bis Sie mir den Magen auspumpen«, kam die deutlich müder klingende Antwort zurück.

»Machen Sie keinen Unsinn.«

»Es war nicht schön auf Erden. Aber sehr lehrreich. Ich habe getan, was Gott mir befahl. Es war das, was dieses Dreckstück und ihr Anhang verdient haben.«

»Warum nicht Amelie Steiner?«, fragte Brauner. »Warum sind Sie dieses Risiko eingegangen?«

»Risiko? Die ist schon gestraft genug. Außerdem kann sie nicht reden, das kleine Inzuchtbalg. Apropos Inzucht:

Kennst du Hinterkaifeck, kleiner Mann? Auch damals hat dort jemand richtig aufgeräumt. Jemand, der von der Hand Gottes geleitet wurde. Jemand wie ich.«

Ein kurzes Poltern und ein ersticktes Krächzen waren zu hören. Dann nur noch Stille.

»Frau Anwander?«

Keine Antwort mehr. Von draußen war der Klang der Martinshörner zu vernehmen. Kurze Zeit später öffnete der verständigte Schlüsseldienst den Verschlag.

Und das erste, was Brauner und die anderen erblickten, war die Leiche von Cäcilia Anwander, die von einem Dachbalken baumelte. Die Zunge hing aus dem blau verfärbten Gesicht.

Und ihre Augen waren nach oben verdreht, gen Himmel …

13

Hunger. Nagender, alles verzehrender Hunger. Und diese überall hin kriechende und alles lähmende Kälte.

Schon lange hatte er sich nun in seinem Refugium versteckt gehalten, die Tage und Nächte nur nach dem spärlichen Licht unterscheiden können, das durch die enge Spalte am Dachfirst fiel. Paul fühlte sich schwach und ermattet. Zunehmend plagten ihn wahnhafte Phantasien, Traumgebilde, die ihm im Schlaf oder dämmerigen Wachzustand erschienen. Ein paar Mal war Azrael noch in ihn gefahren, doch die *Hamsa* an der kleinen Schlupftür hatte ihn jedes Mal zurück gehalten, so dass er sein Werk nicht verrichten konnte. Es war ein altes Symbol aus Arabien und sollte böse Geister zurückhalten. Es hatte die Form einer Hand mit einem Auge auf der inneren Fläche. Und es hatte funktioniert.

Er hatte sein Geschäft immer in einer Ecke seines Verstecks verrichtet; daneben stapelten sich leere Konservendosen. Wäre es Sommer, so würden sich die Fliegen und ihre Maden über alles hermachen. Und es würde wahrscheinlich auch unerträglich stinken.

Fliegen? Was für ein deprimierender Gedanke. Wo war er denn, der Herr der Fliegen, *sein* Herr, und errettete ihn aus seinem Elend? Paul Schmidt strich sich über sein eingefallenes, bleiches Gesicht. Er fasste in einen Vollbart. Überall juckte es ihn, aber das Kratzen brachte absolut nichts. Er war dreckig, hatte sich seit Wochen nicht mehr gewaschen, und zahlreiche Läuse und Staubmilben fanden ihr Paradies an ihm.

Dann diese grauenhaften Bilder in seinem Kopf. Das Blut und die zerfetzten Körper der Familie, die er in jener Nacht gefunden hatte. Sie kamen zu ihm, sprachen zu ihm, flüsterten in seine Ohren, verwandelten seinen sowieso schon ständig halbwachen Zustand in eine Trance, aus der er nicht mehr entfliehen konnte. Zu schwach war schon seine körperliche Verfassung, sein Selbstbewusstsein. Und dann, eines Nachts, eine besonders grässliche Vision: Er war wieder unten in der Scheune und beugte sich gerade über Michael Steiner, um ihm den Kopf abzuschneiden. Nur war diesmal alles anders. Ein fremdartiges Licht schien um ihn und die Leiche; gerade als er das Messer an Steiners Hals ansetzte, öffnete dieser das andere, noch unverletzte Auge und starrte ihn mit einem Hasserfüllten und doch leeren Blick an. Dann öffnete sich sein Mund, sabbernder Schleim und Blut traten heraus, als der Leichnam zu reden versuchte ...

Ah! Weg! Verschwinde!

Wo war eigentlich Amelie? Hoffentlich ging es ihr gut. Und was bedeuteten die vielen Stimmen, die vor etwa eineinhalb Wochen auf dem Hof und im Gebäude zu hören waren? Ach ja, die Polizei. Sie mussten die Toten gefunden haben. Natürlich. Es war gut gewesen, dass er seine spärlichen Habseligkeiten aus seiner Kammer hierher gepackt hatte. Und jene Schritte, welche in der Nähe seines

Unterschlupfs zu hören gewesen waren? Das Klackern der Schreibmaschine einige Tage später? Oder waren es doch Nächte? War es ein neugieriger Passant? Ein Kriminalbeamter? Die Geister der Ermordeten, die ihn heimsuchten? Er wusste es nicht …

Das einzige, was er wusste, war, dass er sich dringend was zum Essen und Trinken besorgen musste. Er würde sein Versteck verlassen müssen, um nicht zu verhungern.

Und dann, wenn er sich gestärkt hatte, würde er Finsterholz verlassen. Er konnte hier nicht länger bleiben. Früher oder später würde er sonst entdeckt werden. Lieber als Obdachloser in irgendeiner Stadt auf der Straße ein karges Leben fristen, als hier verhungern oder erfrieren. So, wie er jetzt aussah, würde man ihn auch nicht mehr erkennen. Zumindest auf Anhieb nicht. Denn auch wenn er auf Grund seiner Isolation nicht konkret wusste, dass gerade massiv nach ihm gefahndet wurde, so ahnte er doch, dass er für die Polizei einer der Hauptverdächtigen für die Morde sein musste.

Nicht ins Gefängnis. Und schon dreimal nicht mehr in die Psychiatrie. Er hatte gehofft, man würde ihm dort helfen können. Was sich aber als Trugschluss erwiesen hatte.

Paul befreite sich langsam aus seinem Schlafsack, der nach altem Schweiß und Kot stank. Er hatte in den letzten Tagen immer wieder Durchfall gehabt und es nicht immer rechtzeitig geschafft. Er ging zu der kleinen Öffnung und blickte hinaus. Ein trostloser matschiger Wintertag. Sein Magen gab gurgelnde Töne von sich.

Heute Nacht.

14

Nachdem der Leichenwagen mit Frau Anwanders Körper im Fond abgefahren war, saßen Brauner und Pfahls noch ein wenig in der Küche. Beide sprachen kein Wort miteinander; die Frage, wie so etwas wie das in den letzten Stunden und Tagen erlebte überhaupt möglich gewesen sein konnte, beschäftigte sie, doch noch mehr die Frage nach ihrem anderen Verdächtigen.

Wo war dieser Paul Schmidt? Die Sache mit dem Mehrfachmord auf Finsterholz war zwar gelöst, nicht jedoch der Mord an Michael Steiner. Die Fahndung nach ihm musste also weiter laufen.

Brauners Handy klingelte.

Es war Hartmann.

Er lobte Brauner für seine gute Arbeit und die Aufklärung des Falls. Er werde sofort ein Statement an die Medien abgeben; von der abschließenden Pressekonferenz entband er ihn. Er hätte nun genug geleistet. Brauner bedankte sich kurz und beendete dann das Gespräch.

Alles klar. Jetzt heimst er die Lorbeeren ein. War ja nicht anders zu erwarten …

»Wir gehen. Hier können wir eh nichts mehr tun, unsere Aufgabe ist erledigt«, sagte Brauner.

Die beiden Polizisten standen auf und gingen zu ihrem Wagen.

»Eins noch, Hendrik: Es hatte doch etwas sarkastisches, oder?«

»Was?«

»Wie sie so in den Himmel gestarrt hat mit ihren gebrochenen Augen. Frau Anwander, meine ich.«

Kurze Zeit später fuhren sie los. Es war spät geworden. Brauner wollte einfach nur noch nach Hause und schlafen. Und morgen dann seinen Bericht schreiben. Emily war schon längst im Bett, als er die Tür zu seiner Wohnung aufschloss. Dann fiel auch er in einen langen, traumlosen Schlaf.

Das nervtötende Klingeln des Telefons riss Brauner aus dem Schlaf. Es war das Kommissariat.

»Wo bleibst du, Hendrik? Hast du verschlafen? Komm bitte so schnell wie möglich, der Herr Wiesner aus Moosbach ist überfallen und niedergeschlagen worden«, sagte ein sichtlich aufgeregter Ingram am anderen Ende der Leitung.

Er sah auf seinen Wecker. Neun Uhr fünfundvierzig. Voll verschlafen.

»Ich komme gleich.«

Brauner hastete aus dem Bett, sprang regelrecht in seine Kleider und war schon fünf Minuten später aus dem Haus. Er sprintete in einem beachtlichen Tempo durch die Ingolstädter Innenstadt zum Präsidium und musste aufpassen, dass er dabei nicht andere Passanten über den Haufen rannte. Vollkommen außer Atem und durchgeschwitzt kam er schließlich an.

So ein Mist. Wann ist mir so was zum letzten Mal passiert? Vor zehn Jahren? Egal.

Als er das Büro betrat, waren nur Ingram und der Anwärter anwesend. Pfahls hatte sich für heute krank gemeldet, und vormittags sollte die abschließende Pressekonferenz mit Hartmann stattfinden. Die Sonderkommission Finsterholz befand sich kurz vor der Auflösung. Und doch war noch nicht alles geklärt.

»Was hat es mit dem Wiesner auf sich? Ein Raubüberfall?«, fragte Brauner Max Ingram, noch ehe er seinen Mantel ausgezogen hatte.

»Könnte man so sagen. Nur das, wie die Neuburger Kollegen, die zuerst vor Ort waren, mitgeteilt hatten, lediglich Lebensmittel und Konserven gestohlen wurden.«

Brauner stutzte. Lebensmittel?

»Wir fahren raus, Max. Wie geht es dem Wiesner, ist er ansprechbar?«

»Soweit ich weiß, ja. Er hat anscheinend nur eine leichte Gehirnerschütterung erlitten und befindet sich gegenwärtig im Neuburger Krankenhaus.«

»Gut, dann statten wir ihm zuerst dort einen Besuch ab.«

Kurze Zeit später fuhren sie los.

»Was meinst du«, sagte Ingram während der Fahrt, »könnte das Paul Schmidt gewesen sein?«

»Mit hoher Wahrscheinlichkeit. Wer verübt denn einen Raubüberfall und nimmt nur Lebensmittel mit? Ich glaube, er hat Probleme, sich über Wasser zu halten. Und er ist immer noch ganz in der Nähe.«

Sie parkten direkt neben dem Haupteingang des Klinikums. Brauner konnte die Atmosphäre in Krankenhäusern nicht leiden. In der Notaufnahme mussten sie nur kurze Zeit warten. Herr Wiesner kam, vorsichtig gestützt durch einen Krankenpfleger, aus einem Behandlungszimmer. Die beiden Polizisten ließen ihn sich erst mal setzen. Er machte einen etwas verwirrten Eindruck.

»Wie geht es Ihnen?«, fragte Brauner als Erstes.

»Schon wieder ganz gut, Danke«, erwiderte Wiesner. Dann beugte er sich vor, um ihm etwas zuzuflüstern.

»Es war ein Einbrecher. Er hat mich von der Seite niedergeschlagen, aber ich konnte ihn noch aus dem Augenwinkel erkennen. Er war fast schwarz im Gesicht, und er stank ekelhaft. Einen Vollbart hatte er auch. Aber ich habe ihn gut erwischt, immerhin.«

»Was meinen Sie mit ›erwischt‹?«

»Na, ich habe ihn mit meinem kleinen Küchenmesser verletzt, bevor er mich niederschlagen konnte. Er muss auf jeden Fall bluten, der Sauhund.«

»Wo haben Sie ihn denn verletzt?«, fragte Ingram.

»In der Bauchgegend. Er kann nicht weit kommen.«

Die beiden Polizisten sahen sich kurz an.

»Ist Ihnen sonst noch etwas aufgefallen?«

Wiesner überlegte.

»Ja, schon. Er hat nur die Konserven aus meinem Vorrat gestohlen. Und ich bin mir wirklich sehr sicher, dass er es war.«

»Das mit den Konserven wissen wir bereits. Haben Sie vielleicht gesehen, wohin er sich bei der Flucht gewandt hat?«

»Nein, da muss ich schon bewusstlos gewesen sein. Aber vielleicht haben Ihre Kollegen aus Neuburg was herausgefunden?«

»Ja, vielleicht. Vielen Dank, Herr Wiesner. Und eine gute Besserung.«

Sie verließen das Krankenhaus wieder und fuhren nach Moosbach.

»Wenn er unvorsichtig war, zieht er eine Blutspur hinter sich her. Im wahrsten Sinne des Wortes«, sagte Ingram.

»Ja. Es wird jetzt nicht mehr lange dauern, bis wir ihn haben. Wenn er Glück hat. Oder bis er seiner Verletzung erliegt.«

Eine Viertelstunde später bog der Wagen in die Hofeinfahrt von Wiesners Grundstück ein. Die Neuburger Schutzpolizei und die Spurensicherung waren noch dort.

Warum kommen wir eigentlich immer so spät, dachte Brauner.

Wengerer selbst war nicht vor Ort. Also fragte er einen der anwesenden Beamten, ob eine schnelle Analyse der bereits aufgefundenen Spuren möglich sei.

»Ja, das hängt davon ab, was Sie meinen. Hier ist die Waffe, mit der das Einbruchsopfer den Täter offenbar verletzt hat«, antwortete dieser und zeigte ihm ein blutverschmiertes Küchenmesser.

»Ansonsten sehen Sie hier Anzeichen eines Kampfes: eine umgeworfene Vase, Fußspuren mit Matsch von draußen …«

»Ja, ich seh's«, unterbrach Brauner den Mann.

»Aber Spuren, wohin sich der Betreffende geflüchtet haben könnte, haben Sie noch nicht gefunden?«, fragte Ingram weiter.

»Nein, wir sind noch im Innenbereich des Hauses tätig.«

»Komm mit, wir suchen die nähere Umgebung ab«, sagte

Brauner. Die beiden Kriminalbeamten verließen die Wohnung und gingen in den verschneiten Garten. Sie begannen den zertrampelten Schnee zu untersuchen. Und fanden erst mal gar nichts.

Max Ingram war nicht überzeugt.

»Meiner Meinung nach ist das irgendwie planlos, hier herumzustochern. Wir sollten auf die Ergebnisse der Spezialisten warten, der Kerl ist doch eh schon über alle Berge, und …«

»Da!«

Brauner, der sich schon außerhalb des Gartens auf dem Feldweg davor befand, deutete auf den Boden vor seinen Füssen. Dort zeichnete sich im verharschten Schnee ein kleiner Blutfleck ab. Sie suchten weiter. Und tatsächlich, ein paar Schritte weiter fanden sie den nächsten, schon wesentlich Größeren. Eindeutig eine Spur.

Sie folgten ihr. Sie führte ins Ortsinnere, sofern man so etwas bei einem weitläufigen Straßendorf überhaupt finden konnte.

Es musste ein wenig gedauert haben, bis das Blut durch die Kleidung nach unten gesickert war. Deshalb gab es unmittelbar am Tatort auch keine Spuren davon.

Nachdem Brauner und Ingram einige Minuten marschiert waren, erblickten sie auf der rechten Seite der kleinen Landstraße Finsterholz. Der Ausgangspunkt von allem.

Auch die Lösung? Die Blutflecke traten nun in immer kürzeren Abständen auf, und sie wurden zunehmend größer.

Brauner merkte, wie er zunehmend nervös wurde. Er beschleunigte seinen Gang. Ingram folgte ihm.

»Was meinst du, hat er sich dort versteckt? Das wäre dumm von ihm. Sehr durchschaubar, meine ich.«

»Das finde ich überhaupt nicht. Wenn er sich jetzt dort versteckt hält, so hat er es die ganze Zeit über auch getan. Und uns zum Narren gehalten mit unseren Fahndungsaufrufen«, antwortete Brauner hastig.

»Aber wo sollte er sich denn aufgehalten haben? Wir hatten doch alles durchsucht.«

Auf diese Frage wusste auch Brauner keine Antwort. Noch nicht. Sie erreichten schließlich den Hof. Die Spur führte geradewegs in die Scheune. Das Tor stand einen Spalt breit offen. Brauner und Ingram betraten den Innenraum. Es war dunkel und eiskalt. Brauner suchte nach einem Lichtschalter und fand ihn auch. Die Scheune erstrahlte im kalten elektrischen Licht einer Glühbirne, wenn auch nur unzulänglich. Viele Schattenecken blieben düster. Auf dem mit Heu bestreuten Boden zeichnete sich weiterhin eine Blutspur ab. Zwar nicht mehr so gut erkennbar wie draußen im Schnee, aber dennoch deutlich zu sehen. Sie führte zur Leiter nach oben auf den Dachboden. Brauner untersuchte sie kurz. Ja – auf der dritten Sprosse war ein Blutfleck. Er war hier nach oben geklettert.

»Das ist doch nicht dein Ernst? Du willst doch nicht das wacklige Ding da hoch?«, sagte Ingram. Er war in Bezug auf die Stabilität der Leiter mehr als skeptisch.

»Doch, genau das will ich. Folge mir aber erst, wenn ich oben bin. Sonst bricht sie vielleicht zusammen.«

Damit begann er nach oben in den Dachboden zu steigen.

Es hatte sich seit seinem letzten Besuch nichts verändert. Auf den ersten Blick zumindest nichts. Es war hier deutlich zwielichtiger als unten. Aber er konnte die Blutspur auch hier erkennen. Sie zeichnete sich deutlich auf dem staubigen Bretterboden ab. Sie führte zu einem der Heuballen auf der rechten Seite des Dachfirsts.

Und endete dort.

Jetzt wird es interessant, dachte Brauner. Das Knarren von unten deutete an, dass auch Ingram sich auf dem Weg zu ihm befand.

»Wir müssen leise sein«, flüsterte Brauner, als dieser seinen Kopf durch die Falltür steckte. »Vielleicht können wir ihn überraschen. Er muss irgendwo hinter den Heuballen stecken.«

»Wo sollte er da hin?«, antwortete Ingram. »Das sind nur ein paar. Die reichen für eine Höhle oder so nicht aus. Es ist kaum Platz zwischen ihnen und der Außenwand.«

Kaum Platz. *Kaum Platz?*

Brauner lehnte sich an den hölzernen Stützbalken hinter ihm, während er nachdachte. Die Spur war real, sie führte dorthin, zu diesen Heuballen. Wo kein Platz war, kein Platz sein konnte. Wie war das, verdammt noch mal, möglich?

Dann hatte er es. Es war so Sonnenklar. Wenn seine beiläufige Beobachtung von damals stimmte.

»Warte hier und pass auf, ich bin gleich wieder da. Nur ganz kurz.«

Damit stieg er die Leiter hastig wieder nach unten. Das musste es sein. Ganz klar und eindeutig. Er rannte, kaum dass er in der Scheune unten angekommen war, los. Nach draußen auf den Hof, ein ganzes Stück weit, und dann nach rechts in die Wiese, um das Anwesen herum. Bis die steinige Außenwand des Scheunengiebels vor seinen Augen lag. Und tatsächlich, da war sie. Die kleine schießschartenähnliche Öffnung, die er schon bei seinem allerersten Besuch bemerkt hatte.

Sie ist hier draußen, dachte Brauner.

Aber drinnen ist nichts. Keine Fensteröffnung, noch nicht mal das kleinste Loch.

Es könnte also zwischen der inneren Holzwand und der steinernen Außenwand einen Hohlraum geben. Ein Versteck, möglicherweise. *Das* Versteck.

Er rannte wieder zurück, von heftigem Husten unterbrochen.

»Max! Er ist hier«, sagte Brauner leise zu Ingram, als er noch ganz außer Atem aus der Öffnung kroch. »Da ist ein Hohlraum hinter der Holzwand. Da steckt er mit großer Wahrscheinlichkeit drin. Wir müssen aufpassen.«

Ingram zog seine Dienstwaffe und entsicherte sie, während Brauner die alten, zerfledderten Heuballen langsam und leise beiseite schob. Ihm fiel auf, dass sie im Vergleich zum letzten Mal ihre Position verändert hatten. Eine kleine, kaum schulterhohe Holztür kam schließlich zum Vorschein. Sie hatte kein Schloss, sondern lediglich einen kleinen Knauf zum anziehen. Offensichtlich konnte sie von außen nicht abgesperrt werden.

»Ich öffne sie. Du sicherst von da drüben«, sagte Brauner und kauerte sich neben die Tür. Gleiches tat Ingram, nur auf der anderen Seite. Vorsichtig begann er an dem Knauf zu ziehen. Dann immer stärker. Die Tür öffnete sich mit einem leisen Quietschen. Brauner zog sie in seine Richtung, so dass er vorübergehend keine Sicht auf Ingram hatte.

Es geschah nichts. Die kalte Luft war zum Zerschneiden gespannt.

»Was, zum Teufel, ist das?«, flüsterte Ingram von der anderen Seite her.

»Was?«

»Mein Gott, mir wird schlecht. Hallo? Ist da wer? Polizei! Kommen Sie mit erhobenen Händen da heraus«, rief Ingram in den Verschlag.

Keine Antwort, keine sonstige Reaktion.

Fast gleichzeitig bemerkte Brauner einen sehr starken, Übelkeit erregenden Gestank, der sich in einem Schwall aus der Türöffnung ergoss. Es war eine sehr ungesunde Mischung aus Muffigkeit und Fäulnis. Er schlug die Tür vollständig beiseite und erblickte Ingram, wie er, die Pistole im Anschlag, in den dahinter liegenden Raum zielte und mit der Taschenlampe leuchtete.

Und da war noch etwas anderes. Auf der Innenseite der Tür war mit bunter Kreide etwas gemalt. Brauner erkannte im Zwielicht nicht sofort, um was es sich handelte. Doch dann sah er klarer. Es war eine große Hand, auf deren Innenseite ein Auge gemalt war. Ein großes Auge mit blauer Iris.

Ein heidnisches Bannzeichen, dachte er. *Doch was sollte hier gebannt werden? Das Böse? Azrael?*

Er zog nun seinerseits die Dienstwaffe.

»Paul Schmidt, wenn Sie hier drin sind, dann geben Sie sich bitte zu erkennen. Es ist vorbei, Sie können loslassen und sich ergeben. Kommen Sie bitte heraus.«

Immer noch Schweigen.

Brauner zog seinen Kopf ein und schlich, die Waffe schussbereit, bis kurz vor die Öffnung. Es stank furchtbar. Dann sprang er hinein und zielte mit seiner Pistole in den Raum.

Nichts.

Er rief nach Ingram. Dann begannen sie, den Verschlag im trüben Licht, das durch die kleine schießschartenähnliche Öffnung fiel, zu untersuchen. Schon jetzt erkannten sie die Ursache für den üblen Gestank:

Es lagen ziemlich viele Konservendosen, alle mit mehr oder weniger fauligem Inhalt, auf dem Boden herum.

Da sind die Dinger ja. Er scheint sie wirklich zu lieben.

Eine Stelle in der Ecke hinter der Tür war offensichtlich als Toilette benutzt worden; sie war mit menschlichen Fäkalien über und über verdreckt.

Unterhalb der Fensteröffnung befanden sich mehrere Decken und ein Schlafsack. Dem Augenschein nach waren sie alle stockig vor Schimmelpilz und stanken Ekel erregend.

»Furchtbar. Wie kann man nur so leben?«, fragte Brauner leise.

»Leben würde ich das nicht nennen. Eher mal vegetieren. Aber eines steht fest: Unser Mann war hier. Das Zeug ist zwar verrottet, aber die Blutspur sagt schon alles aus. Und das dort.«

Damit deutete er auf eine Jutetüte, die neben einer der Decken auf dem Boden lag. Sie war mit ungeöffneten Konservendosen befüllt. Brauner trat heran und hob eine auf.

Pfirsiche. Mundgerecht geschnitten.

Auf dem Boden waren auch mehrere unterschiedlich große dunkle Flecken zu erkennen. Ingram machte mit einem Klacken sein Feuerzeug an und untersuchte sie. Es war Blut.

»Er war kurz hier, hat seine Beute liegen lassen und muss dann überstürzt abgehauen sein. Aber warum?«, sagte Brauner.

»Vielleicht deshalb«, antwortete Ingram. Im Schein des Feuerzeugs wurden einige zerrissene T-Shirts sichtbar.

»Er hat sich provisorisch die Wunde verbunden, die ihm der Wiesner zugefügt hatte. Und ist dann gleich wieder weg, weil er wusste, dass seine Tat und die hinterlassenen Spuren unweigerlich zu seiner Entdeckung führen mussten.«

Ja, so könnte es gewesen sein, dachte Brauner. Außerdem führte zwar eine Blutspur hinein, aber keine mehr heraus. *Er musste sich hier verarztet haben. Und konnte noch nicht weit sein.*

»Er ist schwer verletzt und nicht mehr ganz bei Sinnen, sonst hätte er seine Beute mitgenommen. Er weiß, dass es jetzt auf die eine oder andere Art und Weise zu Ende geht. Wohin würdest du flüchten, wenn du das wissen würdest?«

Brauner hatte diese Frage nur halblaut vor sich hin gemurmelt, doch von Ingram kam die prompte Antwort:

»Tja, entweder würde ich mich ergeben oder selbst töten. Je nach Charakter. Oder,« fügte er witzelnd hinzu, »ich würde mich in eine Kirche retten und mir vom Pfarrer die Sakramente zum Sterben geben lassen.«

»Genau!«

Brauner fuhr herum und packte Ingram an seinen Schultern. »Genau das wird er tun. Er wird in eine Kirche flüchten. *Seine* Kirche. Komm mit.«

15

Immer noch alles weiß.

Die Schmerzen waren kaum auszuhalten. Paul presste, während er durch den Schnee stapfte, immer wieder seine rechte Hand auf die Wunde, die ihm Wiesner mit seinem Küchenmesser verursacht hatte. Er war nur kurz in seinem Versteck gewesen und hatte sich mit den Fetzen eines alten schimmeligen T-Shirts notdürftig verarztet. Sehr gefährlich, dachte er. *Wenn mich die Bullen nicht erschießen, sterbe ich an Blutvergiftung oder an der Wunde selbst.*

Er war sich darüber im Klaren, dass sie die gesamte Umgebung nach ihm absuchen würden. Aber sein Hunger war so brennend gewesen, hatte ihm schon heftige Bauchkrämpfe verursacht. Und er brauchte dringend Auslauf. Er konnte sein elendes Versteck nicht mehr sehen. So waren also die Dinge ihren Lauf gegangen. Und jetzt musste er fliehen. Dorthin, wo ihm von seinem dunklen Herrn immer Schutz versprochen worden war.

Zum alten Kulthügel. Zu seinen Opfergaben, die er dort dargebracht hatte. Hier würde er sicher sein. Denn er hatte einen Bannkreis um die Stätte gezogen.

Schnaufend blieb er stehen. Er hatte den Wald erreicht. Nur noch etwa hundert Meter, dann wäre er sicher.

Schon. Und weiter?

Er wischte Gedanken des Zweifels sofort beiseite. Wenn er erst mal angekommen wäre, dann würde er auch wissen, was zu tun ist. Entweder er selbst – oder Satan.

Der Jahrtausend alte Hügel tauchte zwischen den verschneiten Bäumen auf. Gleich hatte er es geschafft. Nur noch wenige Minuten, dann würde er in seiner geweihten Freistatt stehen.

Er erreichte den Tumulus.

Stieg hinauf und brach, erschöpft vor Hunger und Blutverlust, auf dem kleinen Plateau zusammen. Es vergingen nur wenige Minuten, bis er die Augen wieder öffnete. Paul sah sich um. Ein eisiger Schreck fuhr ihm durch Mark und Bein.

Die Opfergaben – Sie waren verschwunden!

Keine einzige Katze, kein einziges Huhn war noch an seinem Platz. Sogar die an den Baum gebundene Puppe war entfernt worden. Seine Kirche war entweiht. Und konnte keinen Schutz mehr schenken.

Diese Schweine. Das haben sie absichtlich getan. Und sein Herr hatte dies zugelassen?

Seine Kirche, sein Rückzugsraum war geschändet worden, nichts anderes.

Er kroch auf allen vieren in die Mitte des ehemaligen Pfahlkreises und begann Gebete zu rezitieren, die nicht für die Ohren normaler Menschen bestimmt waren. Immer lauter, bisweilen unterbrochen von Weinkrämpfen.

Wie konnten sie dies nur wagen?

Dann, mitten in seiner Litanei, stoppte er plötzlich.

Er hatte etwas gehört.

Verwirrt sah er sich um.

Es wurde feucht in seiner Bauchgegend. Die Wunde begann durchzubluten.

Ja – da war es wieder. Schritte, gedämpft durch den harschigen Schnee, noch weit entfernt. Aber schnell näher kommend …

Jetzt das Knacken von Ästen! Zweifellos – es kam jemand. Und zwar keine zufälligen Besucher, dafür war der Platz, erst recht im Winter, viel zu abgelegen. Es waren seine Feinde. Ungläubige. Zerstörer. Die Polizei. Er richtete sich ein wenig auf, um besser sehen zu können.

Ja, sie kamen. Er erkannte dunkle Schemen zwischen den Bäumen.

Es waren vier.

Brauner und Ingram stapften mit zwei anderen Polizisten durch den winterlichen Wald auf den Kulthügel zu.

Die beiden zogen ihre Dienstwaffen. Sie mussten jetzt auf alles Mögliche gefasst sein.

»Ich gehe gerade den Hügel hoch. Ihr macht das gleiche, aber links versetzt, damit wir ihm, falls er da sein sollte, den Fluchtweg abschneiden können«, flüsterte Brauner seinem Kollegen zu. Sie teilten sich auf wie besprochen.

Langsam und vorsichtig ging Brauner, sich von Baum zu Baum sichernd, den Hügel hinauf. Er war so angespannt, dass er kaum mehr Atmen konnte. Zumindest waren keine Wölkchen vor seinem Mund mehr zu sehen. Gleich war er oben. Noch zwei Bäume.

Noch einen.

Jetzt.

Da war etwas im Schnee vor ihm. Ein Mensch. Er kniete in der Mitte des kleinen Plateaus, das Gesicht ihm zugewandt, die Arme weit erhoben, als würde er beten. Oder sich unterwerfen? *Was machte das schon für einen Unterschied?*

Brauner war erstaunt und verunsichert zugleich. Was war das? Auf dem bärtigen, dreckigen Gesicht des Mannes war ein seliger, fast schon dümmlicher Ausdruck zu sehen. Als wäre er in allerhöchster religiöser Extase.

Brauner richtete seine Waffe auf ihn.

»Paul Schmidt, ich verhafte Sie hiermit wegen dringenden Mordverdachts und Körperverletzung. Legen Sie sich bitte hin.«

Doch es geschah nichts.

Verzückt betrachtete Paul die vielen gleißenden Lichter, die um ihn herum schwebten. Und den Erzengel, umsäumt von einer strahlenden Aura, der aus dem Wald getreten und dies alles veranlasst hatte. War es Michael oder Uriel? Das wusste er nicht. Aber er wusste, dass er nun gerettet war. Dies war Gottes ganze Herrlichkeit. Sein dunkler Herr hatte sich als der schwächere erwiesen.

Brauner rief abermals, dass Paul sich hinlegen soll. Und wieder geschah nichts. Er drang nicht mehr zu ihm durch.

Ich schieße ihn über den Haufen. Dieser gottverdammte Mörder und Tierquäler. Soll er doch verrecken bei seinem Satan. Fahr zur Hölle ...

Er begann zu zittern. Zuerst die Hand, die die Dienstpistole hielt, dann der ganze Arm.

Da rannte jemand von hinten auf Paul los und warf ihn zu Boden. Es war Ingram. Ein Schuss fiel. Brauner hatte ihn abgefeuert, in die Bäume, und gleichzeitig einen Schrei ausgestoßen. Dann stand er schwer atmend da, betrachtete das Gewusel vor ihm im Schnee. Ingram saß rittlings auf Pauls Rücken und hatte ihn mit Handschellen gefesselt. Dann holte er ihn wieder hoch, um sein Gesicht besser sehen zu können.

»Sind Sie Paul Schmidt?«

Ein leises, ängstliches Ja kam von dessen Lippen.

»Dann nehme ich Sie hiermit fest. Hendrik, kannst du bitte einen Rettungswagen holen? Der Mann ist schwer verletzt.«

Brauner sagte nichts darauf. Er starrte immer noch auf die Szenerie. Einer der beiden Schutzpolizisten erledigte per Funk Ingrams Auftrag.

Die Sonne brach durch die Wolken und beschien den Platz. In Brauner stieg eine Welle warmer Seligkeit auf, die ihn breit grinsen und entrückt nach oben schauen ließ. Die Stimmen Ingrams und der beiden anderen hörte er nicht mehr. Seine Augen trafen den selig-verklärten Blick des vor ihm knienden Paul Schmidt.

Epilog

»Warum rauchst du schon wieder?«

Hendrik Brauner stand zu Hause vor dem Fenster seines Arbeitszimmers und blickte in den grauen Tag hinaus.

Dann drückte er draußen auf dem Fensterbrett seine Zigarette aus. Es war Emily, die diese Frage gestellt hatte.

»Weil ich den ersten Tag meines Sonderurlaubs genießen will, deswegen. Und es bleibt auch nur bei dieser einen Zigarette, das verspreche ich dir.«

»Hoch und heilig?«

»Hoch und heilig.«

Er war von Hartmann für eine ganze Woche beurlaubt worden. Wegen der erfolgreichen Lösung des Falles Finsterholz. So hieß es zumindest.

Hendrik Brauner schloss das Fenster und ging hinüber ins Wohnzimmer, wo er sich auf sein gemütliches Sofa setzte.

Emily verabschiedete sich. Er hatte ihr schon gestern für ihre Mithilfe gedankt, indem er sie zum Pizzaessen im »Sizilia« eingeladen hatte. Ja – und er musste auch noch Amelie besuchen. Vielleicht sollte er ihr ein kleines Geschenk als Dankeschön mitbringen. Ein neuer Malblock? Sie würde sich bestimmt darüber freuen.

Danach wieder heim und ausspannen. Einfach nur mal das Leben genießen. Unbehelligt von seiner Arbeit und den ganzen unschönen Dingen, die sie mit sich brachte.

Er fröstelte und die Bilder der vergangenen Tage zogen ihm durch den Kopf. Was war das nur mit dieser Religion?

Dann, kaum hatte er diese Gedanken weggedrückt, schon wieder ein neuer. Genauer gesagt: eine Vision. Er sah Paul in seinem netten Zimmer in der Psychiatrie, fixiert auf seinem Bett, umgeben von lauter netten Pflegern. Er riss vor Entsetzen seine Augen und seinen Mund auf, wie zu einem stillen Schrei … und verzog sie dann zu einem bösartigen, wollüstigem Grinsen. Er sah dem Kommissar direkt ins Gesicht. Mit unergründlichen, glänzend schwarzen Augen.

Stopp! Schnell alles wegzappen.

Brauner nahm die Fernbedienung vom Tisch und schaltete seinen Fernseher an.

Selig sind allein die Unwissenden. Nicht wahr, werte Gemeinde? Amen!

ENDE